T0303559

Flores de la calle

Editorial Bambú
es un sello de Editorial Casals, SA

Título original: *Flowers in the Gutter*
© 2020, K. R. Gaddy
Todos los derechos reservados incluido
el de reproducción total o parcial de
la obra en cualquier forma.
Esta obra ha sido publicada mediante acuerdo
con Dutton Children Books, un sello de
Penguin Young Readers Group, una división
de Penguin Random House LLC.
© 2020, Verónica Canales, por la traducción.
© 2020, Editorial Casals, SA, por esta edición
Casp, 79 – 08013 Barcelona
Tel.: 902 107 007
editorialbambu.com
bambulector.com

Ilustración de la cubierta: Diego Mallo
Diseño de la colección: Estudi Miquel Puig

Primera edición: septiembre de 2020
ISBN: 978-84-8343-609-7
Depósito legal: B-12661-2020
Printed in Spain
Impreso en Anzos, SL
Fuenlabrada (Madrid)

Flores de la calle

La verdadera historia de los jóvenes que combatieron a los nazis

K. R. Gaddy

Traducción de Verónica Canales

EDITORIAL

*A Heather Heyer y a todos los jóvenes
que han arriesgado su vida para combatir el fascismo.*

Nota sobre las fuentes

Esta es una obra de no ficción, lo que significa que todo su contenido es real. Los diálogos y las descripciones de los acontecimientos están extraídos de las memorias escritas por Jean Jülich, Fritz Theilen y Gertrud Koch (apellidada Kühlem de soltera); de los archivos de la Gestapo y de entrevistas a los piratas de Edelweiss supervivientes y sus familiares, la mayoría de ellas realizadas durante los primeros años del siglo XXI, pero otras hace mucho más tiempo, algunas en la década de 1970.

Aunque el presente libro esté basado en historias reales, es difícil dar con la auténtica verdad, sobre todo si se habla de épocas de guerra y tragedias traumáticas. En la memoria de una persona puede haber tantas lagunas como en los registros de los archivos de la Gestapo. Por ejemplo, Gertrud Koch, *Mucki*, escribe en sus memorias y repite en las entrevistas que pasó nueve meses en la prisión de Brauweiler, desde el invierno de 1942 hasta 1943, pero los archivos de la Gestapo afirman que solo estuvo allí durante diecinueve días. Esto no significa que ella mienta, de forma intencionada o no; estar en prisión es terrible, y la experiencia le provocó, sin duda, estrés postraumático.

Los archivos de la Gestapo también están sesgados. Sabemos que las confesiones se realizaban bajo coacción: pegando a los prisioneros o torturándolos psicológicamente con la promesa de que los liberarían o amenazándolos con detener a miembros de su familia. La Gestapo tenía una visión particular del mundo que intentaba demostrar con cada informe, detención e interrogatorio. He procurado contrastar personalmente los recuerdos de las personas entrevistadas con los archivos de la Gestapo y he señalado, en el texto y en las notas al pie, dónde he encontrado discrepancias.

Los nombres propios están transcritos en su totalidad y con la mayor precisión posible la primera vez que aparecen en el libro. Muchos de los piratas y sus aliados se presentaban con apodos o alias. Con frecuencia, las fuentes no incluyen nombres ni apellidos reales de personajes relevantes. Si un individuo se presenta en el libro solo con su nombre de pila o apodo, significa que no he logrado confirmar su identidad completa. También he decidido conservar los errores tipográficos en la transcripción de los nombres en los documentos originales de la Gestapo.

Las descripciones de lugares se inspiran en las memorias escritas y en mis propias visitas a las localizaciones que mencionan los piratas de los parques de Colonia en los que se reunían, de Ellern, de Simmern, de la Casa EL-DE y de Brauweiler. Por último, debo decir que todas las traducciones de las fuentes originales en alemán son de mi autoría.

«Los Edelweiss somos gente de fiar».
Lema de los Piratas de Edelweiss

* * *

**«No éramos intelectuales.
Éramos chicos de la calle».**
Jean Jülich

DOS ADOLESCENTES HABLAN SOBRE LOS «PIRATAS» ANTINAZIS

KASSEL, Alemania, 8 de mayo de 1945 (United Press)

Dos muchachos alemanes de diecisiete años, que coquetearon con la muerte al ayudar a los aliados, nos han hablado hoy con orgullo sobre los «Piratas de Edelweiss», la única organización clandestina de lucha contra el nazismo existente hasta la fecha en el Reich.

La banda de Edelweiss, un entramado más bien desorganizado de adolescentes, se agrupó para sabotear a los nazis de todas las formas posibles, destruyéndoles material y atacando a los miembros de su partido. Como único distintivo llevaban un chabacano broche barato con una flor artificial prendido en la solapa izquierda de la chaqueta.

«En el grupo de Kassel éramos casi veinte miembros, pero nuestra fortaleza se debilitaba a medida que los componentes se hacían mayores y eran llamados a filas», declaró el aniñado Hermann Bannenberg, quien tiene tres hermanos en la Wehrmacht (fuerzas armadas alemanas), uno de ellos prisionero de guerra de Estados Unidos en la actualidad.

Al parecer, los Piratas de Edelweiss son un grupo de muchachos sin líder, con facciones por toda la nación, y tomaron su nombre de la flor alpina. Por lo general, sus miembros son hijos de padres trabajadores. En la mayoría de los casos, los «piratas» operaban sin el conocimiento de sus familias.

Aunque el grupo era intensamente antinazi, no realizó intento alguno de contactar con las unidades estadounidenses.

«Odiábamos a las Juventudes Hitlerianas. Cuando empezaron a desfilar por todas partes, a dar órdenes y a propinar palizas, quisimos demostrarles que no pensábamos obedecerlos», declaró Heinz Johannes, cuyo padre es prisionero de guerra de Estados Unidos y cuyo hermano cayó abatido en el frente oriental.

«Los nazis nos obligaban a realizar jornadas de doce horas diarias y después debíamos trabajar para el Partido –declaró Hermann–. Ni siquiera teníamos tiempo para dormir».

Los dos «piratas» trabajaban en una fábrica de munición cuya mano de obra estaba compuesta por quinientos obreros en régimen de esclavitud.

PERSONAJES RELEVANTES

El club Edelweiss, Colonia

- Gertrud Kühlem, «Mucki»,
  n. 1 de junio de 1924
- Gustav Hahn, «Jus»
- El Escalador
- El Guardián
- Willi Alt, «Willi Banyo»
- Käthe Thelen, «Lolli»,
  n. 31 de mayo de 1925
- Ellie
- Ernst, Ätz
- Eduard Lindner, «Sepp»

Club Edelweiss, Düsseldorf y Wuppertal

- Franz Nobis, «Hadschi», y su
  hermano, conocido como Ali
- Charlotte Kreuz, «Pepita»
- Gunter Goldbeck, «Pico»»

Los Piratas de Edelweiss, parque Beethoven

- Jean Jülich, «Schang»,
  n. 18 de abril de 1929
- Ferdinand Steingass, «Fän»,
  n. 8 de noviembre de 1928

Los Navajos

- Fritz Theilen, n. 27 de
  septiembre de 1927
- Hans y María

Piratas del búnker de Taku

- Fritz Theilen
- Gerhard
- Helmut
- Hermann
- Emil

Piratas de Edelweiss, Ehrenfeld

- Bartholomäus Schink, «Barthel»,
  n. 27 de noviembre de 1927
- Franz Rheinberger, «Bubbes»,
  n. 22 de febrero de 1927
- Günther Schwarz, «Büb»,
  n. 26 de agosto de 1928
- Hans Belzer, «Lang»,
  n. 29 de enero de 1928
- Wolfgang Schwarz,
  n. 25 de agosto de 1926
- Gustav Bermel, n. 11 de agosto de 1927
- Adolf Schütz, «Dolfes»,
  n. 3 de enero de 1926
- Johann Müller, «Pequeño Hans»,
  n. 29 de enero de 1928
- Keunz

El grupo de Ehrenfeld

- Hans Steinbrück, «Bomben-
  Hans», n. 12 de abril de 1921
- Cäcilie Serve, «Cilly»,
  n. 17 de abril de 1919
- Auguste Spitzley, «Gustel»,
  n. 3 de octubre de 1910
- Peter Hüppeler, «Peter el
  Negro», n. 9 de enero de 1913
- Josef Moll, «Jupp»,
  n. 17 de julio de 1903
- Else Salm, n. 3 de noviembre de 1923
- Roland Lorent, n. 12 de marzo de 1920
- Wilhelm Kratz, n. 6 de enero de 1902
- Johann Krausen, n. 8 de agosto de 1887
- Heinz Kratina, «Tío Hein»,
  n. 15 de enero de 1906

Prólogo
Finales de 1942

Gertrud Kühlem – alias Mucki

Mucki salió del apartamento a la angosta calle Boisserée. Cada viernes se reunía con sus amigos en el Volksgarten. Ataviada con unos mocasines de piel, que sin duda habían conocido tiempos mejores, y unos calcetines blancos caídos por los tobillos, la chica se dirigía hacia el parque.

El kilómetro y medio que había entre su casa y el punto de encuentro estaba rodeado de destrucción. Parecía que los tejados de algunos edificios hubieran sido arrancados por unos gigantes; otras estructuras conservaban solo las paredes laterales o habían quedado reducidas a un montón de ladrillos y escombros. Las fachadas estaban manchadas por el hollín de los incendios, que describía una trayectoria ascendente alrededor de las ventanas. Había troncos de árboles imponentes partidos en dos como si fueran cerillas. Mucki tenía la suerte de que el apartamento donde vivía con su madre seguía en pie.

Mientras iba caminando por la ciudad sabía que, en cualquier momento, podía empezar a sonar la sirena que anunciaba un nuevo bombardeo; entonces tendría que ocultarse en el refugio antiaéreo más próximo.

Al final, no obstante, su trayecto transcurrió sin incidentes y, cuando llegó, el Volksgarten estaba vacío. Antes de la guerra, a esa hora de la tarde, el parque hubiera estado abarrotado: una madre con sus hijos, una pareja sentada en un banco junto al estanque susurrándose palabras al oído, perritos paseando con sus dueños. Ninguna de esas escenas se veía ya. El parque estaba casi desierto, y así era como les gustaba encontrárselo a Mucki y a sus amigos.

En esa ocasión se presentaron a la cita el Escalador, Willi Banyo, Ätz y Jus. Algunas veces eran más y otras menos. Por lo general se dedicaban a charlar, pasar el rato juntos y cantar canciones: las actividades típicas de los grupos de jóvenes *bündische*[1] a principios de la década de 1930 en Alemania. Pero últimamente habían planeado acciones que querían mantener en secreto.

–Ya sé qué debemos hacer ahora –anunció el Escalador.

Era un chico delgado, con los brazos y las piernas musculosos; en las excursiones siempre era el primero en llegar a lo alto de una roca o en trepar a cualquier árbol. Había sido el último en incorporarse al grupo, pero se mostraba realmente comprometido y era de fiar.

–¿En qué has estado pensando? –preguntó Mucki.

El Escalador echó un vistazo al parque para asegurarse de que no había nadie cerca que pudiera escucharlo.

–Se me ha ocurrido llenar una mochila de panfletos y plantarme con ella a la espalda en la Estación Central de Colonia –anunció.

---

1. *N. de la t*: Término alemán utilizado para designar el movimiento de las distintas asociaciones juveniles de grupos excursionistas, amantes de la naturaleza.

Era una locura. Todos sabían que la Estación Central era un hervidero de actividad. Los militares usaban los trenes a diario para enviar soldados al frente y trasladar a los campos de concentración a judíos, militantes de izquierdas, homosexuales y a cualquiera al que considerasen despreciable. Cada día llegaban a la estación suministros y alimentos, además de trabajadores de Polonia o de los territorios ocupados en el este de Europa. El Escalador quería llevar los panfletos a tan concurrido lugar y lanzarlos desde lo alto, como hojas otoñales arrastradas por el viento, para informar a los presentes de que existía un grupo de resistencia.

–Esa es una forma segura de acabar con tus huesos en un campo de concentración –advirtió Mucki.

Alguien con un plan así no pretendía simplemente sobrevivir a la guerra, y Mucki lo sabía. Le constaba que el castigo por ese tipo de acción podía ser la cárcel, seguramente la tortura y la reclusión en algún campo; su padre lo había experimentado en carne propia.

Ätz coincidía con Mucki.

–Es muy pronto para acabar con la soga al cuello –dijo–. Me queda mucho por vivir.

Ätz también era alto y desgarbado, y solía caminar con los hombros caídos como si todo le diera igual. Sin embargo, en ese preciso instante, sí le importaba el riesgo implícito en los planes de su amigo, que no lo convencían.

–¿Crees que quiero jugarme la vida? –preguntó el Escalador–. Solo corremos riesgos calculados y decidimos las cosas juntos. Pero al menos escucha en qué consiste mi plan.

»Conozco bien la estación. En el centro está la gran bóveda de cristal, rodeada de distintas escalerillas para los trabajadores;

ya sabéis, para cuando hay cortes eléctricos o tienen que reparar cualquier otra avería. Creo que podría subir por una de ellas con la mochila a la espalda y lanzar los panfletos desde arriba. Dos o tres de vosotros os encargaréis de la vigilancia mientras yo bajo. Estaréis todos a salvo. Y luego nos largaremos de allí.

—Te das cuenta de que es algo muy arriesgado, ¿verdad? –preguntó Jus, quien no había soltado prenda hasta el momento.

Jus y Mucki confiaban el uno en el otro; eran amigos desde hacía mucho tiempo.

—Pero ¿qué tenemos que perder? –Mucki empezó a replanteárselo–. Sí, claro que nos pueden pillar. Pero igual que cuando hicimos las pintadas en los edificios de la ciudad. Hemos llevado a cabo muchas acciones y la gente no se ha dado cuenta. Necesitamos una que nos motive y cuyo mensaje llegue a más personas. Yo voto que lo hagamos.

—¿Tenemos alternativa? Ya estamos con el agua al cuello. –Ätz también parecía estar cambiando de opinión–. Cuenta conmigo.

—No puede haber un destino peor que Hitler –sentenció Willi Banyo.

—Saldrá bien –aseguró Jus. Algunas veces daba con la frase justa–. Hasta ahora no hemos tenido ningún problema grave, ¿por qué iba a pasar algo esta vez?

La larga tarde de agosto casi había tocado a su fin y empezaba a oscurecer. Se apresuraron a detallar los planes antes de que cayese la noche, cuando debían volver a casa. Se dieron dos semanas de plazo.

Mucki se encargó de conseguir los panfletos. Se dirigió hacia una callejuela del distrito de Pesch, en el límite norte de las afueras de Colonia.

Jus acababa de presentarles a un hombre que tenía una pequeña imprenta instalada en el sótano de su casa. Se dedicaba a publicar la hoja parroquial de las congregaciones católicas de la zona. El hombre sabía que el asunto de los panfletos era peligroso. Si lo pillaban en posesión de esos documentos, no se libraría fácilmente. La producción de esa clase de material era una de las partes más arriesgadas de la operación. Su impresor no podría hacerse el loco como quien se limitara a llevar los panfletos encima. Por ello puso una condición: nadie conocería su verdadero nombre. Lo llamaban Tom.

–Hola, Mucki –saludó Tom cuando la chica entró en la tienda.

Él tampoco sabía el nombre real de la joven.

Tom imprimía las hojas parroquiales con un cuerpo de letra grande para que los feligreses más mayores leyeran con facilidad el texto. Y eso era perfecto para los panfletos, pues nadie se atrevería a recoger ninguno de los caídos al suelo por miedo a que lo detuviera la policía. Sería arriesgado incluso quedarse mirándolos durante demasiado tiempo. Debía ser posible que las personas leyeran los mensajes de pasada.

–Los panfletos están debajo de las bolsas de lona –indicó Tom–. Adiós.

El impresor había dirigido una docena de palabras a Mucki y eso fue todo cuanto dijo. Cuanto menos supieran el uno del otro, tanto mejor. Cuanto menos supiera Tom sobre la operación, tanto mejor.

La chica recogió el paquete y lo ocultó bajo el relleno acolchado de un carrito de bebé que había pedido prestado a una vecina. Metió unos cojines y una mantita en el interior del cochecito azul para fingir que había una criatura acurrucada en su interior. Mientras lo empujaba por la calle lo sujetaba con fuerza. Las enormes ruedas giraban dando tumbos sobre las aceras de adoquines destruidos. Mucki debía de tener el corazón desbocado mientras avanzaba por las afueras de Colonia. ¿Y si alguien quería echar un vistazo al angelito dormido? ¿Y si alguien se preguntaba qué hacía una chica de dieciocho años con un bebé? ¿Cómo lo justificaría?

Al final, las personas que pasaban ni siquiera se fijaban en ella. Todos tenían asuntos de los que preocuparse. ¿Habría otro ataque aéreo esa noche? ¿Les bastarían las raciones de comida hasta finales de semana? ¿Conseguirían un nuevo abrigo para el invierno? ¿Habría escuchado la vecina esa conversación privada? Los habitantes de Colonia eran famosos por no entrometerse en los asuntos ajenos y, desde el principio de la guerra, esa característica resultaba incluso más evidente.

Mucki llegó por fin a una pila de escombros determinada. Para alguien que no conociera Colonia, eso era lo que parecía: uno de los miles de montones de cascotes, argamasa, madera y ladrillos que antes había sido una casa, un despacho, un colegio o una iglesia de la ciudad. Ese montículo en concreto había sido una iglesia católica. La torre se había derrumbado; hacía ya tiempo que alguien se había llevado las campanas para fundirlas y convertirlas en armamento de guerra. Se trataba del lugar perfecto para ocultar los panfletos hasta que los necesitaran.

Mucki miró a su alrededor para asegurarse de que nadie la había seguido. Metió el paquete a toda prisa en un agujero y lo tapó con piedras. Misión cumplida. Al día siguiente, el Escalador emprendería la suya. Arriesgaría su vida. Igual que todos.

* * *

La Estación Central era un edificio señorial. La entrada principal se encontraba bajo una cristalera arqueada de unos doce metros de diámetro. La bóveda de cristal se extendía a lo largo de la estación justo por detrás de esa ventana. Por una de sus escalerillas ascendería el Escalador, por la tarde, en hora punta, y lanzaría los panfletos desde lo alto.

A las cinco ya estaban todos allí: el Escalador, Mucki, Jus, Ätz, Willi Banyo y el Guardián, que no había asistido a la reunión del parque. Se encontraron junto a una escalinata del interior, rodeados por el flujo de personas que abarrotaba la estación en hora punta. Habían acudido a diario, más o menos a esa misma hora, para planificar la acción, decidir cuál sería la escalerilla más conveniente para la ascensión del Escalador y si la operación era realmente segura.

Estación Central de tren de Colonia, 1890.

Nadie parecía prestarles atención. La gente deambulaba por la estación como de costumbre.

Uno de los miembros del grupo guiñó un ojo. Esa era la señal. Era hora de empezar.

El Guardián y Ätz se dirigieron hacia sus posiciones en las esquinas; Jus fue hacia un andén del otro lado de las vías con respecto al punto en el que se habían reunido; y Mucki y Willi Banyo se quedaron junto a una escalera, aparentando ser una pareja de enamorados. Willi rodeó a Mucki con las manos por la cintura y pegó la nariz al cuello de la chica. Ella lo abrazaba por la espalda. El abrazo era un código secreto: si estaban abrazándose por la cintura significaba «esperar». Cada uno observaba el terreno mirando por encima del hombro del otro y así podían musitar lo que veían sin levantar sospechas.

Buscaban hombres uniformados, oteando los trescientos sesenta grados de la estación. Mucki miraba por encima del hombro de Willi e iba susurrándole al oído. ¿Estaban todos en sus puestos? Él se asomaba por el hombro de la chica y le hacía preguntas entre murmullos. ¿Había soldados uniformados cerca? Volvieron a susurrar: el terreno estaba más despejado que nunca.

El Escalador aguardaba junto a la escalerilla, con la vista clavada en sus dos amigos, a la espera de la señal para ponerse en marcha. La pareja bisbiseó una vez más. Mucki levantó los brazos de la cintura de Willi con parsimonia y los apoyó en sus hombros; el chico imitó el gesto.

Esa era la señal. Con agilidad felina, el Escalador trepó de un salto a la escalerilla, con su poblada cabellera castaña moviéndose a medida que subía por ella.

Mucki y Willi observaron con detenimiento la estación. Por lo visto, nadie se había percatado de lo ocurrido. Nadie había cambiado de expresión. Nadie había levantado la vista. Nadie estaba dando gritos para alertar sobre la presencia de un chico en la escalerilla. No había ni rastro de la policía, ni de la Gestapo. Eso era bueno. Con cada minuto que pasaba, aumentaba el riesgo.

De pronto, empezaron a caer papeles desde el techo.

Las frases escritas en los panfletos de los Piratas de Edelweiss solían ser sencillas, eran mensajes claros. Los textos impresos eran del estilo siguiente:

¡ACABEMOS CON LA HORDA DE CAMISAS MARRONES!

¡SOLDADOS, DEPONED LAS ARMAS!

ESTA CALAMIDAD NOS ESTÁ MATANDO. ESTE MUNDO

YA NO ES NUESTRO. DEBEMOS LUCHAR POR OTRO MUNDO

O MORIREMOS. ESTA MISERIA ACABARÁ CON NOSOTROS.

Antes de que el primer panfleto aterrizara sobre el suelo de la estación, los falsos enamorados habían roto su abrazo, el Escalador ya había descendido y los demás también se encontraban a salvo. La operación había concluido en menos de quince minutos. Los jóvenes no se quedaron en el lugar. Se dispersaron enseguida en distintas direcciones.

Al día siguiente, el periódico publicó que el acto de la estación había sido perpetrado por un grupo de delincuentes.

Jean Jülich – alias Schang

Jean los había visto por primera vez en la plaza Manderscheider, justo al lado del colegio al que iba. La plaza era como un pequeño parque flanqueado por árboles, ubicado en el centro del barrio. Jean había visto a los adolescentes que pasaban el rato allí casi todas las tardes. Lo primero en lo que se fijó fue en su aspecto. Los chicos llevaban el pelo largo, y no esos cortes militares que solían usar las Juventudes Hitlerianas. Además, vestían pantalones cortos de cuero, camisas a cuadros, pañuelos al cuello y anchas muñequeras con la flor de Edelweiss. Supuestamente, los menores no podían reunirse si no pertenecían a las Juventudes Hitlerianas. La Gestapo había empezado a calificar a todos esos grupos juveniles como salvajes e ilegales, y por lo general se referían a ellos como *bündische*.

Lo siguiente que llamó la atención de Jean era que esos jóvenes tocaban la guitarra y cantaban canciones que él jamás había oído. Una de las que más le gustaban decía:

> *Si vienes a Hamburgo al bar de marineros El tiburón azul,*
> *verás al vagabundo bebiendo, un hombre llamado*
> *Hein el Alto.*
> *Él te hablará de Charly y Jimmy, de los prados y*
> *praderas;*
> *otras veces te hablará de Shanghái, donde los tres*
> *se conocieron.*
> *Ocurrió en Shanghái, en el bar Ohio,*
> *donde los tres mochileros se encontraron,*
> *esos que viajaban alrededor del mundo.*
> *Jim Johnny venía de San Francisco, de Hamburgo*

era Hein el Alto.
Y Charly, el pequeño francés, sugirió algo:
«Recorramos juntos el mundo».

A Jean le gustaban todas las canciones: las rusas, las de vaqueros estadounidenses y los cánticos tradicionales alemanes. Opinaba que las letras abiertamente antisemitas que debía cantar en las Juventudes Hitlerianas eran espantosas. Esos chicos de la plaza Manderscheider eran diferentes a los de las Juventudes, y eso era genial. Su vestimenta era distinta a la convencional; las canciones que cantaban eran diferentes. No tenían jefes, se dedicaban a divertirse y hacían lo que querían. No se consideraban superiores a nadie y despreciaban la autoridad.

Ferdinand Steingass, amigo de Jean, empezó a relacionarse con unos chicos que se hacían llamar «Piratas de Edelweiss». Al igual que Jean, Ferdinand también había sido criado por sus abuelos y detestaba haber tenido que unirse a las Juventudes Hitlerianas. Era un chico muy directo y sociable, y a Jean no debió de sorprenderle que se acercara para trabar amistad con un grupo de desconocidos. Anhelaba disfrutar de la misma libertad de la que, según él, gozaban los estadounidenses.

Jean tampoco tardó en pasar las tardes con los Piratas de Edelweiss. La mayoría de los miembros del grupo usaba apodos, y él escogió Schang por Shanghái, que salía en su canción favorita; Ferdinand se puso Fän. Cuando Jean se unió a los Piratas, todavía tenía trece años y los chicos con los que pasaba el rato también eran bastante jóvenes. Para ellos, lo más importante era ir de excursión o realizar viajes más largos sin sus padres.

Los piratas de la plaza Manderscheider no planeaban actividades políticas como otros grupos; pasaban gran parte del tiempo cantando y criticando a las Juventudes Hitlerianas y el nazismo. Las acciones que realizaban eran más bien gamberradas. Su único propósito era fastidiar a los nazis.

Uno de sus objetivos fue el dueño de un quiosco del barrio. Cada vez que los chicos querían comprar algún cómic de indios y vaqueros, él les sugería, en su lugar, las revistas sobre héroes bélicos, para que fueran mejores soldados de la Alemania nazi. Jean y sus amigos opinaban que la glorificación de la guerra en esas publicaciones era despreciable. Habían experimentado en primera persona las terribles consecuencias de los bombardeos en sus barrios. Estaban convencidos de que el quiosquero era nazi y que delataba a quienes no compartían sus ideas fascistas. Algo imperdonable.

Una noche de finales de otoño de 1942, cuando el quiosco ya estaba cerrado, engancharon una cadena al puesto instalado sobre la acera y sujetaron el extremo contrario al último vagón del tranvía que paraba allí cerca. Cuando el vehículo reemprendió la marcha, la cadena traqueteó, se tensó y arrancó de cuajo el quiosco, que acabó en los raíles del tranvía.

Jean rompió a reír. Se sentía orgulloso de haber fastidiado a un estúpido viejo nazi.

Fritz Theilen – alias Fritz de Plaat

El hecho de haber sido expulsado de las Juventudes Hitlerianas a los trece años seguía afectando a Fritz dos años después. A los quince trabajaba en la fábrica automovilística de la Ford, pero alguien había informado al supervisor de su expulsión de la organización y lo llamaron al despacho del encargado, también líder de las Juventudes.

—Escúchame bien, sabemos que perteneces a los Piratas de Edelweiss. ¿Qué tienes que decir?

Alguien había asegurado haber visto a Fritz con los piratas en el Volksgarten. Eso era cierto, pero él no podía admitirlo. La Gestapo estaba en alerta máxima ante las actividades de los grupos de jóvenes *bündische*. El chico intentó poner alguna excusa para quitarle hierro al asunto y dar a entender que no era para tanto. No lo consiguió.

—¡Sabes que eso está prohibido! Es una actividad ilegal. Pero no esperábamos nada mejor de ti, siempre has dado problemas y ya nos tienes hartos, te lo aseguro.

Las palabras del encargado y la salpicadura de su saliva fueron como una bofetada para el joven.

Sabía que acabarían reprendiéndolo.

—Como traidor al Führer, al país y al pueblo, las consecuencias serán fulminantes: tenemos nuestros propios métodos.

Tras la última frase, una mano le cruzó la cara a Fritz. Él puso el cuerpo en tensión de forma instintiva, pero no tuvo tiempo de reaccionar. Cayó de espaldas. Esos eran los «métodos» de la empresa.

—Ser aprendiz en la fábrica de la Ford es un privilegio para un muchacho alemán, y te pondremos de patitas en la calle si vuelves a comportarte de una forma tan indisciplinada. Tu comportamiento es intolerable para nuestro gran pueblo.

Fritz salió a toda prisa del despacho. Oía al encargado y a su supervisor reírse a sus espaldas. Ese era otro de los motivos por los que odiaba a los nazis y adoraba pasar el rato con sus amigos, los Piratas de Edelweiss.

Primera parte
1932-1938

«Ella será la que sufra las consecuencias de esto. Tiene que entenderlo».

Colonia, 1932

Corre 1932, un año en el que puedes aprender mucho sobre la ciudad de Colonia pasando un rato en el puente Hohenzollern, que comunica la parte oeste con la parte este de la ciudad. Si miras hacia el oeste, verás la Kölner Dom, o catedral de Colonia, el templo católico de setecientos años de antigüedad. Desde casi cualquier punto de la urbe son visibles sus capiteles, de unos ciento cincuenta metros de altura, que se alzan hasta penetrar en el cielo. Desde el puente también se ven sus contrafuertes volantes, sus arcos, su mampostería ornamentada y sus vitrales. Un ejemplo perfecto de arquitectura del alto gótico. Colonia es de mayoría católica y el catolicismo impregna la vida y la cultura diarias. Durante los días previos a la Cuaresma, el *Karneval* abarrotaba estas calles, con cientos de personas disfrazadas y desfiles de carrozas que recorrían todo el casco antiguo próximo a la catedral hasta la gran plaza del mercado, el Neumarkt. Alrededor de este punto central de la ciudad hay una serie de parques que componen el llamado Cinturón Verde.

Estos parajes son un oasis urbano, con sus pequeños embalses y lagunas, bosquecillos y una serie de fuertes construidos hace más de un siglo, a finales de las guerras napoleónicas.

Si miras hacia abajo desde el puente, verás fluir el río Rin por debajo de tus pies. Al sur –aguas arriba– discurre hasta castillos, bosques y una región vinícola, fuente de inspiración de la visión romántica de la naturaleza para varias generaciones. Durante unos treinta años, varios grupos de jóvenes no afiliados a ninguna organización en concreto han realizado excursiones y acampado en estos espacios verdes. Antes de la Primera Guerra Mundial, esos grupos eran llamados Wandervogel, un movimiento de personas con intereses comunes que evolucionaron hasta agruparse y ser conocidos como los *bündische Jugend,* o jóvenes *bündische*, entre la década de 1920 y principios de la de 1930.

Mira al este y verás el barrio de Deutz, con el nuevo recinto ferial de Colonia, el Koelnmesse, donde se celebran ferias comerciales y convenciones, un vasto edificio de ladrillo con una torre del reloj que se eleva sobre el Rin.

Mientras las personas, coches y tranvías recorren el puente a diario, las tropas militares no lo cruzan jamás. Tal vez veas algún tanque por el extremo que conduce a Deutz, pero, como parte del Tratado de Versalles, con el que se puso fin a la Primera Guerra Mundial hace trece años, esos vehículos militares no están autorizados a pasar por el puente. El territorio que linda con Francia, Bélgica y los Países Bajos es una zona desmilitarizada.

El Rin fluye en dirección septentrional, y se ven barcazas y barcos transportando productos hacia los Países Bajos y el mar del Norte. El valle del Rin es una región industrial y hay fábricas en todas direcciones. En 1931, la empresa Ford Motor abrió una planta en Colonia destinada a la fabricación de automóviles y camiones para el mercado europeo. Sin embargo, también hay plantas y fábricas de otras clases, y allí trabajan los habitantes de Colonia si logran conseguir un empleo.

La Constitución de Weimar prometió la democracia y una nueva república después de que el país quedara destrozado durante la Primera Guerra Mundial. Sin embargo, Alemania se vio superada por los problemas económicos y la inestabilidad política. El Tratado de Versalles también obligó al país a pagar treinta y tres mil millones de dólares estadounidenses[2] por los daños causados durante el conflicto y, en 1921, solo el primer pago de esa sanción sumió al Estado en una profunda crisis económica. En 1929, la Gran Depresión lo desestabilizó más y, como consecuencia de ello, a principios de 1932, la mitad de la mano de obra alemana está desempleada o trabaja en condiciones precarias. En Colonia, se ven hombres por las calles durante el día, buscando y esperando encontrar un empleo. Esta semana, tu padre quizá pueda trabajar en la fábrica, pero dentro de siete días, a lo mejor ya no lo necesitan. Los edificios de apartamentos están sin rehabilitar. En algunas partes de la ciudad, tu familia y otras dos más quizá estén viviendo hacinadas en el mismo piso. Con suerte tendréis agua corriente, pero hay que usar el aseo comunitario del pasillo. Algunos edificios solo cuentan con un retrete instalado en el patio.

En las ciudades, los políticos prometen tomar medidas para mejorar la situación y cambiar la suerte de Alemania. Colonia no es una excepción. El alcalde es Konrad Adenauer, miembro del Partido de Centro, una formación católica moderada y popular en la localidad. Sin embargo, los otros tres partidos más votados no son moderados; se encuentran en uno u otro extremo

---

2. Más de cuatrocientos mil millones de dólares estadounidenses al cambio actual.

del espectro político. En el ala liberal, el Partido Socialdemócrata (SPD, por sus siglas en alemán) reclama más derechos para los trabajadores y más puestos de trabajo. Todavía cuenta con un importante número de adeptos en Colonia, aunque ha perdido seguidores desde 1930. Cuando la Gran Depresión empeoró las cosas y la política se volvió más radical, más personas de toda Alemania, y de Colonia en particular, empezaron a votar al Partido Comunista (KPD, por sus siglas en alemán), más izquierdista que el SPD. El KPD quiere que Alemania sea como la Unión Soviética, donde la propiedad privada y, por tanto, la desigualdad desaparezcan, al menos en teoría. Sin embargo, aunque ambos partidos de izquierdas están de acuerdo en algunas cosas, no llegan a un consenso suficiente para colaborar. El tercer partido, el Partido Nacionalsocialista Obrero Alemán (NSDAP, por sus siglas en alemán) da la sensación, por su nombre, de estar con los obreros y los socialistas, e incluso de aceptar la democracia, pero en realidad es muy derechista. Se trata del partido de Adolf Hitler, más conocido como Partido Nazi.

Ninguna de estas formaciones goza de mayoría y todas tienen problemas a la hora de encontrar un criterio común para formar una coalición y trabajar juntas. Entre finales de la década de 1920 y principios de la de 1930, el Parlamento alemán se ha disuelto en numerosas ocasiones y se han celebrado nuevas elecciones; algunos han ganado votos y otros los han perdido; también ha disminuido la participación porque la gente está harta de la política. Todos los bandos hacen los mismos comentarios: «Ese partido os privará de la libertad»; «Este partido nos llevará al futuro»; «Ese partido no hará otra cosa que provocar más inestabilidad».

En 1932, el Partido Nazi no logra el apoyo total de la clase trabajadora de Colonia y no tiene la mayoría nacional, pero los alemanes lo votan cada vez más. Creen que Hitler puede mejorar el país y fortalecerlo. Así, en 1932, los nazis cuentan con una gran diversidad de votos en el conjunto de la nación y una mayoría de escaños en el Parlamento.

Es importante definir exactamente qué supone la pertenencia a un bando u otro para un individuo o una familia en Colonia –y en Alemania– en este período. Los partidos políticos son algo más que aquello que votan tus padres el día de las elecciones; son una forma de vida, una parte de tu identidad cotidiana. Tus padres acuden a las reuniones y mítines de su partido. Leen los periódicos y revistas publicados por su partido. A lo mejor, tu padre es miembro del grupo paramilitar que se encarga de la protección. Tú eres miembro de su club juvenil, como la Liga de Jóvenes Comunistas de Alemania o las Juventudes Hitlerianas.

En el verano de 1932, enfrentamientos armados y tumultos callejeros estallan de forma constante entre los brazos paramilitares de los nazis y los comunistas. En Colonia, Neumarkt es una típica plaza europea de mercado durante el día. Está a rebosar de gente que vende sus productos y otra que espera el tranvía, y los niños corretean entre los puestos. Sin embargo, por la noche, el mercado es el territorio por el que desfilan los jóvenes ataviados con camisas marrones y botas negras de caña alta. Son miembros de los grupos paramilitares nazis, la SA y las SS. La SA es la Sturmabteilung, la agrupación paramilitar uniformada de marrón que ofrece protección al Partido Nazi, y las SS son los Schutzstaffel, otra división de protección incluida dentro de la SA.

El grupo paramilitar del Partido Comunista está prohibido desde 1929, y, durante un breve período de 1932, se ilegalizan las SS y la SA. No obstante, ninguna de estas prohibiciones parece importar y, a medida que crece el apoyo al Partido Nazi, también aumenta el número de tumultos callejeros entre los partidarios de la izquierda y los de la derecha.

Si tienes cinco, seis o siete años y estás en el puente de Colonia, no sabes nada sobre los entresijos de la política; ni siquiera los adultos tienen idea de qué pasa tras las puertas cerradas de la capital, Berlín. Algunas veces ni les importa. Fueron a la guerra en 1914 y volvieron a su hogar, a un país destruido que todavía no se ha recuperado. Lo que sí sabes es que toda tu vida se ha desarrollado en ese período de posguerra: padres sin trabajo, vecinos molestos cuando tu madre consigue un empleo, dinero que nunca basta para comprar la comida suficiente, trifulcas en la calle... Y aunque no lo entiendas, tienes la sensación de que la vida empeora y que da cada día más miedo.

1 – Gertrud

La oscuridad cayó sobre la línea del horizonte de Colonia. En una calle ancha de un elegante barrio de la ciudad, Gertrud Kühlem –todavía nadie la llamaba Mucki– oyó que alguien llamaba a la puerta de su casa. Asomó la cabeza por la cocina, iluminada por la tenue luz amarillenta de la lámpara de petróleo, y vio a su padre agachándose para darle un beso a su madre.

–Ya no volveremos a estar solos –anunció.

Esperaban esa visita. Casi todas las noches, Gertrud veía que un flujo constante de amigos de sus padres se dirigía hacia la espaciosa cocina de su piso. Las sillas estaban ocupadas en torno a la alargada mesa de madera, cubierta de botellines de cerveza de vidrio marrón oscuro y tazas de porcelana blanca. Gertrud recordaba que los adultos hablaban de política, pero también bromeaban y reían. A finales de 1932, la niña se dio cuenta de que casi todas las conversaciones eran sobre política y ya no había risas. Ese verano había cumplido ocho años, y sus padres la dejaban quedarse en la cocina. Las palabras la envolvían como un torbellino mientras permanecía sentada en un rincón, intentando asimilar los fragmentos sueltos que oía: «el presidente del Reich», «monárquico», «la República», «socialdemócrata», «nacionalsocialista», «la SA», «las SS», «nazi», «fascista», «comunista».

Sabía que sus progenitores eran comunistas. Los días en que su padre se sentía especialmente orgulloso de su partido, colgaba de la ventana una bandera roja con una estrella amarilla, un martillo y una hoz en el centro. El hombre era soldador profesional, apoyaba a los sindicatos y quería un mundo mejor para los trabajadores.

Las personas que visitaban su piso también eran comunistas. Esa noche, un amigo llamado Franz dijo que el comportamiento de la SA daba miedo, pero que la formación todavía parecía inofensiva.

–¿Hasta dónde llegarán? –preguntó.

Su novia, Ilse, puso cara de preocupación.

–¿No quieres decirle a tu hija que se vaya? –le preguntó a la madre de Gertrud–. No deberíamos estar hablando de esto delante de los niños.

–No, la niña se queda –sentenció su padre–. Ella será la que sufra las consecuencias de esto. Tiene que entenderlo.

Gertrud no comprendía muchas cosas de las que hablaban, pero sí que el mundo podía ser mejor de lo que era. Su familia era afortunada por tener un piso grande y vivir en un buen barrio a las afueras del Innenstadt, el centro de la ciudad. En otras zonas de Colonia, algunos edificios de apartamentos parecían a punto de derrumbarse. En las calles había hombres durante el día, buscando trabajo o con la esperanza de conseguirlo. Los que sabían cantar o tocar el acordeón interpretaban cualquier melodía para que les echaran calderilla en el vasito que sostenían.

Los comunistas hablaban sobre cómo vivían esas personas y cómo mejorar sus condiciones.

–Todos los habitantes de la Tierra deberían tener los mismos derechos.

–La gente es pobre y no tiene trabajo. La inflación ha destrozado el país.

–Cuando Hitler suba al poder, dirán: «Oh, Hitler es bueno; nos ha dado trabajo y los niños vuelven a tener comida».

–El pueblo no se ha dado cuenta de que han abusado de nosotros desde el principio.

Gertrud sabía que su padre odiaba a Adolf Hitler, el líder de los nacionalsocialistas: los nazis.

—Hitler será una catástrofe para Alemania. Es un criminal —le dijo su padre una vez.

Gertrud también había oído hablar de los «camisas marrones nazis»: la SA y las SS. Esos hombres odiaban a los comunistas, que, en algunas ocasiones, iban a la plaza del Neumarkt para enfrentarse a los fascistas. Esa noche en particular, sus padres habían decidido quedarse en casa en lugar de acudir a la plaza del mercado.

Alguien aporreó con fuerza la puerta del piso de Gertrud y la conversación cesó. El padre de la niña se dirigió al recibidor y reapareció con otro camarada, un hombre llamado Walter. Tenía la cara ensangrentada

Acababa de estar en el Neumarkt.

—Ha sido un tipo de la SA, que se ha ensañado conmigo —explicó mientras se dejaba caer sobre una silla de la cocina.

La madre de Gertrud agarró un bote de antiséptico y vendas de algodón. Su trabajo en la farmacia era muy útil en ocasiones como aquella. Mientras desinfectaba las heridas a Walter, el hombre permaneció en tensión —desde los dientes hasta los puños—, listo para atacar.

Quienes lo rodeaban retomaron la conversación sobre Hitler y los nazis acerca de qué deberían hacer a continuación.

2 – Fritz

Fritz Theilen aguzó el oído para enterarse de qué estaba pasando en la habitación contigua. Se oían diversas voces procedentes de la cocina, pero se oían amortiguadas. El chico estaba sentado en el dormitorio, donde sus padres y él tenían las camas. La vivienda solo disponía de dos habitaciones. La familia no podía permitirse un lugar más espacioso, puesto que el padre trabajaba intermitentemente, dependiendo de si la fábrica de la Ford lo necesitaba o no, y no le pagaban gran cosa. Su padre y su tío habían heredado la casa de los abuelos de Fritz, así que todos los miembros de la familia vivían en el edificio de cuatro plantas, en el barrio de Ehrenfeld. Aunque apenas podían permitirse comprar carne, el chico olía a menudo a las salchichas y los embutidos que se preparaban en la carnicería de su tío, en la primera planta. Fritz sabía que sus vecinos del barrio tampoco podían permitirse la carne; las tiendas fiaban a sus clientes y ellos pagaban al final de la semana, cuando recibían su sueldo.

Sentado en el dormitorio, Fritz esperaba a que las voces de la cocina subieran de volumen, lo que ocurría siempre, para enterarse de qué hablaban los adultos. Sus padres eran miembros del Partido Socialdemócrata, y los amigos de su padre iban al piso, entraban en la cocina y cerraban la puerta. La madre de Fritz encerraba en el cuarto a su hijo y a los demás niños que habían entrado, donde se esperaba que pasaran el rato jugando. Sin embargo, era difícil que esto ocurriera, porque los pequeños sabían que, en la habitación contigua, estaban hablando de secretos. Fritz quería enterarse a toda costa de qué estaba pasando.

Sabía que la política era importante y por lo visto había novedades todos los días, y no eran buenas. Sabía que en su barrio, la palabra «nazi» era prácticamente un insulto. Se suponía que no debías pronunciarla y desde luego no podías ser uno de ellos. El chico recordaba un cartel que colgaron de lado a lado en la calle Venloer, la vía principal del barrio. Él era muy pequeño y no sabía leer, pero el cartel rezaba: EHRENFELD SIGUE SIENDO ROJO, una frase que la gente repetía por el barrio. Significaba que eran miembros de los partidos comunista y socialdemócrata, y que no pensaban apoyar a los nazis. Fritz también había sido testigo de peleas en las calles de Ehrenfeld entre los partidarios de izquierdas y los nacionalsocialistas. No había oído hablar mucho a sus padres sobre lo que ocurría o sobre el motivo de aquellas trifulcas, pero el hambre, el desempleo y las disputas no parecían disminuir.

También sabía que sus padres pensaban que los nazis volverían a provocar la guerra en Alemania. Cuando las voces procedentes de la cocina aumentaban de volumen, el chico sabía que los adultos estaban preocupados.

Fritz estaba limpiando el sótano con su padre cuando oyó el ruido. El golpeteo era demasiado débil, rítmico y constante para ser un martilleo. El rumor fue aproximándose y aumentando en intensidad. Entonces se oyeron notas musicales que subían y bajaban de volumen: instrumentos de bronce combinados con voces masculinas cantando a coro y a pleno pulmón. Fritz y su padre subieron corriendo la escalera y se asomaron para ver qué estaba ocurriendo.

Aunque el niño solo tenía cinco años y medio, ya había visto a sus vecinos marchar juntos para protestar contra el Partido Nazi. Y las manifestaciones contra el hambre y el desempleo se contaban entre sus primeros recuerdos. Sin embargo, aquello parecía más un desfile de la victoria que una protesta.

El niño y su padre salieron corriendo a la calle. El cielo empezaba a oscurecer en ese breve día de enero. Cuando la visión de ambos se adaptó a la luz exterior, distinguieron a los hombres

Los nazis desfilan frente al ayuntamiento de Colonia, tras su ascenso al poder, el 13 de marzo de 1933.

aproximándose. El marrón y el negro se acercaban, y se oían taconazos en perfecta sincronía. Los participantes en la procesión llevaban el brazo derecho extendido, como si jamás lo hubieran doblado. Sus rostros hieráticos iban vueltos hacia el hombro derecho, mirando con gesto grave a la distancia. Avanzaban en línea recta, como un organizado enjambre de abejas. Eran nazis y estaban celebrando que su líder, Adolf Hitler, había subido al poder.

De pronto, Fritz oyó un fuerte golpe metálico por encima de sus cabezas. A continuación, un grave silbido, seguido por un impacto de metal contra el pavimento. Un leve chapoteo de algo que chorreaba. Otro golpe, un poco más distante.

Un haz de luminosidad intensa, procedente de un foco reflector policial, apuntó hacia la azotea del edificio de apartamentos. Había alguien allí arriba, haciendo rodar cubos de basura por el suelo y lanzando macetas a la calle. El foco iba pasando de edificio en edificio, intentando localizar al culpable.

Durante los siguientes días, Fritz vio grupos de entre ocho y diez hombres con uniforme nazi dirigiéndose hacia edificios de apartamentos y casas, deambulando por las calles, buscando comunistas y socialistas a los que detener.

3 – Gertrud

Las calles del Innenstadt parecían diferentes en ese momento. Cada vez eran menos las ventanas de las que colgaban las banderitas rojas como la que había exhibido el padre de Gertrud. En su lugar había otras banderas del mismo color, pero con un enorme círculo blanco y la vistosa cruz gamada negra del Partido Nazi: la esvástica. Sobre los puentes que cruzaban el río Rin –incluido el Hohenzollern–, los estandartes nazis ondeaban al viento; y en lo alto de los edificios, lucían sobre la antigua piedra. Y en la catedral, en uno de los puntos más elevados de la ciudad, una bandera nazi colgaba de los arcos góticos.

Gertrud lloró cuando Hitler fue nombrado canciller de Alemania, el 30 de enero de 1933. Lloró por los rumores que oyó en la calle: «Hay que encargarse de los comunistas. Se interponen en nuestro camino». Lloró al leer los titulares del periódico nazi de Colonia, el *Westdeutscher Beobachter*, que declaraba: ANIQUILACIÓN DE LOS MARXISTAS, que era otra forma de llamar a los comunistas. Gertrud presentía que se acercaba una catástrofe.

A finales de febrero, el edificio del Parlamento, el Reichstag, en Berlín, ardió. Los nazis enseguida culparon a los comunistas del incendio. El padre de Gertrud le dijo que los nazis los habían acusado para poder detener a las personas que estaban en desacuerdo con ellos y justificarlo afirmando que era para proteger al pueblo.

Ella tenía ocho años y medio, y su padre quería que supiera lo que pasaba. Le contó que estaban sacando de la cama a sus amigos en plena noche para encerrarlos en calabozos subterráneos de la Gestapo, la policía secreta del Estado. Dicha organización estaba por encima de la ley. Hitler le había encomendado localizar a las personas que cometían actos de traición, sabotaje y otros delitos contra el Gobierno. Decidían el grado de rigidez con el que hacer cumplir la ley y podían detener a cualquiera por escuchar emisoras extranjeras de radio o por hablar mal de los nazis o, sencillamente, porque un vecino lo acusaba de haber hecho cualquiera de esas cosas.

El padre de Gertrud no tuvo que contarle que la Gestapo torturaba a sus prisioneros; la niña había visto a los amigos que acudían a su piso con la cara magullada y ensangrentada y el cuerpo cubierto de moratones. Desde que Gertrud recordaba, los que frecuentaban su casa eran golpeados sin otro motivo que el de opinar diferente que los nazis.

—Las cosas van a ponerse muy feas para los nuestros —dijo un hombre llamado Karl, mientras estaba sentado en la cocina de la familia de Gertrud, convertida en una improvisada clínica.

Apenas se entendía lo que decía, porque tenía la cara y los labios inflamados por los golpes. Desperdigados sobre la mesa había recipientes de diversas formas y tamaños, llenos de tinturas y medicamentos. Gertrud ayudaba mientras su madre limpiaba y vendaba heridas.

—Los nazis solo saben mentir —añadió la madre de la niña—. Eso no se puede aceptar así como así. Todo el mundo debería tener derecho a expresar su opinión.

Sin embargo, manifestar en voz alta opiniones inadecuadas era motivo de detención.

4 – Jean

En el pasado habían formado una familia: Jean Jülich, su hermano mayor, Franz, su madre y su padre. Los Jülich vivían en un piso de la calle Barbara, en la parte norte de la ciudad. El apartamento era pequeño, con un solo dormitorio, una cocina y una sala. Jean recordaba que las paredes estaban pintadas de un espantoso color azul y que el lugar resultaba un poco desolador. Pero era su hogar y allí estaban juntos.

En 1933, eso cambió. Todo cambió. El padre de Jean era un representante del Partido Comunista y fue testigo de las detenciones y los enfrentamientos que ocurrieron después de que Hitler subiera al poder. Decidió marcharse. La madre de Jean no podía mantener a sus dos hijos, así que el pequeño se fue a vivir con sus abuelos. Tenía cuatro años y ellos lo mimaron. Los adoraba: su piso era más bonito y espacioso. Sin embargo, su familia estaba separada y jamás volvería a reunirse.

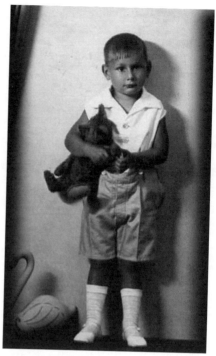

Jean Jülich en torno a 1931.

5 – Gertrud

Un día de la primavera de 1933, Gertrud oyó que llamaban a la puerta. En el rellano estaba su amiga Margaret, vestida como siempre, con una falda colorida y una blusa blanca. Pero algo le pasaba en la mirada. Parecía confusa y desesperada, expectante.

–¡Le han pegado hasta matarla! ¡Han asesinado a mi madre de una paliza! –gritó.

Gertrud tiró de ella para meterla en su casa. La madre de Margaret había estado varias veces en el piso de Kühlem, sentada en el mismo sofá de cuero de la sala de estar donde se encontraban en ese momento. Margaret explicó lo sucedido.

Hacía un par de días, cinco hombres se habían presentado en la puerta de su casa, habían sacado de malas maneras a su madre de la cama y se la habían llevado a rastras. El padre de la chica estaba trabajando en otra ciudad, así que ella se había quedado sentada en la cama toda la noche, sola, preguntándose qué hacer. Había oído hablar de la «Casa Marrón», el lugar donde la Gestapo llevaba a los prisioneros, así que, al día siguiente, fue hasta allí para preguntar por su madre. Le dijeron que se había tirado por una ventana.

Gertrud y su madre llevaron a Margaret a casa de sus abuelos, en el barrio de Deutz. Eran los parientes que en ese momento podían hacerse cargo de ella. Gertrud pensó que perder a uno de los progenitores era algo que sucedía en la ficción, no en la vida real. No obstante, la madre de Margaret había muerto, y la chica no era el personaje de un cuento. Era una amiga que estaba sentada en su sofá de cuero a la luz de las lámparas de petróleo y que hablaba sobre panfletos y periódicos comunistas. No volvería a sentarse en ese lugar jamás.

Cuando regresaban a casa, unos nazis aparecieron de pronto marchando por la calle, algo que ocurría cada vez con más frecuencia. La madre de Gertrud rodeó enseguida a su hija con un brazo por el hombro y la pegó a su cuerpo. En cualquier momento, uno de los hombres podía detenerse, empezar a formular preguntas y soltar exigencias. «¿Por qué no habéis saludado diciendo *Heil Hitler*? ¿Por qué no me miras a los ojos? ¿Qué hacéis aquí fuera?». Era posible que no existiera una respuesta satisfactoria.

Los camisas marrones de la SA pasaron sin mirarlas. Ellas suspiraron aliviadas y siguieron caminando hacia casa.

Mientras tanto, la familia de Gertrud se las iba apañando para sobrevivir. Sus padres seguían conservando el trabajo. Tenían un piso. Se tenían el uno al otro. En los días posteriores a que se fuera Margaret, Gertrud se preguntaba si su amiga lloraría por las noches. Ella no se podía ni imaginar tener que vivir con sus abuelos. No le gustaban los padres de su madre. Eran muy estirados y formales, y despreciaban a su yerno porque era de clase trabajadora y hablaba de política. A la chica le encantaba que conversara de esos temas con ella y le leyera textos políticos.

Una noche, antes de cenar, lo encontró leyendo una autobiografía del miembro del Partido Comunista Max Hoelz. Este era alemán, pero se había exiliado a la Unión Soviética. La chica llamó a su padre para que viniera a la mesa.

Ella había puesto el queso, las salchichas y los pepinillos en vinagre para acompañar el pan que su madre había horneado con la idea de tomar una cena ligera. Teniendo en cuenta el lugar y la época en que se encontraban, una comida así era un auténtico festín. Sin embargo, a ninguno le apetecía comer; estaban demasiado preocupados por la situación del momento: las detenciones, las palizas, las personas desaparecidas, los amigos perdidos.

Un fuerte impacto seguido de un golpe seco rompió el silencio.

—Parecen taconazos de botas —anunció el padre de Gertrud.

El ruido se oía cada vez más alto. Luego sonó un crujido.

En cuestión de segundos, el espectro que acechaba por la calle se plantó en su casa. Había cuatro hombres uniformados en la cocina.

Su padre se levantó de un salto de la silla. De forma casi automática, la madre de Gertrud la agarró y se volvió de golpe, para interponerse entre los hombres y su hija.

—Vamos a registrar la casa —espetó uno de los uniformados—. Buscamos armas.

—Aquí no hay armas —aclaró el padre de Gertrud.

—Eso ya lo veremos. ¡Registrad el piso!

Los soldados irrumpieron en la sala de estar y en los dormitorios. Con una fuerza innecesaria, desgarraron el cuero de los asientos del sofá, la ropa de cama, las almohadas. Volcaron la mesita de centro y derribaron las sillas. La madre de Gertrud la acercó más a su cuerpo.

Cuando un hombre se dirigió hacia la habitación de la niña, ella se separó de su madre para ver qué estaba haciendo el sujeto. ¿Buscando armas en su habitación? Allí no había ninguna. Sin embargo, en el suelo, justo en el centro, estaba su posesión favorita: una casa de muñecas que le había regalado su tío abuelo. Gertrud se quedó mirando mientras la enorme bota negra del nazi descendía sobre el juguete, la madera crujía y saltaban las astillas. Empezó a patear las paredes la casa. Descargó sus ansias de destrucción contra la familia de muñecas, cuyo hogar acababa de destrozar, y las aplastó.

—¡No puede destrozarme los juguetes! ¡No son suyos! —La niña lloraba al tiempo que se escondía tras una butaca con el relleno por fuera, como un ganso desplumado.

–¡Kühlem, tienes que acompañarnos! –gritó el jefe.

–¿Puedo coger mi chaqueta? –preguntó el padre de Gertrud.

–No la necesitarás.

Su esposa permaneció en silencio mientras los hombres se llevaban a rastras del piso al padre de familia.

La ruta más rápida para llegar al colegio de Gertrud era caminar hasta la plaza Rathenau, al final de su calle, cruzar a pie el parque y luego girar a la derecha por la calle Lochner. Las puntas de su melena corta le rozaban el cuello y la falda le acariciaba los muslos mientras se dirigía a toda prisa hacia el edificio de ladrillo de tres plantas.

Gertrud se reunía a menudo con su amiga Waltraud en el parque de juegos antes del colegio y durante el recreo. Ese día en concreto, la niña había llevado una muñeca para Gertrud porque había oído que habían detenido a su padre y todos los juguetes de su amiga habían quedado destrozados. Ella agradeció tener un nuevo juguete y una buena amiga. Se metió la muñeca de ojos azules y pelo rubio bajo el brazo para cruzar el parque.

Entonces se le encararon cuatro o cinco niñas. Ellas también habían oído lo ocurrido en casa de Gertrud.

–Tu padre es un delincuente.

–Está en la cárcel. La hija de un delincuente no se merece una muñeca –le dijeron para provocarla.

Alguien alargó la mano hacia ella y le tiró de la muñeca de debajo del brazo.

Gertrud estalló de rabia. Lanzó los brazos hacia las niñas y se le levantó la falda mientras las pateaba, enloquecida. Emitió un chillido agudo e insultó a sus atacantes. Le brotaron las lágrimas y empezaron a caerle por las mejillas.

Cuando las chicas se marcharon por fin, Gertrud no pudo entrar en clase. Se quedó en el exterior, ensimismada. ¿Por qué eran tan malas? Ella no era una delincuente. Y su padre tampoco. No creía que mereciera ser detenido ni estar en la cárcel. Solo quería mejorar el país para todos, en especial para los trabajadores. Esas chicas no eran mejores que los hombres que habían irrumpido en su piso.

Las compañeras de clase de Gertrud eran malas, pero no suponían su mayor problema. Los nazis se habían infiltrado en todo el colegio. Los estudiantes no hablaban de política en la escuela, a menos que fuera para comentar lo maravillosos que eran Hitler y el Tercer Reich. Los profesores sencillamente no podían evitar verse involucrados. Tenían que ser miembros del Partido Nazi para conservar su empleo. Además, todas las mañanas debían presentarse ante sus alumnos mientras alzaban el brazo y gritaban: *Heil Hitler!*

Antes de la aparición del Führer, los estudiantes de la escuela primaria católica empezaban el día diciendo: «Gracias a Jesucristo nuestro señor» o «Gracias a Dios nuestro señor». Hitler exigió una expresión más alemana y quería que las personas lo tuvieran presente –solo a él– a diario. Por eso los profesores retiraron los crucifijos y pusieron retratos del gerifalte en la cabecera de las aulas.

Sin embargo, Gertrud no se veía capaz de realizar el saludo. Hitler era el culpable de que se hubieran llevado a su padre.

Un día,[3] su maestro se dio cuenta de que la chica no estaba saludando al líder como mandaba la norma; la envió al

---

3. No puedo precisar la fecha con exactitud porque Gertrud solo lo describe como algo que ocurrió en un momento determinado cuando su padre había desaparecido. Técnicamente, ella recuerda que sucedió justo después de la *Kristallnacht*, la Noche de los Cristales Rotos, pero cambia de fecha incluso aunque esos dos acontecimientos ocurrieran antes de 1938.

despacho del director y llamaron a su madre. El traje gris del director parecía tan almidonado como un uniforme. Gertrud sospechaba que su profesor era nazi, aunque no tenía muy claras las tendencias del director.

—¿Por qué se niega su hija a hacer el saludo a Hitler? —preguntó el hombre.

—Pregúnteselo usted mismo —respondió la madre.

El director se volvió hacia ella.

—Gertrud, ¿por qué no dices *Heil Hitler*?

—Hitler ha encerrado a mi padre sin ningún motivo y no pienso saludar a un hombre así —respondió la niña.

Esa respuesta podría haberle valido fácilmente la expulsión del colegio. O algo peor.

—Está bien, vete a casa —ordenó el director.

Al día siguiente la cambiaron de clase, aunque ella se aseguró de sentarse en la última fila del aula para que el profesor no viera si decía o no *Heil Hitler*.

Gertrud echaba de menos a su padre, sobre todo después de clase, cuando él volvía a casa del trabajo. Antes, la niña se acurrucaba en el enorme sofá de cuero junto a él, y leían libros sobre comunismo y socialismo, y los textos de Ernst Thälmann, líder del Partido Comunista alemán. La heroína de Gertrud era Rosa Luxemburgo, la primera editora mujer del periódico del pueblo de Leipzig y la fundadora del diario comunista *Die Rote Fahne*, o bandera roja. Luxemburgo estaba a favor de la revolución obrera y quería que los trabajadores hicieran huelga, pero también era pacifista y no creía en la violencia. Había sido asesinada en 1919 por sus ideas. Gertrud quería estudiar Ciencias Políticas, Económicas e Historia, como Luxemburgo. Soñaba con escribir y conseguir la unidad del pueblo para que todos vivieran en paz. Jamás entendió por qué las personas que simplemente tenían diferentes opiniones políticas debían morir por sus principios. En ese momento, la chica tenía que leer a Luxemburgo sola.

Tras nueve meses en un campo de concentración, el padre de Gertrud fue liberado y regresó a su hogar en abril de 1934. Parecía distinto. Antes era un hombre corpulento, rechoncho, con el pelo blanco como la nieve y un bigote fino. Después de estar prisionero, se había convertido en una versión más delgada de sí mismo. Siempre le había gustado tener buen aspecto. Cuando llegaba a casa del trabajo, se quitaba el mono y se lavaba las manos para desprenderse de la mugre acumulada durante su jornada laboral. La estancia en el campo de concentración lo había dejado en los huesos y muy perjudicado. La chica opinaba que, definitivamente, parecía mayor de lo que era.

Sin embargo, se dio cuenta de que su espíritu no había decaído; quería seguir colaborando con el Partido Comunista en la clandestinidad. Contó a su hija que cada vez que hundía la pala en el suelo del campo, su convencimiento de que debía resistir se fortalecía. Gertrud sabía que cualquier cosa que quisiera hacer su padre resultaría peligrosa, pero admiraba sus convicciones. Y ese era el modo en que ella podía ayudarlo.

–Vamos a repartir unos folletos publicitarios –dijo Gertrud a su amiga Waltraud, la que le había regalado la muñeca–. ¿Quieres ayudarnos?

Lo de «folletos publicitarios» era una mentira, pero la niña deseaba la compañía de su amiga.

Cuando esta accedió, se dirigieron hacia la imprenta.

Gertrud y Waltraud metieron los papeles en sus carteras del colegio y fueron a reunirse con el padre de la primera. Cuando se acercaban a él, el hombre miró a su hija. Ella sabía que había hecho algo malo, aunque ignoraba el qué. Su padre no dijo nada.

Recorrieron las calles, entraron a los edificios de apartamentos y deslizaron los folletos por debajo de las puertas, boca abajo. No entraban en todos los hogares, solo en los que el padre de Gertrud sabía que eran seguros. Tampoco querían dejar material ilegal en un buzón donde alguien pudiera recogerlo por casualidad.

Caminaron sin parar y, cuando ya habían repartido todas las copias y Waltraud se fue a su casa, el hombre por fin habló.

–¿En qué estabas pensando? –le preguntó a su hija–. No vuelvas a hacerlo, ¿me oyes? Es demasiado peligroso. Sus padres no son comunistas. Ella no es una de los nuestros. –Su padre jamás le había hablado con tanta dureza.

–Pero si es solo un periódico... –replicó ella.

–Sí, mi niña, pero a los nazis no les gusta lo que lleva escrito.

Gertrud no había pensado en el peligro que implicaba el reparto de periódicos, ni para sí mismos ni para Waltraud. Si hubieran detenido a su amiga, los nazis no habrían creído que ella no sabía que estaba repartiendo material ilegal. Además, la chica podría haber intuido lo que estaba ocurriendo y contárselo a alguien.

Gertrud pensaba que la verdad debía darse a conocer, y *Die Rote Fahne* contaba la verdad sobre los nazis. Sin embargo, también necesitaba saber en quién confiar y tener la seguridad de que, si estaba haciendo algo ilegal, podría fiarse plenamente de las personas que la ayudasen. Los días en que podían colgar con libertad la bandera roja comunista de la ventana de su casa habían terminado.

6 – Jean

Jean había empezado primer curso –su primer año en el colegio– en el otoño de 1935. En su foto del primer día, el pelo rubio
le cae sobre la frente, la amplia sonrisa le levanta las redondea-
das mejillas y tiene los ojos muy abiertos. Parece un niño de
seis años muy contento. Además, sus abuelos habían intentado
hacerlo lo más feliz posible. No era una tarea fácil. Hitler había
subido al poder gracias a la promesa de aumentar el empleo y
mejorar las condiciones de vida, pero su familia no había notado
el cambio. Jean veía a su padre de vez en cuando, pero no a menudo, y su madre tampoco podía visitarlo con mucha frecuencia. La mujer trabajaba en una fábrica de paraguas y se llevaba
faena a casa para hacerla por las noches y ganar algún dinero
extra. El hermano mayor de Jean se encontraba en un orfanato
porque su madre vivía de alquiler en la habitación de un ático
y no podía permitirse cuidar de él. El abuelo de Jean tenía que
trabajar para mantener a su nieto y a su esposa. Se alimentaban
a base de col fermentada, patatas y judías verdes. Algunas veces
conseguían huevos o pescado, pero carne, en pocas ocasiones.

* * *

La mañana del 27 de mayo de 1936, el padre de Jean se encontraba por casualidad en el piso de los abuelos maternos de su
hijo. El niño estaba preparándose para ir al colegio cuando oyó
unas fuertes pisadas y luego unas voces. La puerta del piso se
abrió de golpe: dos hombres con el uniforme negro de las SS
estaban plantados en el rellano.

–¿Dónde está Jean? ¡Buscamos a Jean Jülich!

Buscaban al padre, Johann, a quien también llamaban Jean.

Cuando el hombre oyó las pisadas, se escondió en el aseo comunitario, al final del pasillo del edificio de apartamentos. Los oficiales de las SS registraron hasta el último rincón del segundo piso y luego rebuscaron a fondo por el tercero, donde vivía la tía de Jean.

Al final, los hombres encontraron al padre de Jean en el baño, lo sacaron de allí a rastras y lo golpearon mientras lo detenían. La abuela les rogó que parasen, pero ellos solo se detuvieron para reírse de la anciana y amenazarla. El niño permanecía oculto en una habitación al fondo de la casa, así que no podía ver lo que ocurría, pero sí lo oía todo: cada golpe, cada grito de dolor, cada súplica para que aquello parara.

Jean Jülich y su padre, a mediados de la década de 1930.

Transcurridas un par de semanas, la Gestapo regresó para detener a la abuela y a la tía de Jean. Habían sido acusadas de colaborar con su padre en una trama comunista. El chico ya no podía quedarse con su abuelo porque sufría demencia senil, así que tuvo que mudarse al piso de otra tía de la familia. No obstante, esta decidió que tampoco podía ayudarlo. Se llevó a Jean, a la sazón de siete años, al

Hogar Klapperhof para Chicos, donde las monjas cuidaban de muchachos como Jean y su hermano, que no tenían familia o cuyos parientes eran muy pobres para acogerlos.

A esas alturas, la familia de Jean no es que estuviera separada, estaba destruida.

7 – Fritz

Nuestra insignia ondea ante nosotros.
Nuestra insignia representa la nueva era,
¡y nuestra insignia nos conduce a la eternidad!
Sí, nuestra insignia nos importa más que la muerte.

Fritz conocía la canción, pero no estaba de humor para cantarla a coro. Era lo mismo todos los sábados, y eso lo sacaba de quicio. Desde 1936, todos los niños y jóvenes de entre diez y diecisiete años debían ser miembros de las Juventudes Hitlerianas o de la Liga de Muchachas Alemanas. En 1937, como Fritz tenía diez años, tuvo que alistarse en la división de los más pequeños, los *Jungvolk*. Los padres del chico habían intentado librarlo de esa obligación arguyendo que no tenían dinero para pagar el uniforme, pero no funcionó, y Fritz debía hacer acto de presencia cada sábado, aunque no contara con la vestimenta oficial.

Al principio, las Juventudes Hitlerianas le habían parecido entretenidas. Imaginaba que irían de acampada y de excursión, que aprenderían juegos y se lo pasarían bien. En todos los carteles y películas de las Juventudes, los niños siempre reían y se lo pasaban de maravilla. Fritz creyó que sería como el grupo excursionista Wandervogel, al que había pertenecido su padre siendo adolescente. Estos habían sido ideados para inspirar libertad y amistad y rechazar la vida adulta. No estaban organizados por jerarquías, no tenían líderes ni un partido político que los apoyase; salían de aventura y cantaban canciones.

Fritz enseguida se dio cuenta de su error. En las Juventudes Hitlerianas, todo estaba controlado por el régimen y bien organizado. Los sábados por la mañana tenían que levantarse y formar en línea recta para pasar revista y escuchar la propaganda nazi.

Hubo un sábado inolvidable que empezó como una mañana cualquiera para las Juventudes Hitlerianas. Un mar de uniformes marrones se extendía frente a Fritz: un muchacho tras otro con sus pantalones cortos marrón oscuro, una enorme y reluciente hebilla en el cinturón, una camisa color caqui con dos bolsillos en la pechera y un pañuelo del mismo tono. Puesto que Fritz era el más pequeño, debía situarse al final de las filas de chicos. Quizá no se dieran cuenta de que no cantaba.

—¡El último hombre, un paso al frente! —gritó el jefe del pelotón cuando terminaron de cantar.

Fritz corrió hacia la primera línea. El jefe de pelotón era mayor que él, quizá tuviera unos dieciséis o diecisiete años. Puso un maletín en los brazos de Fritz y le dijo que lo transportara. Él siempre llevaba encima su estúpido maletín y siempre hacía que el chico se lo llevara, luego le decía que debía sentirse honrado por ello. Todo eso crispaba los nervios de Fritz. ¿Por qué llevaba ese tipo el maletín? ¿Por qué era tan importante? Y ¿por qué tenía que cargar Fritz con él? Todos los muchachos con un alto cargo en las Juventudes Hitlerianas, como el jefe de pelotón, solo ocupaban posiciones de poder porque sus padres eran nazis y tenían dinero.

Fritz le contó a un amigo llamado Paul lo mucho que le fastidiaba lo del maletín.

–Tío, tienes que cagarte dentro –le sugirió Paul.

A Fritz le encantó la idea.

El entrenamiento de las Juventudes Hitlerianas se desarrollaba en un enorme campo al aire libre, situado en un parque de la ciudad, y, cuando los jóvenes se habían colocado en formación, cantaban y practicaban cómo marchar de manera correcta, y jugaban a juegos como atrapa la bandera, supuestamente, a modo de práctica para la guerra. Esa era otra de las cosas que disgustaban a Fritz: todo estaba relacionado con el ejército.

En un lado del campo, los chicos dejaban apiladas las cosas que no necesitaban para el juego de guerra, lo que incluía el maletín del jefe de pelotón. Cuando los demás muchachos se desperdigaron para empezar, Paul y Fritz se acercaron a hurtadillas hasta el montón de objetos, miraron a su alrededor y agarraron el maletín. Se adentraron corriendo en el bosque que había justo al lado, con su trofeo en la mano. Retiraron los pasadores y abrieron el maletín. ¿Qué era eso tan importante para el jefe de pelotón?

En su interior no había más que una tartera con el almuerzo y un papel arrugado. Solo se paseaba con él para parecer más importante. Aquello era perfecto para el plan de Fritz.

Sintiéndose victorioso, realizado y, seguramente, un poco más aliviado, el chico volvió a colocar el maletín en el montón de cosas y se unió al juego con los demás.

El sábado siguiente, Fritz volvió a presentarse en el campo. Habían indicado a todo el pelotón que se alineara. El jefe no se anduvo con rodeos.

–¿Quién ha defecado en el maletín del jefe de pelotón?

Se oyeron risitas nerviosas entre las filas y, a continuación, auténticas carcajadas.

–¡Todo el pelotón ha de permanecer en formación! ¡Silencio! El culpable debe confesar o habrá consecuencias para todos.

Fritz y Paul se quedaron callados, aunque tal vez estuvieran riendo con más ganas por dentro. El jefe de pelotón no consiguió una confesión de nadie y jamás encontraron al responsable.

Para Fritz fue una victoria total. No hubo castigo y el engreído jefe no volvió a llevar su maletín a los entrenamientos de los sábados para que el chico tuviera que cargar con él.

8 – Jean

Jean Jülich se reunió con su hermano en el Hogar Klapperhof para Chicos, en el Innenstadt. Era espantoso. Las monjas que lo dirigían eran malvadas: contaban a los muchachos relatos de terror para tenerlos callados por la noche y los obligaban a rezar tres veces al día. La comida era aún peor. La bazofia roja, supuestamente sopa de tomate, se encontraba en el menú como mínimo uno de cada dos días, algunas veces varios seguidos. El chico imaginaba que alguien habría donado una enorme cantidad de concentrado de sopa de tomate al orfanato, por eso se lo servían constantemente. En algunas ocasiones les ponían gofres, aunque tampoco eran mucho mejores. Estaban hechos con harina de trigo sarraceno, pero sin leche, ni mantequilla, ni azúcar, ni huevos. Los niños pobres no consumían alimentos de calidad.

Un día, Jean se sentó a la mesa, se llevó la vieja cuchara a la boca y sorbió la sopa. El sabor agrio y ácido le impregnó la lengua y descendió por su garganta. Aunque solo hubiera tenido que comer esa sopa una vez, habría sido asqueroso. Tomó otra cucharada. ¿Cuántos días más tendría que sufrirla? Si al menos la hubieran acompañado con una rebanada de pan con mantequilla, o, pura fantasía, con unos trocitos de salchicha frita, dorada y crujiente, flotando en la superficie...

Jean tomó una nueva cucharada. No podía soportar ese sabor. La bazofia le llegó al fondo de la garganta y fue demasiado para él. El líquido volvió a ascender por su esófago, su organismo no quería permitirle ingerir una cucharada más. Si Jean lo dejaba hecho todo una porquería, las monjas podían enfadarse, así que vomitó en el cuenco, sobre el resto de la sopa que no se había comido.

Una de las religiosas lo había visto.

–¡Hay que comérselo todo! –lo imprecó.

¿Qué podía hacer? No tenía alternativa: se acabó la mezcla de sopa y vómito.

* * *

La abuela y la tía de Jean habían pasado medio año en la cárcel, y el Departamento de Bienestar Juvenil tardó otros tres meses en autorizar que el chico regresara a su casa y viviera con su abuela en el barrio de Sülz. Esos nueve meses en el hogar para chicos convirtieron a Jean en un muchacho asustadizo, tímido, nervioso e incapaz de concentrarse en los estudios. No le gustaba ese nuevo mundo en el que vivía.

9 – Gertrud

El miércoles 9 de noviembre de 1938 oscureció pronto. El sol ya se había puesto cuando Gertrud se encontraba junto a su madre tras unos arbustos, justo al final de su calle. Edificios de apartamentos flanqueaban el parque, casas unifamiliares con porches soportados por columnas de estilo romano, estucados ornamentales y ventanales panorámicos. El edificio más señorial de la plaza era la sinagoga. El templo judío era casi como una fortaleza: estaba construido con enormes piedras de color vainilla y ocupaba media manzana. En el centro de la edificación, una gigantesca torre cuadriculada ascendía hasta el cielo, muy por encima de los bloques de viviendas de cinco plantas. La fachada del templo tenía un enorme vitral redondo y estaba flanqueada por torres menos elevadas.

Sinagoga de la calle Roon, Colonia, 2018.

Gertrud y su madre contemplaban, atónitas, la destrucción de toda esa magnificencia. Había varios hombres uniformados delante de la sinagoga y el paso a la calle donde se ubicaba estaba cortado. Había prendas de ropa, muebles, libros y rollos de la Torá –las sagradas escrituras judías– desperdigados por todas partes. Los nazis habían entrado y habían destrozado las dependencias de los rabinos, se habían llevado los textos sagrados y los habían tirado a la calle.

La madre de Gertrud se fijó en que alguien se había encaramado al tejado del edificio. El individuo intentaba arrancar la estrella de David de lo alto de la torre. Madre e hija se dieron cuenta de que era un vecino de su barrio.

–¡Max! ¿Qué estás haciendo? –gritó la mujer–. ¡Es horrible!

–Si no cierras el pico, te denunciaré –espetó él.

Entonces empezó a elevarse una nube de humo desde el templo. Habían prendido fuego a la sinagoga.

–¿Recuerdas lo que te dijo tu padre? –le preguntó la mujer a Gertrud.

Hitler traería la destrucción, y la hermosa sinagoga estaba siendo destruida ante sus narices.

Deberían haberse ido a casa. Las calles no eran seguras, pero la madre de Gertrud quería dar una vuelta para ver qué estaba ocurriendo. En su recorrido a pie desde la calle Roon hacia el centro de la ciudad, solo vieron escaparates rotos. Gertrud sabía que algunas familias judías ya habían huido de Alemania, pero su madre le había dicho a una dependienta conocida suya que todo el mundo debía quedarse a luchar. En ese momento, pintarrajeada en los escaparates de las tiendas, se leía la frase: «Soy un cerdo judío». La madre de Gertrud quería ir caminando hasta el callejón Schilder, cerca del principal barrio comercial, pero cuando ya se encontraban cerca, les cortaron el paso. Todo el centro de la ciudad había sido ocupado por los hombres uniformados de las SS. La mujer temía lo que pudieran encontrarse si seguían adelante.

10 – Fritz

La oscuridad envolvía las calles de Ehrenfeld cuando Fritz salió del edificio de la Piscina Neptuno. Caminó hacia la calle Venloer para recorrer el par de manzanas que había en dirección al norte desde su casa y se dio cuenta de que algo marchaba mal, muy mal.

Había cristales rotos sobre las aceras y la luz de las farolas proyectaba sus destellos en las esquirlas. ¿Qué estaba pasando? A lo largo de la abarrotada calle comercial, que iba desde el centro de la ciudad hasta el Cinturón Verde y la estación de tren de Ehren-feld, las tiendas tenían los escaparates destrozados. Había zapatos desperdigados delante de un local, ropa enfrente de otro y personas recogiendo los objetos y huyendo a toda prisa con ellos.

Eran los negocios donde compraba la familia de

Fritz Theilen (en el centro) con su madre y su hermano, en torno a 1939.

Fritz y resultaban ser todos propiedad de judíos, aunque al chico de once años jamás le había parecido un dato relevante. En Colonia no existía un barrio especial para los judíos. Hacía dos años, Fritz había tenido un compañero de clase cuyo padre era violinista en la orquesta de la ópera. En esa época, el chico no tenía ni idea de qué religión profesaba su compañero ni le importaba. Pero a los nazis sí.

Fritz oyó que personas vestidas de civil y otras uniformadas habían destrozado los escaparates e irrumpido en las tiendas como una especie de represalia. Incluso en Colonia, donde no había tantos fanáticos nazis, el sentimiento antisemita se había incrementado. Las carrozas de los desfiles del *Karneval* exhibían grotescas caricaturas de rostros judíos y los niños entonaban cancioncillas ofensivas en el patio del colegio. Algunas familias judías se habían marchado a Palestina, pues no querían que los humillasen, pero muchas otras se quedaron, porque no estaban dispuestas a renunciar ni a su vida ni a sus negocios, que en ese momento habían quedado hechos trizas en plena calle.

11 – Jean

A la mañana siguiente, Jean Jülich fue caminando hacia la calle Berrenrather, en Sülz, pasando por las sastrerías y las zapaterías, todas destruidas. Las vitrinas de cristal estaban hechas añicos y el contenido de las tiendas se encontraba desperdigado sobre las aceras. Jean sabía que eran negocios judíos, aunque no eran las tiendas que más le importaban.

El chico corrió hacia la juguetería, propiedad del señor Mangen. Jean adoraba ese establecimiento. Siempre que pasaba por delante, pegaba la nariz al escaparate y babeaba mirando todos los juguetes que deseaba y que seguramente no podría conseguir jamás. La tienda era un paraíso, un lugar de ensueño para un niño de nueve años aunque su familia no pudiera pagar todo lo que anhelaba.

El sueño se había esfumado. El enorme escaparate de cristal donde él pegaba la nariz estaba destrozado, habían derribado la puerta, y los juguetes –esos objetos preciosos– estaban desparramados por el suelo, rotos, destruidos. El chico sabía que podría haberse llevado cualquiera de los que no estaban del todo estropeados, pero no se vio con ánimo de hacerlo. Resultaba demasiado triste.

Un oficial de la SA se encontraba de pie frente a la puerta, vigilando las idas y venidas de los transeúntes. Jean lo miró y sintió un odio instintivo. Era el culpable de aquel destrozo. ¿Qué derecho tenía a destruir los juguetes con los que él soñaba?

Durante los días posteriores a lo que dio en llamarse *Kristallnacht* –la Noche de los Cristales Rotos–, Jean regresó a la tienda porque no podía creerse lo ocurrido. Sabía que el señor Mangen era judío y que esa era la razón por la que le habían destrozado el establecimiento, pero no lo entendía. La juguetería era bonita y el chico tenía amigos judíos que no eran diferentes de sus otras amistades. Sin embargo, incluso eso empezó a cambiar. No mucho tiempo después de esa noche de noviembre, sus dos amigos judíos ya no salían a jugar por el barrio tanto como antes; luego empezaron a llevar una estrella amarilla prendida a la ropa y al final, un día, no volvió a verlos nunca más.

Segunda parte
1939-1942

«¿A ustedes qué les importa? Déjennos en paz».

Colonia, 1939

Hitler tiene planes. Ha estado maquinando algo desde que los soldados cruzaron marchando el puente Hohenzollern hacia la orilla oeste del Rin en 1936. Se suponía que Hitler no debía hacerlo: el Tratado de Versalles, tras la Primera Guerra Mundial, establece que ninguna tropa alemana debe encontrarse al oeste del Rin. Tu padre, y quizá también tu hermano mayor, fueron obligados a alistarse en el ejército en 1938. Ahora, en 1939, están enviando más soldados a la frontera con Polonia. Va a pasar algo.

El 1 de septiembre de 1939 oyes la ronca voz de Hitler hablando por la radio: «Es nuestro objetivo: estoy decidido a solucionar el problema de Danzig y el corredor polaco y llegar a un acuerdo para que convivamos en paz y armonía [...]. Hay una palabra cuyo significado desconozco: "capitulación". Lo acontecido en noviembre de 1918 no volverá a repetirse en la historia de Alemania [...]. Espero que todos los hombres y mujeres participen en esta lucha de forma ejemplar».

Hitler está convencido de que la ciudad de Danzig –que Alemania entregó con su «capitulación» de 1918– es más alemana que polaca. Ha enviado un millón de soldados a la frontera con Polonia para conquistar ese territorio. El Führer está decidido a hacer realidad su visión de Alemania; su intención es borrar de la memoria colectiva la humillación sufrida por los alemanes al finalizar la Primera Guerra Mundial. Espera que todos sus compatriotas compartan este objetivo.

En Colonia se respira un ambiente de crispación. Todos los periódicos se hacen eco del rápido avance de Alemania hacia Polonia como primer paso para la creación de un Reich alemán más extenso, que incluya a todos los pueblos que algún día fueron alemanes, como Danzig. Por toda la ciudad doblan las campanas de las iglesias, resuenan en las calles para celebrar y dar las gracias por la victoria, y como acto de condolencia por las vidas alemanas perdidas. Oyes el tañido infinito, durante una hora seguida, mucho más tiempo que cuando llaman a misa de domingo. Y nadie ha declarado todavía la guerra a Alemania.

12 – Fritz

El 2 de septiembre de 1939, la madre de Fritz llevó a sus dos hijos desde Ehrenfeld hasta el centro de Colonia. El tranvía avanzó traqueteando por la calle Venloer, más allá del Cinturón Verde, y se adentró en el centro de la ciudad. Podían bajarse en el Neumarkt, por donde marchaban los nazis, o llegar hasta el casco antiguo de la ciudad. Los fascistas querían que todo el mundo celebrara las noticias, que demostraran su apoyo a la visión de una Alemania más grande. Sin embargo, para Fritz no había nada que celebrar. Habían obligado a su padre a alistarse en el ejército y ya no estaba con ellos.

–Esto es el fin –masculló su madre.

Tal vez el miedo fuera lo que la impulsó a invitar a sus hijos a café y tarta durante su paseo por la ciudad. Las confiterías exhibían en sus vitrinas hileras y más hileras de pasteles, galletas, pastas y dulces recién hechos. Un manjar especial quizá los ayudara a disipar el temor por lo que pudiera pasar a continuación. Madre e hijos ocuparon una mesa en la terraza de una pastelería, dispuestos a hincarle el diente a los bollos con sabor a mantequilla.

De pronto, Fritz oyó un ruido procedente del cielo. Se trataba del rugido de un motor enorme. Todo el mundo levantó la vista.

–¡Mirad al cielo, es un avión, un bombardero inglés! –gritó un hombre de la mesa de al lado.

Alguien hizo una broma sobre algo que Hermann Göring, el brazo derecho de Hitler, había dicho sobre los bombarderos ingleses. El día anterior, el ministro había declarado que era imposible que los británicos sobrevolaran Alemania. Estaba claro que se había equivocado.

A la madre de Fritz no le hizo gracia el comentario; el miedo se apoderó de su expresión.

–Fritz, nos vamos a casa –dijo al tiempo que agarraba a su otro hijo del brazo.

Los tres se levantaron, corrieron hacia su hogar y dejaron el café y los bollos intactos sobre la mesa.

Informe de la Oficina de Prensa Judicial de Düsseldorf

8 DE AGOSTO DE 1937

Antes de la toma de poder, existían grupos excursionistas anárquicos en la Alemania occidental que se autodenominaban «Piratas de Kittelbach». Tras el ascenso al poder de Hitler, los individuos aptos se unieron al NSDAP (Partido Nazi), mientras que la organización que resistía se convirtió en refugio para personas descontentas y contrarias al NSDAP (...). A pesar de la disolución y prohibición de estas agrupaciones, se han formado nuevos grupos de Piratas de Kittelbach en distintas ciudades de Alemania occidental (...). No solo se castigarán con dureza las actividades de los Piratas de Kittelbach, sino que también se prohibirá la pervivencia de estas asociaciones juveniles, o bündische, ilegales.

Informe de la Gestapo, Düsseldorf

10 DE DICIEMBRE DE 1937

Aunque estos (grupos bündische) rara vez puedan considerarse cohesionados desde un punto de vista organizativo, todavía existe la posibilidad de que se unifiquen, lo cual constituye un instrumento que, en manos de los enemigos del Estado, supondría un peligro para la juventud y, por tanto, para la nación.

Carta provincial para la Administración

23 DE ABRIL DE 1940

Después de la operación militar de la Gestapo, el segundo día de Semana Santa (25 de marzo de 1940), 116 chicos y 11 chicas fueron llevados a la prisión juvenil de Friedersdorf, bajo custodia. La mayoría de ellos será liberada durante los días posteriores a su interrogatorio. Aquí solo permanecen 8 jóvenes retenidos.

Identificación manuscrita por la Gestapo de jóvenes «desviados» en una foto confiscada, 1936.

13 – Gertrud

Desde que el padre de Gertrud había sido liberado de prisión, su hija lo veía cada vez menos. Algunas veces, la chica imaginaba que lo habían detenido y volvía a estar entre rejas, aunque también podía estar viviendo en la clandestinidad, oculto para publicar y distribuir material comunista ilegal. En realidad, saber dónde se encontraba exactamente la habría puesto en peligro.

En el verano de 1939 lo detuvieron por segunda vez y lo condenaron, por alta traición, a tres años en el campo de trabajo de Esterwegen. A Gertrud no se le permitió asistir al juicio porque tenía solo catorce años. Su madre le contó que su padre había llorado al escuchar la sentencia. La chica jamás lo había visto llorar. La idea de que pudiera hacerlo la sorprendió y también la asustó un poco.

Sin embargo, a pesar de que los cambios en su casa le parecían espantosos, encontró un rayo de esperanza en otro lugar.

Gertrud solía pasear por el bosque de Siebengebirge o de las Siete Montañas, una reserva natural en el sur de Colonia. Notaba la tierra mullida bajo las suelas de sus mocasines mientras avanzaba dando saltitos sobre el mantillo de hojas y agujas de pino. El viento soplaba entre las copas de los árboles. Si el cielo estaba despejado y lucía el sol, los rayos atravesaban el follaje y proyectaban sus haces de luz sobre el suelo forestal. Cuando estaba nublado, Gertrud tenía la sensación de que el bosque la envolvía con un manto húmedo y oscuro. Sin importar qué tiempo hiciera, en el lugar reinaba el silencio y se respiraba una paz inexistente en la ciudad.

A la chica le encantaba el bosque, le encantaba salir de excursión. Recordaba las salidas y acampadas con sus padres, y sabía que tanto su madre como su padre habían pertenecido a los clubes excursionistas *bündische* de jóvenes. En 1936 había ido a caminar con su madre y sus antiguas compañeras excursionistas, pero, en ese momento, era del todo ilegal que los chicos se reunieran al margen de las Juventudes Hitlerianas. No obstante, Gertrud quería salir de excursión, acampar y huir de la ciudad.

En el verano de 1939, Gertrud encontró a otras chicas y chicos interesados en las excursiones y las acampadas, a los que les traía sin cuidado la legalidad. Los fines de semana salían a pasear por montañas y valles de los alrededores de Colonia con sus peculiares atuendos, que nada tenían que ver con los uniformes. Llevaban botas de cuero marrón o sandalias con calcetines blancos enrollados hasta los tobillos. Todos vestían camisas coloridas, algunos de tela a cuadros, y a los chicos les gustaba remangárselas. Gertrud y las demás chicas llevaban falda negra hasta las rodillas con cremallera, y los chicos vestían pantalones de cuero o de pana. Los muchachos cubrían con sombreros sus frondosas matas de pelo largo; a menudo los llevaban ladeados o decorados con un montón de broches. Algunas veces lucían la insignia de Edelweiss, una pequeña flor metálica, un suvenir muy popular.

Los mejores amigos de Gertrud eran chicos, pues sentía más afinidad con ellos, y todos tenían un apodo: Jus, Willi Banyo, Ätz, Hadschi y Ali. El apodo de Gertrud, Mucki, era por un conejito de un libro que podía parecer infantil, pero a ella le gustaba. En cierta forma se parecía al animal: tenía la parte central del labio superior levantada hacia la nariz y el pelo de color rubio pajizo, terso y fino.

Cuando salió de excursión al bosque de las Siete Montañas iba rodeada de amigos. Desde lo alto de los montes rocosos veía el río Rin e incluso podía divisar la catedral de Colonia. Los afloramientos de roca eran geniales para escalar y trepar, y perfectos

Gertrud (en el centro) y sus amigos, de camino al Molino Liesenberger, a principios de la década de 1940.

para encontrar cuevas y grutas donde pernoctar tras un día de excursión. Esas cavernas también eran ideales para ocultarse.

Montaban el campamento y encendían una hoguera para no pasar frío. De forma inevitable, alguien sacaba una guitarra y empezaba a cantar.

Sí, bajo el sol mexicano
se encontraba el indio navajo del salvaje Oeste, de piel tostada.
Hoy mi corazón todavía se enciende
al pensar en el navajo.

Bajo el sol mexicano era una canción *bündische*, una composición original que había sido transmitida de un grupo a otro de jóvenes a lo largo de los años. El romanticismo de la canción seguramente se inspiró en los libros superventas de Karl May.[4] Todos los alemanes conocían el personaje de Winnetou, un indio apache que prefería derribar a sus enemigos antes que darles muerte. Los

---

4. *Véase* «Nota sobre los Navajos», p. 318.

75

libros de May eran ficción pura y dura: el escritor jamás había estado en el Lejano Oeste y jamás había visto a un nativo americano. Sin embargo, la juventud *bündische* adoraba esos relatos, a pesar de que no eran verídicos. La serie de Winnetou estaba plagada de batallas y episodios de valentía, fraternidad y belleza, y los libros siempre mostraban a los nativos como guerreros que luchaban por la libertad y estaban dispuestos a arriesgar su vida por ella. Los amigos de Düsseldorf de Gertrud, Hadschi y Ali, habían tomado sus apodos de los personajes de May, y uno de los grupos *bündische* se hacía llamar «los Navajos», o bien inspirado en el escritor o bien en la letra de la canción *El sol mexicano*.

Los adolescentes cantaban y hablaban, y el cielo fue pasando del azul oscuro al negro mientras Gertrud se encontraba sentada junto a Ätz, un tanto apartada del resto del grupo. El chico era alto y desgarbado, con el pelo ondulado y rubio pajizo, y era el único de la agrupación más joven que Gertrud, aunque desde luego no parecía un niño. La guerra los había hecho más conscientes de la realidad y de lo que la sociedad esperaba de ellos. Se suponía que Ätz debía unirse a las Juventudes Hitlerianas, pero él no quería. Ninguno de sus amigos deseaba pertenecer a esa agrupación ni a la Liga de Muchachas Alemanas.

–Mis padres se sienten muy impotentes –le dijo a Gertrud–. Han vuelto a amenazarlos con enviarme a un hogar de reeducación. Los han acusado de criarme mal por no conseguir que me una a las Juventudes Hitlerianas.

–Pero unirte a ellos te destrozaría para siempre. Por tu forma de ser, no conseguirías mantener la boca cerrada ni cinco minutos –advirtió Gertrud.

Seguramente entrar en la Liga de Muchachas Alemanas (LMA) también habría destrozado a Gertrud. Le había dicho a un profesor que no pensaba entrar en la agrupación porque quería hacer lo que le apeteciera y vestirse como se le antojara. Eso no la había librado de sus obligaciones como alemana. Había recibido una carta oficial donde le indicaban que debía entrar en la LMA. Gertrud la ignoró. No tardó en llegar otra misiva.

Cada vez que recibía una carta, su madre respondía que la chica estaba enferma y en cama. La excusa no coló durante mucho tiempo. Madre e hija terminaron yendo a las oficinas de la Sección Femenina nazi a escuchar una charla sobre la importancia de su amado Führer para las muchachas y mujeres alemanas. Una señora sermoneó a Gertrud sobre el deber fundamental de las alemanas, que era, en pocas palabras, tener hijos –niños «arios»–, preferible-

mente con un hombre de las SS. A Gertrud le parecía una idea repugnante. Los oficiales seguramente estarían torturando a su padre en el campo de trabajo en ese preciso instante. Y no tenía ningún interés en que sus hijos creyeran en la bondad de Hitler. Tras escuchar un sermón sobre su mal comportamiento, le permitieron regresar a casa.

Ese era el motivo por el que la chica entendía que Ätz no quisiera unirse a las Juventudes Hitlerianas. Él le contó que todo aquel asunto los tenía muy nerviosos, tanto a sus padres como a él. Aunque no fueran nazis, ellos no creían que pertenecer a las Juventudes fuera algo tan malo.

Gertrud Kühlem con su vestimenta del grupo Edelweiss, a principios de la década de 1940.

–Eso debes decidirlo tú –afirmó Gertrud–. Si estuviera en tu lugar, solo tendría en cuenta mi propia opinión.

Manual para el Servicio de Patrulla de las Juventudes Hitlerianas (SPJJHH)

1 DE JUNIO DE 1938

B. Intervención contra los grupos bündische

1.) Los jóvenes bündische son, según las leyes del Reich, totalmente ilegales. Sus actividades son antigubernamentales. El seguimiento de los jóvenes que se impliquen en las actividades bündische es responsabilidad de las Juventudes Hitlerianas y, por tanto, es el objetivo principal del SPJJHH.

2.) Uno de los requisitos para combatir a la juventud bündische es reconocerla. A continuación se enumeran algunas de sus características distintivas:

A.) Apariencia informal, descuidada y desaseada.

B.) Cabello y ropa desaliñados.

Grupo de piratas en Altenahr, cerca de las montañas Eifel, al sur de Colonia, en 1941.

C.) Suelen llevar la cabeza cubierta con gorras de visera y extraños sombreros de toda clase, decorados con una serie de broches, botones, plumas, etc.

D.) Llevan sandalias o botas de cuero de caña alta y pantalones muy cortos, que a menudo tienen borlas.

E.) Otras prendas que es lícito reseñar son las camisas a cuadros y los pañuelos de colores llamativos.

El aspecto en general de los grupos bündische es siempre irregular. Llevan navajas de todas clases. Se meten pipas (de fumar) y peines por dentro de la caña de las botas y tienen muchos bolsillos con cremallera.

3.) Estas señales identificativas quizá no se encuentren en todos los grupos bündische. Por otra parte, las características distintivas individuales no prueban la participación en actividades de esta clase. Sin embargo, se debe ser precavido a la hora de intervenir.

4.) La actividad bündische debería ser observada, sobre todo, durante las paradas en sus viajes. Si en una parada de este tipo se sospecha de actividad bündische por el tipo de documento de identidad o cualquier otro motivo, debería informarse a la policía según las leyes y normas del Estado.

14 – Gertrud

El Día de los Trabajadores era una festividad en la que el padre de Gertrud y sus compañeros, miembros del Partido Comunista, desfilaban por las calles para celebrar la labor de los obreros. También los nazis aprovecharon esa ocasión para marchar y hacer alarde de su presencia. El 1 de mayo de 1940, las Juventudes Hitlerianas desfilaron por el parque del Cinturón Verde hasta un punto de reunión donde se suponía que iba a celebrarse un multitudinario encuentro, justo al lado del barrio de Gertrud.

Por lo general, el parque del Cinturón Verde era un lugar tranquilo donde la chica y sus amigos podían reunirse entre semana para hablar, cantar canciones y pasar el rato. Su agrupación había decidido recientemente que se haría llamar el Grupo de Edelweiss, por una flor de los Alpes, una planta silvestre que crecía en libertad. Gertrud sabía que la situación en las calles había empeorado. Le habían llegado noticias de personas a las que las patrullas de las Juventudes Hitlerianas seguían y atacaban sin haber mediado provocación alguna. Gertrud creía que lo que más les molestaba era la pasión de sus amigos por la libertad.

Esa mañana de primavera, la hierba estaba verde, las hojas brotaban de las ramas y las flores salpicaban el paisaje. Las Juventudes Hitlerianas se debían reunir cerca del embalse situado en la falda de una colina del parque, donde habían erigido el monumento de un águila y una esvástica, ambas de dos pisos de altura.

La música marcial sonaba atronadora por los altavoces. Los tambores, las trompetas y el coro se unían para entonar las bondades del Reich y el Führer. A Gertrud esa música le parecía un molesto sonsonete y no le interesaba. Resultaba aburrida y monótona, siempre igual, sin importar qué canción estuvieran cantando.

También las personas parecían cada vez más similares: marrones, marrones, marrones. Las Juventudes Hitlerianas llevaban pantalones de pana de color marrón oscuro o pantalones cortos de lino negro, una insulsa camisa marrón y un pañuelo negro para el cuello. Tenían el pelo rapado en las sienes y solo un poco más largo por arriba. Las chicas de la Liga de Muchachas Alemanas usaban falda negra con una camisa blanca de manga corta y un fular negro atado al cuello, a modo de corbata. Se peinaban el pelo hacia atrás, bien tirante, con trenzas o moños. Debían tener siempre un aspecto pulcro y aseado.

Gertrud y sus amigos Willi Banyo y Jus contemplaban desfilar a las hormigas, una tras otra. Las Juventudes Hitlerianas siempre se comportaban como si fueran superiores.

De pronto, uno de los chicos se salió de la fila y se dirigió hacia el grupo de Gertrud. ¿Había sido un error? ¿Por qué se había desmarcado así del desfile?

Un destello marrón se aproximaba a la chica. Ella sintió un tirón en el cuero cabelludo. El nazi la había agarrado por el pelo. Le había metido los dedos entre los tersos bucles rubios, los había cerrado en un puño y le había tirado del cabello. Gertrud quedó con el cuello estirado cuando el chico la sujetó por la cabellera. Con la otra mano intentaba agarrarla por el brazo y colocárselo a la espalda. El joven era más grande y fuerte que la chica.

Gertrud reunió fuerzas para tensar el cuerpo. Tenía que zafarse del nazi; tenía que escapar. Con toda la energía que fue capaz de acumular, lanzó una pierna hacia delante y lo pateó en la espinilla. Es muy posible que lograra soltarse, porque adelantó la cabeza y un escupitajo salió propulsado de su boca hasta la cara de su agresor.

Notó que las manos del chico también le soltaban el cuerpo. O bien se sintió asqueado por el escupitajo o bien recordó que no debía pegar a las chicas, como seguramente le habría inculcado su madre. Era más probable que le hubiera dado asco la saliva, puesto que parecía que a los nazis no les importara pegar a las mujeres, como lo habían hecho con Margaret, la amiga de la madre de Gertrud.

La chica miró a su alrededor con atención. La estampa era horrible. Las Juventudes Hitlerianas se encontraban por todas partes, y sus amigos estaban recibiendo unas palizas brutales. Ella agarró un palo, pero, antes de poder seguir avanzando, otra mano la golpeó de pronto. Era otro de los miembros de las Juventudes, uno con menos escrúpulos que el primer agresor.

Le plantó un puñetazo en la cara. Gertrud agitó el palo en su dirección, le dio con él y salió corriendo.

Sentía un dolor intenso en la cara, donde había recibido el puñetazo, y sabía que se le inflamaría. Acabaría con el ojo morado. Jus y Willi Banyo salieron peor parados. El primero tenía el pelo negro alborotado sobre la cara magullada. Les habían pegado con puños y porras. A ambos les salía sangre por la nariz y les chorreaba hasta la barbilla. Gertrud esperaba que no la tuvieran rota.

La chica se marchó a casa, pues sabía que su madre le curaría el ojo. Empezaba a parecerse a esos amigos de su padre que acostumbraban a presentarse en el piso familiar tantos años atrás.

15 – Fritz

Fritz había aguantado tres años en las Juventudes Hitlerianas. Un sábado de 1940, el nuevo jefe de la compañía quiso pasar revista a su tropa. Supuestamente, la organización de las Juventudes imitaba al ejército para que los muchachos alemanes conocieran los rangos de las divisiones, tropas y compañías antes de ser llamados a filas. Debían desfilar en formación perfecta, con estricta sincronía, bajo la mirada vigilante de su superior. Fritz opinaba que su tropa había hecho un trabajo, cuando menos, pasable. Pero el jefe no era del mismo parecer. El chico no podía ni imaginar qué problema tenía el comandante, pero al final de la inspección retuvo a la tropa de Fritz y les dijo que debían realizar ejercicios de castigo.

El muchacho ya conocía esos ejercicios y sabía que no iban a ser agradables. Para empezar, toda la tropa correría a la vez. De pronto, alguien gritaría: «¡Tanque a la izquierda!». Fritz tendría que lanzar los brazos hacia delante, tumbarse en posición de plancha, con el vientre pegado al suelo, y levantarse enseguida. Correrían un poco más y alguien gritaría: «¡Tanque a la derecha!», y vuelta al suelo. Una y otra vez, sin parar.

Era en esos momentos cuando más le pesaba la idea de ser obediente y educado como un buen nazi, y eso le provocaba estrés físico y mental. Aquello era una sarta de paparruchas y no quería seguir haciéndolo.

Todos los demás empezaron a correr, y Fritz se quedó plantado en el sitio.

–¡Alto!

La tropa al completo se detuvo.

–¿Por qué no corres?

–No pienso hacer los ejercicios de castigo –respondió el chico.

Todos volvieron a colocarse en formación y reemprendieron la carrera. Fritz no se movió.

El jefe de la compañía le dijo que entregara la navaja, los tirantes y el pañuelo.

Eran sus objetos personales, no pertenecían a las Juventudes Hitlerianas. Sus padres le habían comprado ese material, y él no pensaba entregarlo.

El líder ordenó al resto de la compañía que le quitaran la navaja, los tirantes y el pañuelo.

Los miembros de la tropa se acercaron a él. Pensaban usar la fuerza. Un montón de manos se dirigieron hacia él a un ritmo frenético y lo sujetaron para quitarle los tirantes. Su cuerpo se zarandeaba en todas direcciones. Intentó defenderse pegando puñetazos, pero era una pelea de veinticinco contra uno. Le arrancaron los tirantes. Le arrebataron la navaja.

–Vuelve a la formación –ordenó el jefe de la compañía en cuanto se dispersó la melé.

Fritz se negó a obedecer. No pensaba regresar a la fila con esos impresentables que acababan de atacarlo siguiendo las órdenes de un niño rico que creía que estaba en el ejército.

–¡Por mí os podéis ir todos a la porra! –gritó, se dio media vuelta y se marchó a su casa.

Le pidieron que se disculpara por su comportamiento. No resulta sorprendente que se negara. Poco tiempo después, sus padres recibieron el aviso de que su hijo había sido expulsado de las Juventudes Hitlerianas por indisciplinado.

Puesto que Fritz ya no tenía que acudir a los entrenamientos de los sábados con las Juventudes, empezó a quedar con un grupo de chicos mayores que él en los campos de deporte. La mayoría eran mucho mayores que él. A sus trece años, Fritz debería haber estado en las Juventudes Hitlerianas; esos otros muchachos o bien estaban saltándose el entrenamiento o bien ya no tenían edad para seguir yendo. Él no tardó en trabar amistad con un chico llamado Hans y con su hermana Maria. Los tres se llevaban bien.

Poco después de conocerse, Fritz visitó el hogar familiar de Maria y Hans. Sus padres habían sido miembros de la juventud *bündische* y había fotos de sus excursiones y acampadas por todo el piso. Ambos le hablaron del movimiento, que el chico conocía porque le había contado algo su padre, que había participado en los Wandervogel. Los *Wandervogel* –literalmente «pájaros viajeros»– fue el primer movimiento juvenil *bündische*, oficialmente creado en 1901. Su objetivo era huir de las ciudades y explorar la naturaleza. Ese grupo no tardó en dividirse en varios subgrupos, y otros crearon sus propias organizaciones *bündische*. El movimiento creció hasta incluir a muchas asociaciones centradas en el excursionismo, la acampada, el canto y la amistad sincera. La Primera Guerra Mundial acabó con el movimiento, debido a que más de dos millones de jóvenes alemanes se vieron obligados a luchar y murieron en las trincheras de toda Europa. Cuando terminó la guerra, los grupos reaparecieron. Aunque algunos de ellos se volvieron más conservadores e incluso se equipararon a las Juventudes Hitlerianas, la tradición *bündische* evolucionó hasta llegar a ser, en gran parte, contraria a cualquier autoridad. En la década de 1920 contaba con más de cincuenta y cinco mil miembros entre todos los grupos *bündische*, y estaban en contra del conformismo y la moral estricta de la generación adulta.

A la mayoría de esas agrupaciones les traía sin cuidado los amoríos de sus miembros y sus creencias religiosas, ya fueran judíos, católicos o luteranos. Desde sus orígenes, los nazis despreciaron, en especial, ese aspecto del movimiento. Por ejemplo, creían que los Wandervogel estaban básicamente formados por jóvenes extranjeros y libertinos. El grupo conocido como *Deustche Jungenschaft vom 1.11.1929* o *dj.1.11* (Juventud alemana del 1 de noviembre de 1929) estaba demasiado influenciado por los rusos para que los nazis lo tolerasen. En 1933, cuando los fascistas llegaron al poder, se aseguraron de prohibir los grupos *bündische*, pero aun así siguieron creándose agrupaciones ilegales,

a las que ponían nombres como «Banda de los Perdidos», «Piratas de Kittelbach», «Bucaneros» y «Fiables». Sus miembros hacían lo que siempre se había hecho en estas asociaciones: salían de excursión, acampaban al aire libre, cantaban y pasaban el rato.

El término *bündische Jugend* se traduce como «jóvenes no federados», pero se convirtió en una expresión que los nazis usaban para referirse a cualquier grupo juvenil que emulara la tradición del pasado y fuera contrario al fascismo. Para los seguidores de Hitler, el movimiento *bündische* era una amenaza a su autoridad y su poder.

El padre de Fritz, Anton, ataviado de *Wandervogel*, en 1919.

Piratas de Edelweiss del valle del Rin, en el lago Felsensee, en el parque natural de las Siete Montañas, en torno a 1940.

Hans, Maria y sus padres enseñaron a Fritz algunas de las canciones que en ese momento estaban prohibidas y que cantaban esos grupos. El chico pronto se enamoró de la tradición y también quiso pertenecer a una de esas agrupaciones.

A finales del verano de 1940, Hans y Maria llevaron a su amigo a la reunión con un nuevo grupo *bündische* que se hacía llamar «los Navajos». Al chico no le importaba que la agrupación fuera ilegal. Ya no estaba solo; había encontrado a otras personas que se negaban a desfilar en formación y a obedecer órdenes arbitrarias.

Además, le encantaba la forma de vestir de esos jóvenes. Las chicas se confeccionaban sus propias faldas plisadas de tela escocesa. En la parte superior llevaban coloridas camisas, cazadoras que se les ceñían a la cintura y calcetines blancos hasta las rodillas. Los chicos vestían pantalones cortos de pana, camisas de colores llamativos y algunas veces calcetines blancos hasta las rodillas. Las prendas de los navajos eran alegres y llenas de vitalidad, no como los aburridos uniformes marrones de siempre. Se trataba de su forma de expresarse como individuos, con un estilo propio que los distinguiera.

Cuando se reunían, alguien siempre llevaba una guitarra; la correa del instrumento y algunas veces también las gorras estaban decoradas con broches de los lugares donde habían estado. La mayoría de los navajos llevaba o una ancha muñequera en la mano derecha o un anillo en forma de calavera.

Fritz adoraba hasta el último segundo que pasaba con los navajos. Se acabaron los entrenamientos militares y el acoso de esos chicos que se creían superiores y le daban órdenes. En ese nuevo grupo, todo era democrático, no tenían un líder y tomaban las decisiones en conjunto.

Al chico le encantaban las canciones como *Pinos altos*, una tonada cuya letra original hablaba con romanticismo del bosque y de un espíritu de la montaña como de cuento. Mientras que los nazis y las Juventudes Hitlerianas añadían letras que exaltaban su ideología, los navajos incluyeron un verso claramente antifascista:

Los pinos altos apuntan hacia las estrellas.
Sobre la corriente libre del Isar
se divisa el campo en la distancia,
pero tú vigílalo bien, espíritu de la montaña.
¿Te has entregado a nosotros?
Nos narras relatos y cuentos
y en lo profundo del bosque habitas
adoptando la forma de un gigante.

Ven a nosotros y hasta el fuego encendido
en el lago Felsensee, en una noche tormentosa,
y protege las tiendas, nuestra querida patria.
Ven y quédate con nosotros de vigilancia.
Escucha, espíritu de la montaña, nuestras palabras.
En nuestra patria ya no podemos cantar con libertad.
Así que agita tu garrote como en el pasado
y párteles la crisma a los nazis malvados.

16 – Gertrud

Gertrud cada vez veía más desfiles y más nazis marchando por toda la ciudad. Colonia recibía las visitas de los miembros destacados del Partido Nazi: el presidente del Reichstag, Hermann Göring; el líder de las SS en el Reich, Heinrich Himmler; el ministro de Propaganda, Joseph Goebbels; e incluso el mismísimo Hitler. La chica veía hileras y más hileras de jóvenes exclamando *Heil! Heil!* Los habían adoctrinado; ya no pensaban por sí mismos.

Además, durante los meses que habían transcurrido desde las revueltas del 1 de mayo con las Juventudes Hitlerianas en el parque del Cinturón Verde, las confrontaciones y ataques provocados por los jóvenes nazis habían ido en aumento. Era imposible acusarlos de las palizas que propinaban; las JJHH argüían que estaban limitándose a cumplir con su deber. El Servicio de Patrulla de las Juventudes Hitlerianas tenía autoridad para denunciar a la policía a otros jóvenes. Sin embargo, Gertrud creía que podían defenderse siempre y cuando no se vieran superados en número. Básicamente, la chica y sus amigos intentaban evitar a las Juventudes.

17 – Fritz

A Fritz y a los navajos les gustaba pasar el rato en el parque Blücher, en una pequeña terraza que quedaba un tanto elevada por encima del resto del recinto. El espacio cubierto de grava estaba rodeado por un murete de cemento que les llegaba hasta la cintura. A ambos lados de la escalinata que ascendía hasta la terraza había un león de piedra acuclillado sobre un pedestal de cemento, en posición de ataque.

El parque se encontraba en las afueras de Ehrenfeld y cerca de un barrio llamado Nippes; por eso, a veces, también había muchachos de esa zona. Por lo general se juntaban entre veinte y veinticinco jóvenes, y los amigos se reunían en un punto céntrico del parque para poder ver a quien se acercara.

A la madre de Fritz no le gustaba mucho la idea de que su hijo pasara el rato con los navajos. La incomodaba que hubiera chicos y chicas, aunque en realidad no podía controlar al joven. Ni siquiera los nazis habían podido hacerlo; una orden policial para la protección de la juventud afirmaba que los menores de dieciocho años tenían prohibido permanecer en las calles o en lugares públicos tras la puesta de sol, pero ni a Fritz ni a sus amigos les importaba. Ellos solo podían reunirse al salir del colegio o del trabajo. No pensaban permitir que el toque de queda se lo impidiera.

Se sentaban en el murete de la terraza, hablaban, tocaban la guitarra y cantaban. Una de las canciones favoritas de Fritz, que aprendió al unirse a los navajos, trataba de un niño que soñaba con su padre encarcelado. Se titulaba: *¿Sabes, madre, qué he soñado?*

Junto al niño gravemente enfermo,
la madre estaba sentada y lloraba,

porque durante su corta vida,
el sol no había brillado jamás.
La madre le retiró los bucles rubios de la cara,
el niño despertó de su sueño.
La caricia lo había animado
y a su madre dijo con ternura:
«¿Sabes, madre, qué he soñado?
He visto la cárcel,
y a nuestro amado padre
caminando en su interior.
Él no podía saludarnos.
Lo vigilaban muy de cerca.
No he visto más que unas pocas lágrimas
cayendo sobre su traje a rayas.
Tenía el pelo rapado,
el bigote estaba afeitado.
Dime, ¿por qué he nacido?
Dime, ¿qué nos ha sucedido?
¿Es nuestro padre un asesino?
¿Ha cometido esos delitos?
¿Ha violado esas leyes?
Yo lo he amado tanto...».
«Pequeño, por favor, no preguntes –dijo la madre–.
Tu padre es un hombre valiente,
pero una vez se emborrachó
y lo hicieron enfadar.
Fue presa de la ley.
Mientras estemos en el Reich alemán,
solo la clase trabajadora será condenada
a las penas más crueles».

Una voz atronadora retumbó por todo el parque.

–¡Parad ya esa música y salid de ahí!

Ese día eran unas quince las personas reunidas, y no se habían percatado del grupo de hombres uniformados que se acercaba hacia ellos.

–¿Qué estáis haciendo aquí? Ya sabéis que no está permitido –volvió a decir la voz con tono grave.

En cuanto Fritz se dio cuenta de que se habían metido en un lío, se ocultó tras un arbusto. A sus amigos siempre les había preocupado que fuera el más pequeño, y le advirtieron que, a la primera señal de problemas, debía desaparecer.

Espiando entre los matorrales vio acercarse a los nazis. Parecían tipos mayores con uniformes de la SA y algunos jóvenes con uniformes del SPJJHH. La oscuridad y la vegetación le dificultaban la visibilidad, pero oía perfectamente.

–¿Qué quieren? –preguntó uno de sus amigos.

–No pintáis nada aquí. Además, esas canciones están prohibidas.

–¿Ah, sí?

Actitud desafiante y de negación. Siempre.

–Sacad vuestros documentos de identidad –gritó uno de los nazis.

–¿Qué quieren? ¿A ustedes qué les importa? Déjennos en paz.

–¿Cuántos años tienes?

–¡Soy mayor de lo que piensan!

Los hombres se acercaron e hicieron el amago de quitarles las guitarras. Los amigos de Fritz no pensaban tolerarlo.

Desde detrás de los arbustos, el chico vio los cuerpos entrechocando. Si la SA y las Juventudes Hitlerianas pensaban usar la fuerza, también lo harían los navajos. La oscuridad dificultaba ver qué estaba pasando, pero Fritz sabía que estaban peleando e imaginaba que sus amigos estaban haciendo lo posible por defenderse.

A continuación aparecieron más hombres. La policía. Eso indicaba que la pelea había terminado. Los navajos huyeron corriendo en todas direcciones, alejándose de los nazis hasta confundirse con la oscuridad.

Para la Oficina de la Policía Secreta del Estado (Gestapo), Düsseldorf

7 DE OCTUBRE DE 1941

Según las noticias que hemos recibido, la actividad de los grupos de jóvenes bündische ha registrado un aumento últimamente. Según un informe del distrito local de Niederberg, los que dan en llamarse «Piratas de Kittelbach» son los más activos. Uno de esos despreciables jóvenes destrozó y dejó hecho jirones un uniforme de las Juventudes Hitlerianas. Los Piratas de Kittelbach parecen una cuadrilla comunista y, a menudo, van en compañía de muchachas degeneradas, agrupados en hordas indisciplinadas y ataviados con ropas y pañuelos de colores chillones. Hace poco, por ejemplo, han sido localizados en el valle de Neander.

Parece apropiado que la policía los trate con mayor dureza y aplique el despliegue de patrullas reforzadas en número, sobre todo teniendo en cuenta que el Servicio de Patrulla de las Juventudes Hitlerianas ya no es capaz de combatir este aumento de la actividad debido al creciente número de miembros en dichos grupos.

¡Heil Hitler!

Directorio Provincial del NSDAP (Partido Nacionalsocialista Obrero Alemán), Düsseldorf.

18 – Fritz

Fritz miró hacia la orilla contraria. Las aguas del Rin se veían de color gris verdoso bajo el casco de un pequeño bote que lo llevaba hacia la margen sur del río. Las alargadas barcazas planas navegaban con rumbo norte, con su cargamento de carbón, hacia los puertos de Düsseldorf o, quizá, incluso hasta Róterdam, en los Países Bajos. Si Fritz miraba hacia el sur, veía las Siete Montañas a la izquierda del Rin, que no parecían más que siete mullidas almohadas bajo un manto de árboles verdes. Sobre una de las almohadas, cerca del río, apenas distinguía las piedras marrones del Drachenfels, un castillo que se alzaba sobre las aguas del Rin.

Ese día de junio de 1944 hacía un tiempo maravilloso, y su viaje de fin de semana empezaba con el cielo azul y un sol

Piratas junto a la hoguera durante una excursión a Loosenau, al este de Colonia, en 1943. Imagen extraída del álbum fotográfico del pirata de Edelweiss Max Stahl.

radiante. El plan consistía en que los grupos *bündische* de toda Colonia y del valle del Rin se reunieran en el lago Felsensee el sábado por la tarde. No podían viajar todos en el mismo tren o barco sin levantar sospechas, por eso habían decidido que cada grupo realizara el trayecto por separado y que no siguieran una ruta directa. Algunos se bajaron en Bonn, situado en la misma ribera que Colonia, y cruzaron por la zona residencial de Oberkassel, para luego seguir hasta el punto de encuentro.

Fritz se bajó en Königswinter, que estaba justo al sur del lugar de reunión. La ciudad parecía el escenario de un libro de cuentos. Muchas casas tenían cuatro siglos de antigüedad y una arquitectura irregular que resultaba encantadora, con puertas y ventanas torcidas y paredes abombadas. Algunas de las viviendas eran más modernas, de principios de la década de 1900, cuando la población era un destino vacacional popular para las personas de ciudad, procedentes de Colonia o de Düsseldorf. Esos edificios estaban rectos y eran simétricos, aunque los habían pintado de distintos colores y tenían las fachadas ornamentadas, las ventanas, dinteles y aleros decorados con acabados artesanales, lo que daba a todos los inmuebles el aspecto de casa de pan de jengibre. Esos días no había muchos turistas y a Fritz y a sus amigos les gustaba que fuera así.

El chico se dirigió caminando hacia el este de la ciudad, en dirección al bosque, junto a los lagos donde todos habían acordado encontrarse. Desde el sendero forestal principal, Fritz recorrió un angosto camino hasta llegar a la zona que rodeaba el Felsensee. Esos lagos –Felsensee, Blauer See y Märchensee– no estaban en lo alto de las montañas, sino junto a la ladera de una colina, rodeados de acantilados. En cuanto los jóvenes campistas llegaron a los lagos, dejaron de ver el río y las vías del tren. En realidad no estaban tan lejos de la ciudad, pero aquello parecía otro mundo.

Gracias a los acantilados, el único acceso a ese paraje era un sendero estrecho. Fritz y sus amigos verían si alguien se acercaba por allí. Sin embargo, la zona conllevaba cierto peligro. Los acantilados que delimitaban tres lados de las lagunas estaban formados por rocas inestables que podían desprenderse en cualquier momento, aunque también eran geniales para encaramarse a ellas y saltar al agua desde lo alto.

Cuando Fritz y los navajos llegaron al Felsensee, ya había otros sesenta jóvenes en el lugar, chicas y chicos de los Wandervogel, y quizá de los Fahrtensenze de Essen y de los Piratas de Kittelbach de Düsseldorf. Había chicos con apodos como Bill Whisky y Jack Texas. Algunos ya habían montado el campamento en las cuevas que circundaban la laguna, o estaban armando las tiendas de campaña en la playa de tierra, junto al agua.

Las hogueras estaban prohibidas porque los aviones enemigos podían localizarlas; Fritz y sus amigos pensaban que era más inteligente evitar encender cualquier luz por las noches. Además, en junio no necesitaban el fuego; el sol no se ponía hasta las diez de la noche en los días más largos del año.

Se sentaron para empezar a cantar. Fritz todavía no tenía guitarra, pero siempre había una por allí. Comenzaron con una canción escrita para su escondite secreto.

Solo y abandonado, junto a una pared de piedra,
se encuentra el lago en calma, llamado Felsensee.
Allí, los jóvenes de la bella Colonia se reúnen junto al Rin.
Con nuestras amigas excursionistas, encantadora compañía,

somos amantes de caminatas y viajes, y
una florecilla de Edelweiss será nuestra insignia.

Aquel lugar era su oasis particular, totalmente apartado de los nazis y del mundo que tan rápido estaba deteriorándose a su alrededor. Habían encontrado a los suyos, y eso lo significaba todo para ellos. Contaban los planes que harían juntos, lugares a los que viajarían; eran momentos felices. Los jóvenes también hablaban sobre los amigos ausentes, que ya habían cumplido los dieciocho años y habían sido obligados a alistarse en el ejército. Hacía bastante tiempo que no sabían nada sobre muchos de ellos; la Gestapo los había detenido y se los había llevado. Aunque hubieran sido liberados, seguramente no querrían volver a reunirse con los grupos ilegales que los habían metido en tantos líos.

Los Piratas de Edelweiss juegan a intercambiarse la ropa durante una excursión a la región de Berg, al noreste de Colonia, cerca de Wuppertal, en 1941.

El pirata de Edelweiss Wolfgang Ritzer escribió la frase «Mundo loco» en esta foto que refleja un momento de diversión (donde se aprecia más intercambio de vestimentas) tomada durante una excursión de 1941 o 1942.

Cada vez que hablaban sobre las detenciones se producía una discusión tremenda a continuación. ¿Cómo les afectaría aquello? ¿Y qué harían cuando les tocara? Estaban bastante seguros de que los nazis iban a aumentar las detenciones y a llevarse a más jóvenes. Fritz no podía ni imaginar volver a una época en la que no tuviera la oportunidad de reunirse con sus amigos por las tardes o salir con ellos los fines de semana. Estar juntos era lo más importante para todos los presentes. Antes estaban solos y, en ese momento, por fin habían encontrado a personas afines que rechazaban a los nazis, que deseaban cantar, hablar, vestir ropas distintas y vivir la vida.

Alguien sugirió que, en lugar de escapar de los nazis, deberían contraatacar. La idea no gustó a muchos de ellos. La tradición *bündische* era no violenta. Su filosofía se basaba en ser quien uno quisiera ser, no en la lucha. En cualquier caso, la realidad era que no estaban listos para un contraataque.

Otro joven sugirió que si se unían a la SA o se hacían nazis, les bastaría con mostrar sus documentos de identidad cuando estuvieran de viaje y no los detendrían.

La idea fue rechazada casi de inmediato, sobre todo por algunos de los miembros más mayores. Unos cuantos ya lo habían intentado y no había salido bien. Cuando los nazis llegaron al poder, los padres y hermanos de los jóvenes excursionistas creyeron que los dejarían en paz, pues no pertenecían a agrupaciones abiertamente políticas. Pero eso no fue lo que ocurrió. El exceso de confianza resultaba peligroso y no debían permitir que ese tipo de ingenuidad volviera a perjudicarlos.

Llegaron a la conclusión de que debían esperar a ver cómo se desarrollaba la guerra antes de tomar cualquier decisión.

A la mañana siguiente, los jóvenes salieron a realizar sus actividades habituales de acampada. Algunos se desvistieron y se lanzaron al Felsensee. Sus aguas eran bastante profundas y estaban muy frías a principios de verano, pero eso no impedía que los más valientes nadaran y chapotearan. Otros se limitaban a permanecer sentados, tomando el sol, cuyos rayos penetraban por los claros entre los árboles y calentaban la tierra. Algunas veces, las chicas y los chicos se intercambiaban la ropa para sacarse fotos. Les producía un placer infinito el simple hecho de estar en libertad y hacer lo que quisieran.

De pronto, oyeron un rumor procedente del sendero que conducía al campamento. Se produjo un momento de miedo hasta que vieron que el ruido anunciaba la llegada de otro grupo del barrio de Kalk, en Colonia. Sin embargo, cuando los nuevos campistas empezaron a hablar, regresó el temor.

Les dieron malas e impactantes noticias. Hitler había decidido, sin declarar la guerra, enviar al ejército alemán a la Unión Soviética. El viento se llevó el buen humor y el bienestar de todo el grupo. Hacía dos años, Fritz se había creído la propaganda que afirmaba que Alemania ganaría cualquier guerra que declarara. En ese momento, las palabras de su madre, que había dicho que la invasión de Polonia no era más que el principio del fin, parecían más ciertas todavía. Más aviones, más bombas, más ataques, más muertes...

Algunos de los chicos mayores que estaban de permiso hicieron el petate casi de inmediato y se marcharon, pues sabían que debían regresar a filas. Sin embargo, antes de que se fueran, acordaron que intentarían reencontrarse el primer sábado de septiembre, en el lago de Felsensee, si era posible.

19 – Jean

Los primeros cinco o seis años que el padre de Jean estuvo en prisión su hijo era demasiado pequeño para visitarlo. Más adelante el hombre fue destinado a trabajar en un muelle próximo a la casa familiar. Jean podía ir a verlo a su trabajo y llevarle comida y ropa más abrigada, aunque fuera un acto completamente ilegal. El chico casi no había visto a su padre desde los cuatro años, y ni un solo día desde los siete. Jean tenía doce en ese momento y, algunas veces, ese hombre le parecía un desconocido, aunque todavía lo quería y deseaba visitarlo y hablar con él.

—Muchacho, vamos a perder la guerra —dijo su padre durante una visita.

Jean no podía creer que los alemanes no fueran a ganar la contienda. La guerra acababa de empezar y los alemanes habían ganado todas las batallas. A diario, el chico escuchaba los partes radiofónicos especiales sobre barcos hundidos. En el colegio seguían el avance de las tropas y todos los periódicos declaraban con euforia que Alemania saldría victoriosa.

—Nuestras tropas están ganando en Francia, Polonia, Noruega y África. ¿Cómo vamos a perder esta guerra? —preguntó Jean.

Su padre no se tragaba la propaganda que los nazis repetían, orgullosos, en la radio, los rotativos y los carteles. No creía que los alemanes pudieran ganar.

20 – Fritz

Ser expulsado de las Juventudes Hitlerianas seguramente era lo mejor que le había pasado a Fritz. De no haber sido así, jamás se habría convertido en un navajo. Sin embargo, no pertenecer a las Juventudes también dificultaba su día a día.

—Bueno, ya sabes que, si quieres convertirte en futuro aprendiz, debes pertenecer a la división de fábrica de las Juventudes Hitlerianas —le había dicho su director al final del año escolar, en la primavera de 1941.

Supuestamente debía iniciar una formación profesional al graduarse en la Volksschule —el equivalente a octavo curso—; él tenía pensado conseguir un cargo como aprendiz de fresador en la factoría de la Ford, donde había trabajado su padre. La planta automovilística había sido construida por la empresa estadounidense en 1931, y la Ford había seguido invirtiendo y controlando el monopolio de la fabricación de camiones militares alemanes hasta que estalló la guerra en 1939. Después de eso, la empresa se convirtió en subsidiaria alemana de la compañía estadounidense, con el nombre de Ford-Werke A., pero todos seguían llamándola Ford. Fritz había enviado la solicitud para el puesto aunque no perteneciera a las Juventudes Hitlerianas. Se la habían rechazado. En su lugar, consiguió un empleo de recadero y se entretenía haciendo los encargos con su uniforme blanco. No obstante, como chico de los recados de la Ford no haría carrera, por lo que necesitaba un plan.

Para poder optar a un puesto de aprendiz, Fritz debía figurar en las listas como miembro de las Juventudes Hitlerianas el 1 de octubre de 1941. Sin embargo, los nazis llevaban sus archivos de forma muy estricta, y los líderes de las Juventudes sabían que el chico había desobedecido sus órdenes y había sido insolente con sus superiores. Su ficha demostraba que le habían dado numerosas oportunidades de disculparse por su comportamiento, pero él no había aprovechado ninguna. Cuando el padre de Fritz fue a visitar a los líderes de las Juventudes Hitlerianas para intentar que readmitieran a su hijo, le recordaron su historial y el hombre perdió los papeles. En su opinión no estaban comportándose como dignos miembros del ejército. Empezar a gritarles seguramente no ayudó mucho a que readmitieran a Fritz.

Unos días después, su padre intentó una estrategia distinta. Acudió a un antiguo compañero de la Ford, que era supervisor de aprendices, y le pidió que hablara en favor de su hijo. Funcionó.

Lo positivo era que el chico ya tenía un trabajo. Lo negativo, que debía regresar al entrenamiento de las Juventudes, desde las siete de la mañana hasta el mediodía, todos los sábados.

21 – Jean

Las sirenas habían empezado a sonar y Jean y sus abuelos bajaron corriendo al búnker del sótano de su edificio, en la calle Sülzburg. Durante el invierno de 1941, los bombardeos se habían vuelto más frecuentes y, esa noche, las bombas volvían a caer. La sala al completo se estremecía, como si un tren pasara por su lado, atronando a toda velocidad.

Jean estaba en el primer búnker de la casa, en el sótano, entre la fachada del edificio que daba a la calle y un cobertizo trasero. Los sótanos siempre eran húmedos. En invierno, eso suponía que el aire era frío y nunca llegabas a sentir calor; en verano, implicaba que había bochorno, estaba anegado y jamás te sentías seco. Jean había oído que los soldados de permiso afirmaban que estar en esos refugios era peor que estar en las trincheras. Allí, al menos, podían moverse. En el búnker estaban paralizados, esperando la muerte. Todos sentados sobre las literas, sillas o bancos, demasiado asustados para conciliar el sueño.

Jean oyó primero el rumor de los motores del avión, seguido por el zumbido de la bomba cayendo en espiral desde el cielo, aproximándose cada vez más. A continuación, todo sucedió casi al mismo tiempo. La sala se desplazó de lugar y la atmósfera se transformó. Se oyó un fuerte estallido y, después, el silbido de un objeto al precipitarse al vacío.

Los muros se agrietaron sonoramente cuando cedió la azotea. Cayeron cascotes de cemento al suelo y una nube de polvo nubló la sala. Luego se fue la luz. Se oían gritos procedentes de todas partes. Los presentes estaban asustados y confusos. Pensaban que el edificio iba a venirse abajo, que morirían enterrados vivos.

El ruido se acalló, no hubo más derrumbes. Un minuto después se hizo la calma en el búnker. Jean percibió que los demás confiaban en que el techo aguantaría.

–¡Que nadie encienda fuego! ¡Han bombardeado los conductos de gas! –gritó alguien en la oscuridad.

Debían salir de allí antes de que se produjera una explosión o de morir intoxicados por los gases.

Jean se abrió paso por la sala a oscuras hasta la escalera, pero se dio cuenta de que su abuela no estaba a su lado. Regresó al búnker y oyó toser a alguien. Entre la oscuridad y las nubes de polvo, el chico vio que la anciana estaba de pie detrás de una pila de escombros, justo donde el techo estaba cediendo. Se había perdido en la oscuridad. Jean tiró de ella y la sacó de allí, intentando no respirar profundamente.

Salieron al exterior, ya de noche, y Jean empezó a inspirar bocanadas de aire. Tenía los pulmones ahogados por el aire tóxico del búnker. Los aviones seguían lanzando bombas, y aun así el chico y su abuela se quedaron en el patio del edificio. Tanto el bloque como el búnker parecían a punto de derrumbarse en cualquier momento. Cuando las sirenas dejaron de sonar, su familia se trasladó a casa de su tía, a unas manzanas de distancia.

Al día siguiente, Jean regresó a su piso y contempló la destrucción en toda su dimensión, bajo el sol de la mañana. Había personas recogiendo los escombros y retirando cadáveres. Ciertas partes del inmueble seguían en pie, y el chico pudo entrar y reunir unas cuantas pertenencias a toda prisa. No permaneció en el interior durante mucho tiempo; el edificio seguía corriendo peligro de derrumbarse. Entonces vio a su vecina del tercer piso. La mujer había quedado atrapada bajo una viga de acero que la había protegido cuando le cayeron encima más escombros. Luego supo que su hija no había tenido tanta suerte, y gritaba sin parar: «¡¿Por qué yo sigo viva y mi niña ha muerto?!».

Informe de la Dirección de las Juventudes del Reich

SEPTIEMBRE DE 1942

Desde principios de 1942, todos los grupos de las JJHH de Düsseldorf han observado que jóvenes de ambos sexos se unen a fraternidades que realizan viajes juntas, muchas veces oponiéndose abiertamente a las JJHH y al trabajo del jefe de la unidad de las JJHH. Estos líderes han sido atacados, abordados e incluso les han disparado. La vestimenta de estas fraternidades es similar a la de los jóvenes bündische del pasado. Tienen una especial preferencia por el símbolo de la flor de Edelweiss.

Una operación a gran escala, realizada el 3 de mayo de 1942, obtuvo los resultados siguientes: en 8 puntos de excursionismo en torno a la zona se han detectado 55 grupos de entre 7 y 15 miembros.

22 – Fritz

Fritz Theilen se encontraba en la litera de abajo de una cama de hospital, recuperándose tras una operación de hernia, cuando oyó el runrún. No era el ruido de un bombardero aproximándose ni de la maquinaria de la fábrica; no, era un rumor melódico, como de una canción. Conocía esa melodía. Empezó a tararearla.

Alguien asomó la cabeza desde la litera de arriba.

–¿Cómo te la sabes? –preguntó la persona en cuestión.

Era un chico que parecía algo mayor que él, de unos quince o dieciséis años.

–¿Y tú? ¿Cómo te la sabes tú? –dijo él sin responder a la pregunta.

Sin embargo, algo en la forma de actuar del chico le despertó confianza. El muchacho se presentó y dijo que se llamaba Mac. Fritz le confesó que había pertenecido a un grupo *bündische*, donde había aprendido la canción, aunque la agrupación ya no se reunía más.

–Tío, entonces tienes que venir con nosotros al Volksgarten, allí es donde están los piratas de Edelweiss –respondió Mac, y le habló a Fritz sobre sus amigos.

23 – Gertrud

Todos los meses, Gertrud recibía una carta: una hoja metida en un sobre, con una pequeña foto de Hitler en una esquina a modo de sello. La misiva procedía del campo de Esterwegen, remitida por su padre. Su contenido era casi siempre el mismo: se encontraba bien, le daban suficiente comida y había aprendido muchas cosas buenas de los nazis.

Mentiras y más mentiras. Gertrud y su madre lo sabían. La mujer decía que no creía que los nazis pudieran cambiar a su marido; era un hombre demasiado tozudo, demasiado decidido, creía ciegamente en la causa de otorgar el poder al pueblo. En realidad, lo escrito en la carta no importaba tanto como la hoja escrita. Cada misiva recibida significaba que seguía con vida el día que la había enviado.

Una vez al mes, ellas le respondían. El contenido también era siempre aburrido: se habían cruzado con un gato de rayas grises y blancas, la madre había confeccionado un bonito vestido a su hija. Si su padre lo leía, sabría que ellas también se encontraban bien. No estaba allí, en casa, pero al menos no había desaparecido.

Gertrud no podía contarle nada sobre sus nuevos amigos ni que se había negado a unirse a la LMA, pese a lo mucho que deseaba que él lo supiera. La chica pensaba que su padre se sentiría orgulloso de que ella no hubiera cedido a la voluntad de los nazis. Gertrud sabía que debía esperar a que regresara a casa para hablarle del grupo Edelweiss y contarle lo que había estado haciendo con sus amigos.

En mayo de 1942 no llegó ninguna carta.

Por aquella época, el correo llegaba dos veces al día, pero pasaban las jornadas y no recibían nada. Gertrud ignoraba por qué no había noticias de su padre. ¿Era porque había hecho algo y no le permitían escribir más? Su madre se mostraba menos optimista. Le comentó a Gertrud que se temía lo peor.

«No, mi padre sigue vivo», pensaba la chica. Debían de haberlo trasladado a otro campo.

Tercera parte
1942-1943

«Si no quieres ser soldado, pero tampoco quieres amargarte, debes mantenerte activo, formar parte de la clandestinidad, cometer sabotaje».

Colonia, 1942

En la primavera de 1942, la guerra ha llegado a Colonia y la maquinaria bélica está bien engrasada.

En la margen derecha del puente Hohenzollern, el recinto ferial del Messe se estremece con las entradas y salidas de numerosas personas. Soldados polacos, franceses y rusos son llevados allí y retenidos como prisioneros de guerra, obligados a trabajar en fábricas alrededor de la ciudad, como la Ford-Werke. Desde el otoño de 1941, el Messe también ha sido el punto de partida de decenas de miles de personas deportadas. Solo esa primavera, cuarenta y cuatro mil individuos son enviados desde el Messe hasta Theresienstadt, una mezcla de gueto y campo de concentración donde se enfrentan a una muerte casi segura a causa de alguna enfermedad o de su futuro traslado a campos de exterminio como Auschwitz, Majdanek y Treblinka.

Mientras el ejército alemán sigue avanzando y ocupa el territorio, envían de regreso no solo a prisioneros de guerra, sino también mano de obra. El Reich necesita personas que trabajen en las fábricas para seguir produciendo automóviles, camiones, caucho, revólveres y balas. Decenas de miles de individuos llegan a Colonia desde Francia, Bélgica, Ucrania, Polonia y Rusia. Ves cómo van entrando en la ciudad. Son jóvenes, algunas veces de solo trece años, y muchas son mujeres. Viven en campos de concentración en condiciones insalubres y les dan ropa andrajosa y zuecos de madera. El Reich los tiene esclavizados.

Estos campos y espacios de terror no están solo en la ciudad. En las afueras de Colonia, en la población de Brauweiler, existe una prisión adaptada a las necesidades de los nazis. Hace años era un centro penitenciario a la vieja usanza, donde los reclusos pasaban la condena realizando trabajos forzosos. A veces, cuado se enfadaban, tus padres te amenazaban con enviarte a ese lugar si te portabas mal. En 1933, esa broma ya no tiene gracia, porque la cárcel se ha convertido en un campo de concentración. En 1938, cientos de judíos procedentes de Colonia son retenidos en Brauweiler antes de ser trasladados al campo de concentración de Dachau. En 1940, cuando las celdas del cuartel general de la Gestapo están hasta los topes de reclusos, Brauweiler es utilizada como prisión para encerrar a los jóvenes detenidos durante las redadas a los grupos *bündische*. La mayoría de las veces ponen en libertad a los presos sanos y salvos, pero, en algunas ocasiones, son transportados a campos de reeducación juvenil.

Justo pasada la medianoche del sábado 30 de mayo de 1942, la luna llena brilla sobre Colonia. Un ruido, por desgracia demasiado familiar, resuena por toda la ciudad. Lo primero que oyes es un zumbido; después, el estruendo se eleva hasta convertirse en un sonsonete un tanto desafinado; luego vuelve a disminuir, oscila entre dos tonos agudos. Esas ondas sonoras que resuenan en tus tímpanos te producen un malestar físico instintivo.

Todos los residentes de Colonia saben qué significa esa vibración: va a producirse un ataque; los aviones se acercan; las bombas están a punto de caer. Los residentes del edificio bajan a todo correr la escalera hasta el sótano o para salir a la calle, en dirección al refugio antiaéreo más próximo. Para todo un edificio de apartamentos podría haber una única sala, donde los vecinos deben apretujarse y rezar para que el bloque no se venga abajo. Los refugios son fríos y oscuros, o calurosos y oscuros, dependiendo de la estación. Huelen mal todo el año. No hay ninguna comodidad; solo a veces hay una litera para que los niños se recuesten o algunas sillas para que otros se sienten. Sin embargo, es posible que ni siquiera se te pase por la cabeza pensar en lo incómodo que es el espacio en el que te encuentras. Te dedicas más bien a mirar hacia arriba una y otra vez y a escuchar con atención para oír el rugido de los aviones y los silbidos de las bombas; te preguntas si tu casa seguirá en pie. Noventa minutos allí son como una eternidad; una angustiosa eternidad.

Esta noche de 1942, los bombarderos aliados llegan a Colonia en formación, sobrevolando el cielo nocturno como una bandada de pájaros. Jamás has visto tantos aviones volando juntos. La luz de la luna permite que los británicos vean con claridad sus objetivos y que la defensa aérea alemana vea al enemigo, pero solo los británicos aprovechan la ventaja. Sus aviones sobrevuelan Colonia y lanzan una bomba cada seis segundos. Ahora sí que la guerra ha llegado a la ciudad.

24 – Jean

Jean volvió a casa con su madre cuando sus abuelos fueron evacuados de Colonia. El 30 de mayo, madre e hijo pasaron la noche en el refugio antiaéreo. A la mañana siguiente tuvieron que ascender desde el sótano, atravesando los pisos derribados por las bombas, hasta una escalera que por fin los condujo al nivel de la calle.

Ya en el exterior, los edificios incendiados habían dejado un olor dulzón y asfixiante. Se respiraba una atmósfera cargada y calurosa por las llamas que se agitaban con el viento, y el humo nublaba las calles. Jean encontró una hoja de papel, la sumergió en un cubo de agua y se la puso sobre la cabeza.

Tenían que llegar a una plaza o un parque cuanto antes. La madera de las edificaciones estaba quemada y el calor había dilatado el metal. Las construcciones podían ceder y derrumbarse en cualquier momento. Madre e hijo corrieron entre vigas caídas y calcinadas, piedras y cascotes hasta la plaza Eifel, donde los edificios estaban menos apiñados. Solo cuando pudieron detenerse y echar un vistazo, vieron el aspecto que tenía el barrio; entendieron entonces que se habían librado de la muerte por los pelos.

25 – Fritz

Cuando Fritz emergió de la seguridad de un refugio tras la noche de los mil bombarderos, el olor acre y terroso de los incendios se le metió por la nariz. El humo ascendía de los montones de piedras y madera, donde antes había habido un edificio. La humareda se metía en la boca y los pulmones, y hacía que la gente tosiera y se asfixiara. Las llamas trepaban por las paredes e iluminaban la penumbra previa al amanecer más de lo que jamás podría hacerlo la luna. Las personas gritaban con desesperación mientras buscaban a sus seres queridos desaparecidos.

Fritz pertenecía a una brigada de bomberos voluntarios, junto a otros hombres y muchachos que no estaban en el frente. Su labor consistía en hacer la ronda en un camión cisterna e intentar salvar lo que quedara en pie. Cada minuto que pasaba, esa parecía una meta cada vez más imposible, pues los incendios se multiplicaban y los edificios se desplomaban. La misión más importante de Fritz consistía en asegurarse de que las entradas a los refugios y búnkeres estuvieran despejadas, para que nadie quedara atrapado bajo tierra.

El chico se encontró con un búnker donde una bomba había alcanzado el refugio y lo había arrasado con las personas dentro. No podía ni imaginar la espantosa escena que se habría producido cuando esos pobres ciudadanos habían sido conscientes de que estaban a punto de morir. Esa guerra estaba acabando con todo.

Fritz no podía permanecer mucho tiempo en un lugar donde no había nadie a quien salvar mientras otros seguían vivos y atrapados. La brigada debía continuar su ronda.

A medida que avanzaban por la ciudad, el rastro de la destrucción no se detenía, ni tampoco la muerte. Fritz ayudó a cargar los cadáveres en un camión. Contemplaba los cuerpos retorcidos, mutilados por el fuego, y le costaba reconocer a algunos de ellos como seres humanos. Tenían la piel ennegrecida, enrojecida y magullada, e incluso blanca en las partes en que la carne había ardido y se veía el hueso. La gente que seguía en la calle intentaba taparse la nariz y la boca con pañuelos para no inhalar el humo, pero el hedor dulzón a carne asada de tantos cuerpos quemados era demasiado intenso para no filtrarse. No era como el de la ternera o las salchichas que cocinaba el tío de Fritz y vendía en la carnicería; era un tufo agrio, metálico, húmedo, denso, y le revolvía el estómago.

Aquello era un infierno, y el chico quería salir de allí. No importaba a donde fuera a ir, sencillamente quería escapar. Tenía ganas de gritar. Pero notó el regusto amargo de la bilis en la lengua, y el asco y las ganas de vomitar eran tan grandes que no podía ni abrir la boca. Separar los labios habría supuesto vaciar el estómago.

—¡Eh, cobardica! —le gritó por la espalda un agente de policía de cierta edad.

Fritz no se había dado cuenta de que se había quedado ahí plantado, con la mirada fija en el infinito, reprimiendo el deseo de vomitar.

—¡Recoge esos cuerpos y no te quedes ahí parado como un pasmarote! ¡Verás cosas mucho peores en el frente! —le gritó el hombre al tiempo que lo empujaba contra la pared junto a la que estaban apilando los cuerpos.

Una sola noche de bombardeos dejó la ciudad con aspecto de llevar siglos abandonada, como una Roma en ruinas. Murieron casi quinientas personas, decenas de miles se quedaron sin hogar. Esos eran los frutos de la guerra: muerte, destrucción y caos.

El chico recordaba los viajes con los navajos. No habían conseguido reencontrarse en el Felsensee ese mes de septiembre. Muchos de esos amigos ya estaban muertos, heridos, desaparecidos o en la cárcel. En el pasado, Fritz no había entendido el miedo de esos chicos; se le hacía eterno esperar a tener la edad suficiente para convertirse en soldado. No obstante, en ese momento, solo un par de años después, se sentía atrapado en las redes de la guerra. ¿Cómo se las apañaría para sobrevivir?

–Si no quieres ser soldado, pero tampoco quieres frustrarte, debes mantenerte activo, formar parte de la clandestinidad, cometer sabotajes –le había dicho uno de sus amigos.

Fritz no estaba muy convencido de ello. No tenía claro que quisiera correr riesgos y todavía lo asustaba la represión y el terror infligido por los nazis.

26 – Jean

El día siguiente al ataque de los mil bombarderos, Jean se paseó por las calles de la ciudad. Pequeños incendios se mantenían activos por debajo de los edificios derrumbados. Los cuerpos que yacían en la calle, en ocasiones, eran totalmente irreconocibles; se veían como una masa blanda y orgánica. El chico estaba asustado, aunque, por otra parte, era lo bastante joven para integrar los ataques como una vivencia habitual. Ya había visto morir aplastada a una chica de su edificio, y un amigo de la escuela había fallecido después de uno de los primeros ataques aéreos.

Hitler también se mostraba consternado ante la muerte y la destrucción, aunque la maquinaria de la propaganda siguiera afirmando que Alemania ganaría la guerra. Lo que de verdad temía el Gobierno era perder una generación entera de futuros soldados durante los bombardeos. Por ello, en el verano de 1942, Jean fue enviado a una zona rural junto a su clase, compuesta por otros once chicos, como parte de un programa nazi que reubicaba a los niños para protegerlos.

Jean volvía a encontrarse lejos de su familia, pero esta vez no se mostró dócil ni acobardado como en el hogar para chicos. Allí los demás niños se habían aprovechado de su debilidad y lo habían acosado y maltratado como les había dado la gana. En el campo, todos eran iguales. Jean se dio cuenta de que los demás no eran ni más listos ni más fuertes que él. Regresó a casa sintiéndose más seguro de sí mismo y más respetado por sus iguales.

27 – Gertrud

«Tenemos que hacer algo».

Gertrud llevaba meses pensándolo. Estaba claro que esa sensación se intensificaba cada vez que ocurría algo: la detención de su padre; la destrucción de las tiendas judías y de la sinagoga de su barrio la Noche de los Cristales Rotos; los bombardeos; el hecho de que sus amigos se convirtieran en soldados. El poder de los nazis no solo estaba influyendo en todos los aspectos de la vida, sino que además el daño que causaba era cada vez más evidente y la situación no estaba mejorando.

–¿No podemos hacer nada?

Fue como si Jus le leyera el pensamiento. Gertrud estaba con sus amigos excursionistas, y todos se sentían igual que ella.

–¿Qué podemos hacer contra la horda marrón? –preguntó Willi Banyo con escepticismo.

No eran más que unos adolescentes y habían visto qué les ocurría a las personas que se resistían a los nazis.

—Creo que deberíamos distribuir panfletos —sugirió Jus.

A Gertrud se le encendió la mirada. Sí, esa era una buena idea. Ella deseaba obligar a las personas a detenerse y pensar, para que no siguieran con su vida como si nada. Había visto a sus padres llevar a cabo estrategias similares, por lo que ese tipo de acción le resultaba familiar.

—Me parece una idea genial —comentó.

Jus estaba en contacto con un impresor, que accedió a encargarse de los panfletos. Para permanecer en el anonimato, lo llamaban Tom. Gran parte del tiempo imprimían eslóganes con grandes letras como:

¡ACABEMOS CON LA HORDA DE CAMISAS MARRONES!

¡SOLDADOS, DEPONED LAS ARMAS!

No tenían ni idea de lo peligroso que era lo que estaban a punto de hacer.

Gertrud apenas alcanzaba a ver la parte superior de la catedral de Colonia, de pie frente al templo y mirando hacia arriba. Las piedras oscuras ascendían hasta el cielo, y sus agujas y salientes resaltaban como cristales de azúcar que formaban torres puntiagudas. Ese templo pertenecía al pasado, a una época en la que los fieles acudían al lugar, tras recorrer cientos de kilómetros, para orar en su interior ante los restos mortales de los tres Reyes Magos. La catedral era visible en varios kilómetros a la redonda, desde la fábrica de la Ford hasta las Siete Montañas. Y era fácil localizarla desde el aire, donde los aviones estadounidenses y británicos lanzaban sus bombas.

Las plúmbeas puertas se abrieron, y Gertrud entró en el templo. El vasto santuario se desplegó ante ella cuando los portones cerrados bloquearon el paso de la luz exterior. Sin importar que fuera un día nublado o soleado, el inmenso santuario, con sus gruesas paredes de piedra y sus vidrieras, se mantenía siempre fresco y a oscuras. Era el lugar perfecto para ocultar los panfletos y que los feligreses los encontraran por casualidad.

Los visitantes se paseaban por el templo, mirando hacia arriba y a su alrededor, contemplando la magnificencia del edificio. La luz cabrilleaba entre el rojo, el azul y el amarillo de las vidrieras y hacía que los presentes entraran en una especie de trance. Nadie prestó atención ni a Gertrud ni a sus amigos.

Durante el otoño de 1942, la Gestapo encontró, en las ciudades de Colonia, Wuppertal y Düsseldorf, pintadas antinazis atribuidas a los Piratas de Edelweiss. En algunas frases se leía: «Los jóvenes *bündische* viven», «Abajo Hitler» o «El Alto Mando de la Wehrmacht [fuerzas armadas] miente».

La chica llevaba una bandolera llena de papeles doblados, listos para ser distribuidos. Agarró un misal y lo guardó con cuidado en su bolso. Abrió el librito sin mirar hacia abajo y metió un panfleto entre las páginas de los himnos sagrados. Sacó el devocionario de la bandolera y volvió a colocarlo en el hueco del banco de la iglesia. No podía asomar ningún fragmento del papel, y nadie podía verla agarrar los libros y volverlos a poner en su sitio. La iglesia católica también había sufrido a manos de los nazis, pero cualquiera de los presentes podía pensar que los jóvenes estaban haciendo algo sospechoso y denunciarlos a la Gestapo.

Gertrud fue avanzando entre los bancos de la iglesia, repitiendo la maniobra una y otra vez por todo el gigantesco templo. No tenía muchos panfletos, pero debía deshacerse de todos. No podían pillarla llevándolos encima.

Cuando la chica y sus amigos no tenían panfletos, ideaban otros planes. Se reunían por la noche y se paseaban por las calles oscuras y vacías. La iluminación nocturna estaba prohibida por los bombardeos y no había ni farolas ni focos encendidos. Las ventanas de todas las casas debían tener una cortina negra para tapar la luz y los coches debían conducir con los faros apagados. La ciudad debía ser invisible para los aviones que la sobrevolaban. El manto de oscuridad permitía al club Edelweiss recorrer las calles a hurtadillas, armados con sus cubos de pintura blanca, para garabatear sus mensajes en las fachadas laterales de los edificios.

Uno de los miembros más recientes del grupo, Sepp, había comparado a los nazis con las heces porque llevaban camisas marrones. Por eso escribió:

¿TODAVÍA SEGUÍS OLIENDO A ESTERCOLERO?

y

MARRÓN COMO UN ESTERCOLERO. ESE ES EL COLOR DE COLONIA. ¡DESPERTAD!

En una ocasión, el día siguiente a una noche de pintadas, oyeron a alguien decir: «Esos cerdos están destrozando las casas. Seguro que han sido los comunistas, menudos desgraciados», como si los mensajes que estaban escribiendo fueran peores que la destrucción y la guerra que los nazis estaban provocando. Por otra parte, cuando oían comentarios que aplaudían las pintadas, Gertrud se alegraba. Cuantas más acciones realizaran, mayor sería su repercusión, aunque al mismo tiempo implicara

Pintada donde se lee: *Heil, Navajo*, en referencia al grupo de jóvenes *bündische*; hecha en el centro de Colonia la noche del 13 de septiembre de 1942.

un aumento del peligro. Fue entonces cuando decidieron lanzar panfletos desde lo alto de la Estación Central de Colonia.

Pasaron los meses y Gertrud y su madre seguían sin recibir carta de su padre, ni tampoco de Esterwegen para explicar por qué se había cortado la comunicación escrita. Se plantearon la posibilidad de viajar al norte, hasta el propio campo, pero pensaron que seguramente no las dejarían ni entrar.

Un domingo por la tarde del mes de septiembre de 1942, Gertrud y su madre estaban sentadas tomando una taza de sucedáneo de café –una mezcla de tubérculos, granos tostados y agua– marrón como el de verdad, pero con sabor a serrín. En esa época llevaban una vida muy distinta a la de hacía nueve años. En el pasado tenían la costumbre de sentarse a charlar en la alargada mesa de madera. En ese momento, apenas intercambiaban palabra. Antes tenían un comedor amplísimo, lleno de amigos que las visitaban y disfrutaban de su compañía; en ese momento, vivían en un diminuto apartamento de dos habitaciones. Antes bebían café auténtico y cenaban queso y salchichas; en ese momento, bebían ese sucedáneo y la mantequilla era un lujo impensable. En cuanto el padre de Gertrud se convirtió en preso político, a ellas les prohibieron tener cartillas de racionamiento y les costaba mucho conseguir comida. De todos modos, el alimento no sobraba en tiempos de guerra, dispusieras o no de la cartilla.

Alguien llamó a la puerta. No recibían muchas visitas, pero, de todas formas, la madre de Gertrud fue a ver quién era.

Había un hombre en el descansillo. Llevaba un sombrero negro en las manos y lucía cuatro pelos canosos pegados al cuero cabelludo. Tenía el rostro afilado y delgado, y la piel de un enfermizo tono amarillento. Aunque no parecía muy sano, sí se veía fuerte. Se sentía fuera de lugar y no intentaba disimularlo. Ni la madre ni la hija sabían de quién se trataba.

—¿Es usted la señora Kühlem? —preguntó con nerviosismo.

La madre de Gertrud asintió en silencio. Desde la mesa de la cocina, la chica no veía el rostro de su madre, pero sí percibió que la mujer tenía los hombros en tensión, como esperando lo peor.

—Le prometí a su marido que la localizaría —dijo el hombre.

El padre de Gertrud lo conocía, eso hizo que la mujer se relajara.

—Entre —lo invitó, y se apartó para dejarlo pasar.

Cerró la puerta.

El hombre tomó asiento en la cocina, en la tercera silla, la que solía ocupar el padre de Gertrud.

Dijo que se llamaba Pater y que conocía al padre de Gertrud de su estancia en Esterwegen. Habían trabajado juntos en los campos de turba que rodeaban el centro de internamiento. Por las noches, el padre de la chica contaba historias sobre su familia. Se habían prometido mutuamente que el que saliera antes iría a visitar a la familia del otro.

—Me liberaron de pronto —contó Pater.

—¿Dónde está mi marido? ¿Cómo le va? —preguntó la madre de Gertrud con un hilillo de voz.

La chica percibió en el tono de su madre que ya intuía la respuesta.

—Yo he llegado desde Berlín —respondió el hombre.

Se quedó mirando el sombrero negro que tenía entre las manos mientras lo retorcía. Parecía que no quisiera mirarlas a los ojos.

—Está muerto —afirmó la madre de Gertrud en lugar de esperar la respuesta—. Lo han matado.

–Sí –confirmó el hombre.

Gertrud no se lo creía, no podía creerlo. ¿Era una broma? No, ese hombre no bromearía con un tema tan delicado, ¿verdad? Aquello no podía ser cierto. ¿Acaso era un actor? ¿Se trataba de una obra de teatro? No era una representación teatral. ¿Cómo iba a serlo? Debía de ser cierto.

Su padre había dejado de enviar cartas en mayo. Había sido entonces cuando había muerto.

–¿Qué le han hecho a mi padre? –preguntó Gertrud.

No se le ocurría pensar en ningún otro culpable que no fueran los nazis.

–No lo sé. Un día ya no volví a verlo y le pregunté a un guardia del pabellón qué había ocurrido. Me dijeron que estaba en la enfermería.

Pater hizo más preguntas, pero no recibió más respuestas, solo amenazas. El hombre les contó lo horrible que fue estar en el campo. Los prisioneros enfermaban, morían y los enterraban en fosas comunes.

Siguió hablando, pero Gertrud ya no escuchaba. Se imaginaba dejándose caer en el sofá de cuero, junto a su padre, y leyendo a Rosa Luxemburgo. Él le acariciaría el pelo sedoso y la llamaría «mi pequeña palomita risueña». Jamás volvería a llamarla así. No volverían a pasear juntos por la orilla del Rin, él nunca más le hablaría de la época en la que había luchado contra el fascismo al lado del Partido Comunista, ella no podría contarle cómo estaba combatiendo a los nazis. En ese instante se prometió a sí misma que jamás desistiría y que no se rendiría.

Más adelante, Gertrud y su madre recibieron una carta de Esterwegen con una nota donde explicaban que habían disparado a su padre cuando intentaba escapar. Eso fue todo, sin más detalles. La madre de la chica le aseguró que eso no podía ser cierto. Su padre habría sabido que le dispararían si pretendía huir y que eso las habría dejado solas.

Sin embargo, sí podía ser cierto. El campo quizá fuera demasiado para soportarlo o tal vez creyera que sería capaz de fugarse.

28 – Jean

Jean (abajo, a la derecha) y sus amigos en el parque Beethoven, en 1943.

En otoño de 1942, Jean tenía trece años y había regresado de la zona rural para estudiar en el colegio de la plaza Manderscheider, en su antiguo barrio de Sülz. Fue en un pequeño parque en la plaza donde Jean y su mejor amigo, Ferdinand Steingass, a quien llamaban Fän, vieron por primera vez a unos chicos vestidos de forma curiosa. Eran muy distintos a los miembros de las Juventudes Hitlerianas. Sus atuendos eran llamativos e informales, no uniformes de aspecto estricto. Aunque esos atavíos no les encajaran del todo, a Jean le parecieron geniales. Los chicos permitieron a Jean y Fän unirse a su grupo. Se hacían llamar «Piratas de Edelweiss».

A Jean le encantaban las canciones que entonaban y se puso el apodo de Schang por su canción favorita *Ocurrió en Shanghái.*

Jean y su grupo de piratas tenían más o menos la misma edad; demasiado jóvenes para ser llamados a filas o realizar cualquiera de las labores obligatorias de esos tiempos de guerra. Así que, al igual que el grupo de Edelweiss al que pertenecía Gertrud, ellos efectuaban largas salidas de fin de semana al sur del Rin, a las Siete Montañas o al Drachenfels.

Un fin de semana, Jean y sus nuevos amigos hicieron una excursión a las Siete Montañas. El chico casi siempre llegaba hasta allí en el tren que iba por la ribera sur del río Rin hasta Bonn, luego tomaba el tranvía hasta Königswinter y, por último, ascendía caminando por el monte hasta los lagos ocultos tras la ladera de las antiguas canteras de piedra. A Jean le encantaba buscar una cueva donde dormir y encender una hoguera. Al igual que Fritz y Gertrud y docenas de jóvenes, adoraba estar lejos de la ciudad y de la destrucción generada por la guerra, en un oasis con unas personas con las que se llevaba bien. No tenía que preocuparse por cómo se sentía ni por lo que decía. Sus amigos y él permanecían sentados durante horas en la tranquilidad del bosque, cantando canciones y charlando. También hablaba con las chicas, y, en ese lugar, sus conversaciones jamás se veían interrumpidas por las sirenas que anunciaban los ataques aéreos.

Arriba: Piratas en el Felsensee, a principios de la década de 1940.
Abajo: Castillo de Drachenburg, en Königswinter, 2017. Entre 1943 y 1945, esta edificación albergó una escuela llamada Adolf Hitler.

El sol brillaba esa mañana de domingo mientras iban caminando hacia Königswinter, con el plan de ascender hacia el Drachenfels, un castillo de cuento en ruinas situado en la cima de la montaña. Alguien llevaba comida de picnic –ensalada de patata y bocadillos–, y la idea era comer algo y disfrutar de las vistas de los montes que descendían hasta el Rin.

No llegaron tan lejos. Entre la cumbre y la ladera de Königswinter, a orillas del Rin, se encontraba el castillo Drachenburg, que estaba siendo transformado en una escuela llamada Adolf Hitler, una academia de formación de élite para las Juventudes Hitlerianas. Antes de poder iniciar el ascenso por la montaña, Jean y sus amigos se toparon con un grupo de jóvenes que marchaban en formación.[5] Llevaban el pelo muy corto peinado hacia un lado y vestían pantalón corto, camisa negra y brazaletes con rayas rojas y blancas.

Hacía tiempo que los nazis habían autorizado a las patrullas de las Juventudes Hitlerianas a imponer su autoridad en la vigilancia de otros jóvenes, y ese grupo en concreto pidió a Jean y a sus amigos que mostraran sus identificaciones. Los piratas se negaron a entregarlas. No habían hecho nada malo, por lo que no debían obedecer esa orden.

No tenían miedo a pelear con los miembros de las Juventudes Hitlerianas, que en su mayoría pertenecían a familias adineradas y podían pagar la academia, mientras que los piratas debían trabajar como aprendices de fábrica. Incluso antes de que los nazis ascendieran al poder, existían tensiones entre los jóvenes de distintas clases sociales, y la autoridad que los nazis confe-

---

5. Aunque la escuela no abrió sus puertas hasta 1943, los chicos estaban en un colegio de Königswinter y trabajaban en la reconstrucción del castillo tras un ataque aéreo.

rían a los adolescentes más ricos solo contribuía a empeorar la situación. Jean creía que sus amigos eran los realmente fuertes.

Alguien dio el primer puñetazo y empezó la pelea. Los piratas llevaban navajas, pero en esa ocasión decidieron luchar a puñetazo limpio. Los nudillos se hundían en la carne y golpeaban el hueso, los brazos rodeaban los cuerpos, las cabezas esquivaban los golpes, los cuerpos caían al suelo. Jean pensó que ganarían como lo habían hecho en el parque de la ciudad en algunas ocasiones, aunque esa vez era distinto. No estaban en su elemento. Las ruinas del castillo podían convertirse en una trampa, y las Juventudes Hitlerianas contaban con la ventaja de poder solicitar refuerzos de las SS y de la policía antes de que los piratas lograran escapar. Al final, los chicos recularon y regresaron corriendo hacia el transporte que los llevaría de vuelta a Colonia.

Cuando por fin se dirigían a Colonia, decidieron saltarse su parada habitual y retroceder caminando hacia su barrio. Tenían un mal presentimiento por lo que acababa de ocurrir y no querían arriesgarse a que los atacaran en la estación de tren.

Les pudo la curiosidad. Cuando lograron regresar a su barrio, fue inevitable que echaran un vistazo para ver cómo estaba su estación de siempre, donde vieron a las Juventudes, a hombres con gabardina y a oficiales de las SS esperando en el andén.

Jean sabía que esa vez habían tenido suerte.

29 – Gertrud

El aire era fresco y puro, y las nubes pasaban danzando frente a un sol amarillo claro. Una corriente de aire otoñal hizo que Gertrud se ciñera más el cortavientos. Sus amigos y ella se reunieron a las ocho de la mañana ese día de otoño de 1942 para coger el tren desde el este de Colonia; en él cruzarían el Rin hasta la población de Bergisch Gladbach. Desde allí realizarían un recorrido a pie por las montañas de la región de Berg, que rodeaba el pueblo. Su meta era el Molino Liesenberger, que en realidad no era un molino, sino un albergue donde podían alojarse.

A Gertrud le encantaban las suaves colinas y la caminata relajada hacia el molino, donde todos se sentían a salvo. Ya no tenían metido en la nariz el olor a edificios quemados, ni el sonido de las sirenas de los bombardeos les retumbaba en los oídos, y no debían escalar pilas de escombros. Allí sentían el aire fresco en la cara, oían el murmullo del viento y los trinos de los pájaros, y veían casas antiguas con fachadas revestidas de tejas extraídas de las montañas de la zona. Las únicas personas con las que se topaban eran los campesinos.

Piratas durante una excusión a Königswinter, 1941 o 1942.

Aun así, no pudieron resistirse a hablar sobre lo que estaba ocurriendo en casa.

–Los nazis tratan a los trabajadores forzosos peor que los granjeros a sus cerdos –comentó Jus mientras caminaban.

Gertrud estaba de acuerdo. Había visto un campo de internamiento donde tenían retenidos a prisioneros de guerra rusos y franceses y a trabajadores forzosos, y otro donde había numerosos ucranianos. No dio crédito al ver lo jóvenes que eran; incluso más que ella, casi niños. Los rostros delgados y pálidos con los ojos muy abiertos, que se habían quedado mirándola a través de las verjas metálicas. Hacía ya un tiempo, Gertrud y su madre habían elaborado un plan para llevar terrones de azúcar a los prisioneros hambrientos. La madre de la chica conseguía el azúcar en la farmacia donde trabajaba, lo envolvía en papel de embalar marrón y Gertrud dejaba caer los paquetitos desde el interior de su abrigo cuando pasaban caminando junto a la verja a primera hora de la tarde. Un día, Gertrud vio a un guardia que estaba vigilando, mirándola con suspicacia. Su madre abortó el plan y le dijo que era demasiado peligroso. A la chica le horrorizaba que las mujeres y las chicas siguieran malnutridas y estuvieran sufriendo, pero no se le había ocurrido ninguna alternativa.

–He oído que los camisas marrones tienen miedo de que los trabajadores forzosos quieran desertar o se asocien con algún grupo de la resistencia –comentó Lolli, otra chica de Colonia que frecuentaba a Gertrud y a los chicos de Volksgarten. El verdadero nombre de Lolli era Käthe Thelen, pero, al igual que Gertrud (Mucki), usaba su apodo en el grupo.

–¿De verdad no hay ninguna forma de ayudarlos? –preguntó Gertrud.

–Podríamos intentar conseguir más raciones de comida de los trenes de abastecimiento de alimentos –sugirió Ellie.

–¿Crees que los trenes están abiertos y que puedes subirte a ellos cuando te dé la gana? –replicó Lolli.

Verbalizó lo que todos los demás debían de estar pensando. Sus acciones siempre habían sido no violentas. Lanzar panfletos o hacer pintadas eran actos que obligaban a la gente a reflexionar. Sí, Gertrud le había pegado a ese chico de las Juventudes Hitlerianas, pero él la había atacado antes. La chica estaba en contra de la violencia y, seguramente, eso sería lo que un robo desencadenaría.

Jus dijo que era poco probable que los trabajadores forzosos furan a recibir más comida; solían acabar asesinados en las instalaciones. Eran obligados a trabajar cada vez más y les proporcionaban cada vez menos comida y menos cuidados médicos. Adelgazaban y enfermaban hasta la muerte por la única razón de que eran de Ucrania o de Polonia, o bien prisioneros de Francia, Bélgica, los Países Bajos o Rusia.

Mientras caminaban, empezaron a elaborar un plan para sacar la comida de los trenes y llevársela a los internos de los campos.

Uno de los amigos de Gertrud iba rasgueando la guitarra mientras avanzaban. Querían aparentar que estaban simplemente paseando y cantando, no haciendo algo sospechoso. De pronto, el chico empezó a entonar una canción:

Los bosques y los pinos se mecen en la niebla matutina,
nosotros recorremos la patria en silencio.
Vemos montes, prados, pueblos y campos,
tal como han permanecido durante muchos años.

Y esta tierra que nos vio nacer
nos abraza con sus límites invisibles.
A menudo pensaste que la habíamos perdido;
a menudo pensaste que una tierra extranjera llamaba.

En nuestros corazones, una voluntad sagrada resiste;
en nuestra sangre palpita una orden.
Has visto muy poco, has visto solo la superficie,
porque en nosotros una canción apasionada persiste.

Estaban acercándose a una granja donde había un viejo campesino sentado sobre un tractor; a su alrededor, dos mujeres, varios niños y una pareja de pollos picoteando el suelo. Algunos piratas habían sido detenidos durante las excursiones simplemente por su forma de vestir. La letra de la canción que cantaban era muy inocente, una tapadera creíble para pasar por un grupo de jóvenes senderistas. Siguieron alejándose del granjero y la música dejó de oírse.

–Algunos grupos han llegado al extremo de robar explosivos para sacar la comida de los trenes –comentó Gertrud, aunque ella estaba totalmente en contra de esa idea.

Consideraba esa clase de atentados bravuconerías, no acciones bien planificadas. La chica sugirió que, la próxima vez que hicieran pintadas en los trenes, debían comprobar si había algún vagón abierto.

Ellie no pensaba que fuera una buena idea intentar nada en Colonia. Había oído que los chicos de Ehrenfeld –el barrio de Fritz Theilen– habían hecho algo parecido y que había llegado a oídos de la Gestapo. Decidieron que lo mejor sería llevarlo a cabo en alguna ciudad próxima, pero más pequeña, como Wermelskirchen. En aquel lugar conocían a un grupo que podría echarles una mano.

Una fuente asegura que, en la imagen, Gertrud (a la izquierda) se encuentra de excursión en el este de Bergisch Gladbach con unos amigos de Colonia y de Wuppertal, en torno a 1940, mientras que otra afirma que Gertrud está de excusión con los miembros del grupo de Edelweiss de Volksgarten en las Siete Montañas, en 1941 o 1942. La fotografía podría estar mal clasificada o mal identificada, o quizá tales confusiones sean fruto de que distintas personas recuerdan la misma excursión de una forma diferente.

—Y así podrás aprovechar para coquetear con los chicos —bromeó Lolli.

Todos rompieron a reír. A Ellie se le daba de maravilla sonsacar la información a los chicos y tenerlos comiendo en la palma de su mano con solo una mirada. Gertrud admiraba esa habilidad.

Llegaron al Molino a primera hora de la tarde, la bruma de un largo y pausado atardecer se desplegaba frente a ellos. Se acomodaron en sus habitaciones y, después de cenar, Gertrud, Lolli y Ellie se sentaron delante de la chimenea de piedra de la sala común, donde se cocinaba. Los troncos ardían y crepitaban, y el calor que irradiaban caldeaba el espacio.

—Me gustaría estar enamorada de verdad —confesó Lolli, mirando a las llamas con sus ojos oscuros—. No sé qué es el amor...

—Tranquila. Antes de que te des cuenta, estarás casada y tendrás dos o tres hijos —dijo Ellie—. Además, todavía no has visto nada de mundo.

—Te envidio, Mucki —le dijo Lolli a Gertrud. Su tono era nostálgico—. Tú tienes a Gustav.

Aunque Gertrud y Willi Banyo hubieran fingido ser novios cuando habían lanzado los panfletos, la auténtica pareja la formaban Jus y ella. Habían llevado propaganda a puntos concretos y habían hecho pintadas juntos, y cuando iban de acampada, Jus se sentaba junto a Gertrud frente a la hoguera. Entrelazaban los dedos de las manos y permanecían sentados así, contemplando el fuego.

—Coqueteáis, pero él no te presiona para acelerar las cosas. Parece que sabéis lo que está pensando el otro con solo miraros —prosiguió Lolli.

—¿Coquetear? ¡Si ya se han besado! —exclamó Ellie.

Gertrud sintió que le subía el calor a las mejillas, y no a causa del fuego. Ellie tenía razón; Gertrud y Jus ya se habían besado. La chica se puso roja como un tomate. Lolli se dio cuenta.

—Grítalo a los cuatro vientos, que lo sepa todo el mundo —la reprendió Lolli.

—Nadie me ha oído —respondió Ellie.

Los demás iban a la suya.

—¿Cómo tiene que ser el chico del que te enamores, Lolli? —le preguntó Gertrud.

—Rubio.

—¿Y con los ojos azules y profundos como el océano y la espalda ancha y fuerte? —Ellie no pudo evitar ser sarcástica.

Las chicas siguieron parloteando, divertidas, y olvidaron que había otros cotilleos sobre los que chismorrear. Lolli volvió a prestar atención a Gertrud.

–Entonces ¿Gustav y tú ya habéis...?

Ella se ruborizó todavía más. No solían hablar de chicos, y desde luego que nunca hablaban de sus relaciones más íntimas. El sexo era un tema tabú y ninguna de ellas sabía nada sobre eso. Lo «aceptable» estaba muy limitado en la Alemania nazi: todo lo que no fuera convencional se consideraba desviado. El objetivo de la mujer era casarse y procrear, y cualquier opción distinta resultaba inaceptable para el Estado. Las chicas que mantenían relaciones sexuales antes del matrimonio eran consideradas de moral relajada y podían acabar en la cárcel. Los hombres y mujeres que, por el motivo que fuera, no querían casarse y tener hijos eran considerados perjudiciales para el desarrollo del país.

Lo único que sabían las chicas sobre su cuerpo era gracias a los cuchicheos del patio del colegio o de la calle. Cuando Gertrud tuvo su primera menstruación, su madre le contó que no debía irse a la cama con ningún hombre a partir de ese momento, porque, si lo hacía, no tardaría en tener un bebé. La chica no entendía qué significaba eso de «irse a la cama con un hombre», y su madre no se lo aclaró.

–Pero qué cosas dices –replicó Gertrud a Lolli. Estaba haciéndose la tonta, aunque también esperaba que su amiga le explicara lo que ella no sabía–. No estoy prometida –añadió.

–¿Qué tendrá eso que ver? –preguntó Ellie.

Gertrud y su amiga no recibieron respuesta a sus preguntas. De pronto, el dueño del albergue se entrometió en la conversación.

–¿Qué hay, chicas? ¿Estáis hablando de política? Cualquiera que estuviera mirándoos creería que estáis planeando conquistar el mundo –dijo–. ¿O me equivoco?

Menudo imbécil. ¿Había ido a sentarse con ellas porque eran atractivas y jóvenes, o por algún motivo más oscuro? Gertrud pensó que quizá estuviera intentando averiguar su ideología, un riesgo que ella no estaba dispuesta a correr.

–¿De política? ¿A quién le interesa eso? Nosotras vamos de excursión y cuchicheamos sobre chicos guapos –respondió con voz aflautada, quizá un poco más aguda de lo habitual, para pasar por una chica superficial y aniñada.

El dueño del albergue no se dejó engatusar. Les dijo que acababa de oír a Jus hablando sobre los Navajos.

Las chicas no lo creyeron. Su amigo no se habría aventurado a hablar tan a la ligera sobre otro grupo; eso habría sido demasiado arriesgado. Había otras asociaciones que salían de excursión y cantaban canciones que supuestamente no debían, pero no eran políticas. Hablar sobre una agrupación que había sido prohibida por los nazis era peligroso. ¿Estaría ese tipo tendiéndoles una trampa?

Lolli percibió el recelo de Gertrud hacia el comentario provocador del dueño del albergue y se esforzó muchísimo por fingir que no tenía ni idea de qué significaba eso de «los Navajos» en el contexto político. Estaba claro que el tipo no se refería a los relatos del escritor Karl May, aunque no había forma de saber si estaba de parte de las chicas o pertenecía al bando contrario.

Al final, el dueño del albergue desistió en su intento. Más adelante, Gertrud preguntó a Jus si había comentado algo sobre los Navajos. Él negó con la cabeza.

Definitivamente, aquel tipo entrometido pertenecía al bando contrario.

Después de pasar la noche en el Molino, el grupo de Gertrud decidió seguir caminando hacia su siguiente destino. El encuentro con el dueño del albergue le había provocado un mal presentimiento, pero intentó olvidarlo mientras iban hacia el norte, en dirección a Altenburg. Cuando llegaron a la cima de una montaña, a Gertrud se le cayó el alma a los pies. Justo delante de ellos había un grupo de oficiales de la Gestapo.

Obligaron a la chica y a sus amigos a subir a un camión que los llevó a una oficina de la Gestapo para interrogarlos. Los liberaron pronto. Después de todos los panfletos, las pintadas y las demás acciones que sus padres y ella habían llevado a cabo, estaba segura de que habían acabado arrestándola por las sospechas del tipo del albergue, aunque no lo sabía con certeza.

Supuestamente, ese encuentro casual con las autoridades debería haber provocado que el grupo de Edelweiss se retractara y siguiera el recto camino. Cuando Gertrud se reencontró con sus amigos, todos se formularon la misma pregunta: ¿debían continuar o bien dejarlo antes de que empeorasen las cosas?

Panfleto descubierto por la Gestapo de Wuppertal, en 1942. La traducción del texto es la siguiente:

¡A la juventud sometida de Alemania!

Jóvenes alemanes, pensad en la época dorada de los excursionistas, recordad los días soleados de salidas y acampadas. Ahora se os niega todo eso.

¿Por qué? La Alemania nazi del presente os quiere únicamente en las Juventudes Hitlerianas, donde os obligarán a entrenar como militares y aprenderéis a desfilar, disparar, interpretar mapas, orientaros, etc. El objetivo de todo esto es el siguiente: ¡convertiros en carne de cañón para el hambre insaciable de poder de Hitler!

Jóvenes alemanes, uníos a la lucha por la libertad y los derechos para vuestros hijos y los hijos de vuestros hijos, porque si Hitler gana la guerra, Europa será un caos y el mundo estará esclavizado como al principio de su historia. Acabemos con la esclavitud antes de que sea demasiado tarde.

¡Que Dios nos libere!

An die geknechtete deutsche Jugend!

Deutsche Jugend, denke an deine alte gold'ne Zeit der Pfadfinder, denke zurück an die sonnigen Tage der Fahrten und der Lager. Dieses alles ist euch heute versagt. Warum? Das heutige Nazi-Deutschland will euch in die "Hitler-Jugend" stecken. Wo ihr militärisch und fachlich ausgebildet werdet im marschieren, Schießen, Karten- und Geländekunde u.s.w. Das Ziel worauf dieses alles zurück geht ist: Kanonenfutter für Hitlers unersättliche Machtgier!

Deutsche Jugend erhebe dich zum Kampf für die Freiheit und Rechte eurer Kinder und Kindeskinder, denn wenn Hitler den Krieg gewinnt ist Europa ein Chaos, die Welt wird geknechtet sein bis zum jüngsten Tage. Bereitet der Knechtschaft ein Ende ehe es zu spät ist.

Herr mach uns frei!

30 – Gertrud

Apenas un mes después de su encontronazo con la Gestapo, el frío y húmedo aire de noviembre soplaba mientras Gertrud y sus amigos terminaban de distribuir los panfletos en Düsseldorf, ciudad al norte de Colonia, a orillas del Rin.

–¿Alguien tiene más panfletos? –preguntó el Escalador.

Todos negaron con la cabeza.

Miraron el agua casi inmóvil del canal del principal barrio comercial de Düsseldorf. El cauce no tardaría en congelarse, y el Escalador quería lanzar más cuartillas antes de que ocurriera. Sus mensajes quedarían congelados bajo la superficie todo el invierno, y resultarían incluso más permanentes que las pintadas que habían realizado hacía solo unos días.

–Una bonita imagen –dijo el Escalador–. Aunque solo sea un sueño.

Como no tenían otra cosa que hacer, decidieron ir a casa de una compañera pirata llamada Pepita. Pasarían la noche con ella antes de regresar a Colonia por la mañana. Caminaron un par de manzanas al sur hasta la angosta calle donde vivían la chica y sus padres. El aire gélido penetraba en la sala de estar, donde la anfitriona había extendido unas mantas de lana para que Gertrud y sus amigos de Colonia descansasen. El frío hizo que la chica se durmiera casi de inmediato.

Gertrud notó que algo tiraba de sus hombros. Parpadeó para abrir los ojos y descubrió que las persianas todavía estaban echadas y que la habitación seguía en penumbra. Miró con detenimiento la sala. Solo debía de haber pasado una hora.

Abrió un poco más los ojos y vio que había unas quince personas en el apartamento de Pepita, incluidos Hadschi, el Escalador, el Guardián, Lolli, algunos amigos de la anfitriona y otras personas de Colonia. Dos o tres de los presentes habían llevado guitarras.

Pepita fue a la cocina y sacó dos bandejas grandes de bocadillos y una jarra de agua. Alguien había llevado también un pequeño barril de cerveza. La Gestapo siempre ponía las bebidas alcohólicas y la convivencia de chicos y chicas como ejemplos del comportamiento degenerado de los Piratas de Edelweiss. No obstante, nadie demostraba ni la más mínima preocupación por lo arriesgado de la situación. Algunas veces, en momentos como aquel, era muy fácil olvidarse de la guerra, los bombardeos y las Juventudes Hitlerianas, y de los amigos y padres desaparecidos. Al igual que cuando se encontraban en el bosque, se evadían comiendo, bebiendo y cantando.

Un muchacho llamado Pico rasgueaba la guitarra. Gertrud se fijó en su pelo despeinado y largo cuando empezó a cantar *Marchamos a orillas del Rin y del Ruhr*. La versión original era una canción de las Juventudes Hitlerianas, pero ellos habían cambiado la letra para mejorarla:

Marchamos a orillas del Rin y del Ruhr,
estamos luchando por nuestra libertad.
¡Las Juventudes Hitlerianas partidas en dos!
¡Los Edelweiss marchan, atención: las calles son libres!

La canción los llevó de vuelta a la realidad. Había una guerra, y ellos formaban parte del conflicto. Pico mencionó los carteles con mensajes antinazis que habían pegado, y charlaron sobre sus planes inminentes. Gertrud había lanzado panfletos desde algunos puentes para que los papeles descendieran flotando por ríos y canales y los nazis se volvieran locos intentando adivinar su procedencia.

Habían escrito en ellos: «Soldados, deponed las armas, no tiene sentido seguir, ¡vuestro hogar ya no está aquí!»; «¡Levantaos, poned fin a la guerra! ¡Revelaos contra Hitler!». Los chicos del grupo llevaban cuartillas ocultas en los pantalones y las transportaron hasta la cercana ciudad de Wuppertal para su distribución.

La guerra continuaba; los edificios seguían ardiendo y derrumbándose tras los bombardeos. Cada vez había y menos comida y libertad. Y todos los ocupantes de ese pequeño apartamento opinaban que era más importante que nunca combatir a los nazis. Gertrud sentía el deber de continuar lo que su padre había empezado.

–«*Estábamos sentados en el bar de Jonny, jugando a las cartas y bebiendo chupitos...*» –Alguien empezó a cantar un nuevo tema y los demás lo siguieron.

Entonces se oyó un golpe. Las SS y los oficiales del Servicio de Patrulla de las Juventudes Hitlerianas irrumpieron de pronto dando voces.

–Os hemos oído desde fuera –espetó uno de los oficiales de las SS–. Menuda fiestecita tenéis montada. ¿Estáis cantando canciones *bündische*? Sabéis que eso está prohibido, ¿verdad?

Se hizo el silencio.

–No tiene sentido que nos mintáis, os hemos oído.

Silencio.

–¿Quién vive en esta casa? –preguntó un segundo oficial de las SS.

–Yo vivo aquí con mi madre –respondió Pepita.

–¿Y ella sabe qué está pasando?

–Sí, nos ha dado permiso para reunirnos aquí. Prefiere que estemos en casa y no dando tumbos por la calle.

Pepita estaba tranquila; hablaba con claridad. Quizá su seguridad propiciara que los hombres se marchasen. Quizá su confianza demostrara que no estaban haciendo nada ilegal.

–¡¿Qué intentas decirme?! –le gritó el primer hombre.

No se dejaba engatusar. Dio la orden a sus secuaces de que registraran el apartamento y a todos los que estaban allí.

Nadie se resistió ni mostró pánico, aunque sabían que había razones para estar asustados. La Gestapo no necesitaba una justificación para actuar. Cualquiera que expresara dudas sobre la guerra o sobre la victoria de Alemania era detenido, y cualquiera que hablase sobre propaganda ilegal o la repartiera, sin duda alguna, acabaría arrestado.

Los hombres recorrieron el apartamento con brusquedad, pisando fuerte con sus botas de cuero y sus uniformes marrones, metiéndoles las manos en los bolsillos, volviéndoles del revés los de las chaquetas, rebuscando en los bolsos de las chicas. Un oficial le confiscó un papel con la letra de la canción y un anillo de calavera a Pico. Algunos de los miembros de los grupos que se hacían llamar Piratas llevaban esos anillos y muñequeras con el mismo emblema. De la habitación de Pepita, otro hombre sacó el broche de Edelweiss, una carta, un diario y una libreta.

El oficial de las SS se quedó contemplando a los chicos. Sus ojos fríos y grises penetraron con la mirada a Gertrud y a sus amigos. Les exigió que cantaran una canción.

–¿Cuál quiere escuchar? –preguntó Pepita.

–Mmm... ¿Qué tal *Enséñame el camino para ir a casa*? –sugirió tras pensarlo unos segundos.

Se trataba de una tonada popular alemana, otra de las que habían modificado para ponerle una letra antinazi, una versión que no pensaban cantar en ese momento.

—Esa no la sabemos —dijo Hadschi.

—¿Estás negándote a obedecer?

—No —respondió Jose rápidamente.

Empezó a tararear las primeras notas. Todos se unieron y rompieron a cantar. Gertrud tuvo la precaución de recordar la letra que quería oír el oficial de las SS.

—Aquí no pasa nada —sentenció el oficial—. Os llevamos a otro lugar. Y mañana, a primera hora, los que sean de Colonia y Wuppertal serán transportados de regreso a sus ciudades.

Dicho esto, Gertrud fue trasladada a la oficina de la Gestapo de Düsseldorf. El oficial la acusó de estar celebrando una fiesta con cerveza, pero la chica lo negó. A primera hora de la mañana, obligaron a los de Colonia a que se subieran a unos camiones.

* * *

Poco tiempo después, llegaron a la oficina de la Gestapo de Colonia. La Casa EL-DE se encontraba en una esquina del centro de la ciudad, justo en la acera de enfrente de los juzgados, a la vuelta de la esquina de la comisaría y a solo un par de manzanas del principal barrio comercial. El edificio era una fortaleza: sólidos bloques de color beis y gruesos dinteles de piedra en torno a las ventanas. Las que parecían enterradas en la acera, justo a la altura del sótano del edificio, eran las que daban más miedo. Tenían barrotes de acero y apenas podían abrirse. Los transeúntes percibían de pasada el hedor procedente del sótano y los gritos y chillidos de las personas encerradas allí abajo.

La Casa EL-DE era la sede de la Gestapo, pero también el lugar donde vivían algunos miembros de la organización y donde mantenían retenidos a sus prisioneros. Ninguno de los detenidos por la Gestapo sabía cuánto tiempo iba a pasar allí. Esa era una parte del poder de la organización, y del terror que provocaba.

Cuando los oficiales hicieron bajar a los piratas por la escalera, Gertrud supo que la separarían de los chicos.

Willi Banyo le guiñó un ojo. Eran una piña, aunque experimentasen aquello por separado.

El sótano estaba oscuro. El edificio tenía electricidad, pero las bombillas apenas iluminaban. El aire era fresco, pero cargado de olor a humedad y moho, a humanidad y desinfectante. El suelo era de frío cemento, las paredes, verdes y amarillas.

Un oficial empujó la pesada puerta metálica de la celda y se abrió un agujero negro. Lanzó a Gertrud dentro. El calor desprendido por otros cuerpos –demasiados– irradiaba por toda la habitación, que no era mucho más espaciosa que un aseo pequeño. La celda tenía capacidad, como mucho,

Celda de la Casa EL-DE, en 2017.

para una o dos personas. Gertrud calculó que, por lo menos, había ocho mujeres allí, aunque no les veía las caras.

Preguntó cuánto tiempo llevaban detenidas. Una voz le contestó que dos días. Las demás no podían saberlo o no respondieron.

Los ojos de Gertrud se adaptaron a la luz. Uno de los rostros le resultaba familiar, aunque no podía asegurar si realmente conocía a esa persona. La chica tenía los ojos hinchados. Gertrud volvió a mirarla. Agnes. Tenía diecisiete años –uno menos que ella– y pertenecía a otro grupo de Edelweiss de Colonia.

Gertrud no le dijo nada, pero cuando Agnes por fin levantó la vista del suelo y sus miradas se cruzaron, vio que estaba sorprendida. Le cogió la mano y ambas se dejaron caer. Seguían sin poder hablar. Si decían que se conocían sería peligroso: esas palabras podrían ser utilizadas en su contra. Cualquiera podría estar escuchándolas.

Pasó el tiempo. Quizá una hora, quizá menos, quizá más. Gertrud no tenía forma de precisarlo.

La puerta volvió a abrirse y una tenue luz amarilla se coló en el interior de la celda.

–Gertrud Kühlem.

Avanzó un paso para situarse bajo el haz de luz procedente del pasillo y miró a su alrededor, a los demás calabozos. No sabía dónde estaban sus amigos.

–¡Más rápido! –gritó el guardia.

La agarró por el brazo y tiró de ella para llevarla hasta la escalera. La chica vio una ventana: el exterior. El oficial seguía tirando de ella para obligarla a subir. En cuanto salieron del sótano, la condujo por un pasillo angosto con una puerta tras otra y tras otra más. Desde detrás de cada una, Gertrud oía los golpes de los cuerpos al impactar contra superficies duras, los gritos emitidos por esos cuerpos. Llegaron a otra puerta –la de Gertrud–, y un hombre uniformado la abrió.

La sala parecía un despacho, aunque no del todo. Tenía una mesa y sillas de madera, pero no había ningún documento sobre la mesa, ni una máquina de escribir. Gertrud se sentía inquieta. Era un lugar extraño, desde luego no se trataba de un despacho, pero ¿qué era?

–Eres basura, ¿lo sabes? –le espetó la desagradable voz del desconocido.[6]

Ella no dijo nada. No pensaba hablar. Se quedó mirándose las botas de invierno, su piel forrada y cálida.

Sintió el golpe antes de darse cuenta de lo que iba a suceder. La bota de otra persona la pateó. Todo su cuerpo cayó hacia adelante por la fuerza del impacto, y quedó doblada sobre sí misma. El tipo volvió a patearla en las costillas y la dejó sin aire.

–¿Quién te imprime los panfletos? ¿Cómo se llama? Si nos lo dices, te soltaremos.

¿De verdad sabían que ella había distribuido panfletos? ¿Habría hablado alguno de los otros chicos? ¿O estaban intentando hacerla confesar y que les facilitara nombres?

La chica tenía la garganta seca, la lengua rasposa y como hinchada. Llevaba lo que le parecía una eternidad sin beber ni comer.

–¿Es que no puedes abrir la boca, ramera?

Los nazis siempre presuponían que las jóvenes *bündische* eran unas degeneradas porque chicos y chicas pasaban mucho tiempo juntos.

---

6. En sus memorias, Gertrud escribe que ese hombre era Josef Hoegen. Sin embargo, Hoegen se encontraba en esa época sirviendo en el Einsatzgruppen B, en Smolensk, y no regresó a su puesto en la Gestapo de Colonia hasta octubre de 1943.

—Eres una de las piratas de Edelweiss. ¡Confiesa! Perteneces a esa banda de delincuentes.

Ella mantenía la cabeza gacha, mirándose las botas. Intentó pensar en otra cosa, abandonar mentalmente esa habitación ya que no podía hacerlo físicamente. Quería ignorarlos, imaginar que no estaba allí, como si eso no estuviera pasando.

—¡Sal de aquí! ¡Vuelve a la celda!

La chica levantó la vista. El rostro del hombre estaba rojo y abotargado.

De regreso al sótano, la cara de Agnes estaba azul y morada por los cardenales.

Sacaron a más mujeres para interrogarlas, y las devolvieron una media hora después. La mirada de la chica aterrorizó a Gertrud.

—Sed fuertes —les dijo.

Esas mismas palabras podría habérselas dicho a sí misma al regresar de la sala de interrogatorios.

—Bueno, aquí tenemos a nuestra pequeña delincuente —dijo el oficial la siguiente ocasión en que llevaron a Gertrud al primer piso—. Dinos los nombres.

¿Quiénes eran?

No hubo respuesta.

Un golpe en la sien.

¿Dónde se conocieron?

No hubo respuesta.

Otra bofetada.

En el segundo día de interrogatorio, Gertrud habló. Preguntó si su madre sabía que ella estaba allí. No recibió respuesta.

—Está claro que eres una pirata de Edelweiss; todo el mundo lo sabe.

Esa vez el oficial intentó parecer amigable. Estaba haciendo de poli bueno y poli malo al mismo tiempo, y era imposible saber a quién interpretaba en cada momento.

—Solo tienes que firmar y te liberaremos.

—¿Qué tengo que firmar? ¿Que soy una pirata de Edelweiss?

—¡Vaya! ¡Si sabe hablar!

Gertrud se puso en tensión a la espera de recibir un golpe. Pero este no llegó.

—¡Fírmalo!

—Jamás –dijo–. ¿Por qué voy a firmar algo de lo que no tengo ni idea?

—Te lo advierto... ¡Fírmalo!

—No.

—¡Sal de aquí, bastarda! ¡Ramera!

La chica regresó a la celda.

Lo que escuchó a continuación fue: «Puedes irte». El guardia se limitó a sacarla del calabozo. Gertrud no entendía nada. No había firmado el documento. ¿Por qué la liberaban? Subió a todo correr la escalera, lo más rápido que pudo.

—¡Alto!

Habían cometido un error, no iban a dejarla salir.

—Te liberaremos con una condición. Debes trabajar en un puesto para la guerra.

—¿Qué quiere decir eso?

—Tienes que ir a la fábrica Humboldt. Una fábrica de munición. A la planta de fabricación de granadas. Empiezas mañana.

—Eso está demasiado lejos de mi casa –mintió Gertrud.

Detestaba la idea de contribuir a la maquinaria bélica de los nazis. Pero eso era lo que ellos necesitaban: obediencia para ganar el conflicto, para crear su Reich de mil años de duración.

—Hay una fábrica de cajas de cartón cerca de mi casa. ¿No puedo cambiarlo por un puesto allí?

—Está bien. Que sea en la fábrica de cajas de cartón.

Tres días después, llegó la libertad.

Después de encontrarse con los oficiales en el apartamento de Pepita y de su breve arresto en la Casa EL-DE, Gertrud y sus amigos distribuyeron más panfletos que nunca. Sin embargo, cada día les resultaba más difícil. Algunos chicos dejaron el grupo porque creían que era demasiado peligroso. Un buen número de ellos recibió cartas de reclutamiento. Tenían orden de alistarse en el ejército para ser trasladados al frente. Precisamente contra lo que habían luchado. Querían detener la guerra y, en ese momento, se disponían a participar en ella. Gertrud sabía que ninguno se planteaba no responder a esa llamada a filas ni marcharse. Eso era delito de deserción y estaba castigado con la muerte.

—¿Quién sabe qué será de nosotras o si volveremos a vernos algún día? —les dijo Gertrud a sus amigas una noche.

Se propuso que aquella fuera una última reunión inolvidable. Decidieron ir al bar Schmidt, a la salida del Volksgarten, en la zona del Cinturón Verde. Querían pasar un último gran momento juntas, una última vez cantando canciones, riendo y disfrutando de la noche.

Los bares de Colonia eran oscuros y acogedores, con el clásico aspecto de taberna antigua alemana. Sobre las mesas con manteles a cuadros había enormes jarras de cerveza rubia y malteada. Algunas veces, las chicas mezclaban la cerveza con zumo de manzana para elaborar una bebida llamada *schorle*. Antes de la guerra, también servían algo de queso, mantequilla y salchichas como complemento para el pan, pero esa noche de diciembre, lo único que tenían era pan y pepinillos encurtidos.

Habían acudido unas veinte personas. Algunas eran de la edad de Gertrud o un poco mayores, aunque otras tenían solo quince años. Estaban apelotonados en una sala situada en el fondo del local. Ella tenía la guitarra sobre el regazo y su cincha con estampado de flores colgada del hombro.

Aunque se hubieran juntado para cantar y beber, se respiraba tristeza en el ambiente. Las últimas semanas habían sido difíciles. Habían llevado a cabo más acciones, pero el miedo iba en aumento. Gertrud quería un futuro; pretendía llegar a adulta y formar una familia. Todos anhelaban el fin de la guerra, pero, en ese momento, los chicos debían partir al frente. Los bombardeos eran cada vez peores, y la ciudad parecía una auténtica zona de guerra. No había forma de escapar del conflicto. A diario ocurría algo distinto, pero todo era malo: un edificio de apartamentos incendiado; una casa destruida; un amigo perdido.

Se tomaron de las manos y entonaron una melancólica canción que les infundía esperanza: *Ocurrió en Shanghái*. Era la favorita de Jean Jülich y hablaba de amistades, viajes y tiempos mejores.

La puerta de la sala del fondo del bar se abrió de golpe e impactó contra la pared. Unos hombres entraron dando grandes zancadas. No llevaban uniforme.

La Gestapo.

—¡Las armas sobre la mesa! ¡Levantaos y poned las manos en alto! ¿Entendido?

Nadie se movió; no colocaron nada sobre la mesa.

—No tenemos armas —dijo Jus.

Eso era cierto, incluso habían dejado las navajas en casa.

Los hombres siguieron gritándoles. Querían que se callaran y les entregaran las guitarras.

Gertrud se descolgó la cincha del hombro y les dio su instrumento. El oficial de la Gestapo agarró la guitarra y la levantó en el aire. La chica debió de arrugar el rostro; todos sabían qué estaba a punto de ocurrir. El instrumento impactó contra la mesa, las astillas salieron volando en todas direcciones. A los nazis se les daba bien destruir las posesiones de Gertrud.

—¡No pueden hacer eso! ¡Es una locura! —estalló Jose.

¡Dios, qué valiente era!

Recibió un bofetón. Otro oficial de la Gestapo lo golpeó por la espalda.

—¿Qué estás diciendo? ¡Escoria, maldito cerdo!

El oficial puso una mirada terrorífica.

Jose se había pasado de la raya. Gertrud estaba convencida de que aquello era el fin. Seguro que los enviarían a un campo de concentración. Jus se encontraba de pie junto a ella e intentó tranquilizarla.

Alguien había debido de delatarlos. Había un traidor en el grupo; era la única explicación plausible. ¿De qué otro modo habría averiguado la Gestapo dónde estaban? Tenían espías por todas partes. Eran detectives crueles y avispados, dispuestos a llegar a cualquier extremo con tal de conseguir las respuestas que querían.

Los sacaron a todos del bar desfilando hasta la calle, luego les hicieron subirse a un camión.

Extracto del informe de detención

DICIEMBRE DE 1942

Restaurante Jakob Schmidt:

En esta ubicación fueron localizadas 23 personas de ambos sexos. Estaban tocando y cantando. También se llevó a cabo el registro de todos los presentes y el material confiscado se encuentra en manos de la policía. Los siguientes individuos se encontraban en el lugar:

1.) Vohagen	Marianne	4.4.25	Colonia
2.) Blankenheim	Paul	16.6.25	Colonia-Sülz
3.) Gerling	Wilhelm	28.1.24	Cologne-Bickendorf
4.) Wiese	Johann	2.5.25	Colonia-Ehrenfeld
5.) Coenen	Kurt	29.8.26	Colonia-Riehl
6.) Schwanenberg	Karl-Heinz	28.4.25	Colonia
7.) Rockenfeller	Fritz	29.5.25	Colonia
8.) Kramer	Hans	23.9.27	Colonia
9.) Krick	Hans	29.7.27	Colonia
10.) Bauer	August	2.6.23	Colonia
11.) Voosen	Friedrich	9.6.23	Colonia - soldado en la actualidad
12.) Gilles	Karl	25.10.25	Colonia-Sülz
13.) Kirchenturm	Franz	29.12.26	Colonia
14.) Hanss	Alexander	29.8.24	Colonia
15.) Hitdorf	Jakob	9.10.21	Colonia
16) Schwalm	Käthe	18.3.24	Colonia-Bickendorf
17.) Menden	Rudi	2.6.26	Colonia-Ossendorf
18.) Ritzer	Wolfgang	25.6.25	Colonia-Deutz
19.) Steffens	Heinz	23.8.25	Colonia-Sülz
20.) Reinhardt	Alfred	22.11.25	Colonia
21.) Kühlen	Gertrud	1.6.24	Colonia
22.) Thelen	Käthe	31.5.25	Colonia-Nippes
23.) Kröly	Werner	18.12.26	Colonia-Ehrenfeld

Todos los de la lista anterior fueron trasladados a las oficinas de la Gestapo.

Extractos del informe del interrogatorio de Käthe Thelen (alias Lolli)

El sábado siguiente, 21 de noviembre, viajamos a Rosrath por la tarde.

Las siguientes personas estuvieron presentes en el viaje:

Desde Düsseldorf:

H a d s c h i e

J o s e

H a t t e

Desde Colonia:

M u c k i

B i l l a

M a r t h a y yo,

S t e f f

R i o y W o l f.

Nos quedamos un rato en el restaurante Sülzthal, luego buscamos un lugar donde pasar la noche y encontramos un granero.

En ese granero había unos 4 o 5 chicos, incluidos Klaus B r e u e r , K u r t y Paul. Uno de ellos me preguntó si había estado en Leipzigerplatz y yo dije que no.

Las chicas dormimos en el granero separadas de los chicos.

En ningún momento he oído que nos hagamos llamar o que nos llamen «P i r a t a s   d e   E d e l w e i s». No he visto ningún panfleto pequeño con las palabras «Piratas de Edelweiss» durante este viaje.

En la fiesta de despedida de Luko, Piko (Goldberg) dijo que se habían distribuido panfletos con mensajes contra el Gobierno en Wuppertal. No sé nada ni he oído nada jamás sobre ningún panfleto o cartel con mensajes contra el Gobierno ni tengo nada que ver con los jóvenes bündische.

Mis respuestas son ciertas.

Firmado: Käthe Thelen

Brauweiler, 8 de diciembre de 1942.

31 – Jean

Antes de las vacaciones de Navidad de 1942, cuando Jean estaba en octavo curso, se suponía que todos debían acudir al despacho del director y decir *Heil Hitler!* antes de poder marcharse.

–¡Jean Jülich!

Él dio un paso al frente.

–Adiós, señor director –dijo con un hilillo de voz.

–¿Qué has dicho? –espetó el hombre.

–Adiós, señor director.

Jean no encontraba el ánimo para hacer lo que debía. Hitler era el responsable de que su padre estuviera en la cárcel; Hitler era el responsable de que su amigo estuviera muerto; Hitler era el responsable de que él hubiera tenido que comerse su propio vómito. No, no pensaba decir *Heil Hitler!*

El director se volvió y habló con un par de profesores.

–¡Mirad esto! –gritó a continuación–, chicos y chicas alemanes, ¡hay un cáncer en nuestra sociedad nacionalsocialista que debe ser extirpado y eliminado!

Sin embargo, el director ni expulsó ni eliminó a Jean, ni tampoco lo denunció a la policía. La suerte volvía a sonreír al chico.

32 – Fritz

Fritz se había metido en varios líos por haber sido expulsado de las Juventudes Hitlerianas y volvía a tener problemas como aprendiz en la fábrica de la Ford por ser miembro de los Piratas de Edelweiss. Sus amigos estaban siendo detenidos, otros grupos sufrían continuas amenazas por parte de las patrullas de las Juventudes Hitlerianas, y podía perder su trabajo si no dejaba de juntarse con esos grupos ilegales. Debería haber obedecido, no haberse metido en todos esos líos y haber regresado tranquilamente a trabajar.

A pesar de todo, no renunció a sus hábitos. Ya no se reunía con los Piratas de Edelweiss en el Volksgarten, pero había encontrado un nuevo grupo que se reunía en el búnker de la plaza Taku, cerca de su casa, en Ehrenfeld.

Gerhard, uno de los chicos del grupo del búnker de la plaza Taku, no se limitaba a combatir a los nazis solo con canciones y guitarras. Fritz había oído hablar de personas que pasaban a la acción ya en la época de los Navajos, aunque la mayoría tenía demasiado miedo de realizar cualquier operación contra los nazis. Todos sabían que los actos de mayor envergadura podían acabar en detenciones, interrogatorios, palizas, cárcel o en un campo de concentración, y eso los aterrorizaba. Gerhard no había explicado con exactitud qué estaban haciendo sus amigos y él, pero había invitado a Fritz, y al chico le picó la curiosidad, por eso acudió a la cita.

–Estamos repartiendo panfletos antinazis y, si quieres, puedes ayudarnos –dijo el muchacho al que todos llamaban Hermann.

Fritz había ido con Gerhard a un apartamento en la plaza Barbarossa, cerca del parque central de Colonia. El piso pertenecía al tal Hermann, que aparentaba unos cuarenta años. Fritz era consciente de que su verdadero nombre no era ese, pero también sabía lo suficiente para no querer recibir más información de la necesaria.

No necesitó demasiado tiempo para pensarse lo que Hermann le había propuesto. Estaba allí, en el piso, por tanto, ya había tomado la decisión de colaborar. Dijo que sí, que los ayudaría. No fue hasta mucho más adelante cuando se dio cuenta de lo peligrosa que había sido esa elección.

33 – Gertrud

Después de la detención en el bar, Gertrud y sus amigos fueron llevados una vez más a la Casa EL-DE. Allá empujaron a la chica escaleras abajo y un oficial de la Gestapo le pisó un brazo. Gertrud estaba segura de que se lo había roto. Volvieron a interrogarla y, a primera hora de la mañana siguiente, tras una noche en el calabozo, Gertrud y los demás tuvieron que subir a uno de los camiones de un convoy junto a otros prisioneros. Los extranjeros iban en los dos primeros vehículos; los alemanes, en el tercero.[7] Les advirtieron que dispararían a cualquiera que intentase escapar. No les dijeron adónde se dirigían.

Cuando los camiones se detuvieron, estaba claro que ya no se encontraban en Colonia. Vastas extensiones de hierba se desplegaban ante ellos, salpicadas por árboles deshojados. En medio del verdor vislumbraron una iglesia beis con tejas de pizarra y varios chapiteles altísimos. Junto a ella había un complejo de edificios blancos con aspecto de mansión rural. Aquel lugar había sido construido para ser bello, un espacio sagrado,

---

7. En las memorias de Gertrud se dice que esto ocurrió tres días después de haber estado en la Casa EL-DE, pero en otro informe de la Gestapo se afirma que los llevaron inmediatamente a Brauweiler.

con una iglesia y un antiguo monasterio benedictino. Sin embargo, Gertrud intuía que iba a ser un sitio duro, indeseable. Se trataba de Brauweiler, una prisión, un campo de concentración, un lugar para acabar con las personas.

Una guardiana empujó a Gertrud al interior de una celda.

–Está prohibido hablar –advirtió.

No había nadie más allí. ¿Con quién iba a hablar?

Aunque ese sitio era una cárcel, tal vez fuera mejor que la Casa EL-DE. Le dieron agua y pan de centeno. Veía el cielo por la ventana de la celda. No había cuerpos hacinados y la atmósfera no apestaba a sufrimiento humano.

* * *

Un ala de la prisión de Brauweiler, en 1945.

Poco después de que Gertrud llegara a Brauweiler, empezó a perder la noción del tiempo. Todos los días eran iguales. La llevaban de la celda a la sala de interrogatorios, la interrogaban, le pegaban, y vuelta a empezar. Ya daba igual si era de día o de noche.

–¡Estabais en la estación de trenes! Tú y las demás ratas. ¿Quién se encontraba contigo?

–Te ahorrarías mucho sufrimiento si cantaras.

–Suéltalo: eres la cabecilla. Tú lo planeaste todo.

–¿Dónde están vuestros lugares de reunión?

–No te hagas la tonta, ramera asquerosa y desviada.

Zorra, golfa, degenerada.

Pirata de Edelweiss, comunista, traidora.

Asquerosa, inútil, escoria, basura.

«Iremos a por tu madre, a por tu familia».

Eran las palabras que la Gestapo escupía a la cara a Gertrud y a los demás prisioneros para obligarlos a confesar. Los oficiales hablaban como si lo supieran todo y hacían lo que les venía en gana. Lanzaban acusaciones generalizadas porque querían que los prisioneros no estuvieran seguros de qué habían hecho mal para que tuvieran que admitir algo, cualquier cosa. Les prometían la libertad a cambio de que dijeran lo que ellos querían escuchar.

Gertrud habló, pero para negarlo todo.

–¿Quién imprimía los panfletos?

–¿Cómo voy a saberlo? Yo no sé nada sobre ningún panfleto. Ya se lo he dicho.

–Dinos dónde escondías los panfletos.

–No sé nada de ningún panfleto.

Un dolor lacerante le irradiaba desde la sien. La Gestapo daba palizas a los prisioneros, pero no les estaba permitido dejar plasmado en sus informes cuáles eran sus técnicas de tortura durante los interrogatorios. Según Gertrud, le pegaron tantas veces y en tantas partes que tenía toda la piel cubierta de distintos tonos de azul, morado, rojo o verde, dependiendo de dónde y con cuánta fuerza le hubieran golpeado. Creía que los oficiales de la Gestapo tenían miedo. Habían detenido a muchísimas personas, y las palizas querían decir que necesitaban obtener respuestas. A lo mejor, los panfletos por fin estaban cambiando las cosas.

–¿Dónde habéis realizado las acciones? ¿En qué ciudades? No ha sido solo en Colonia. ¿En qué otros lugares?

–Nosotros no hemos hecho nada.

Un golpe en la nuca.

–Ibais de excursión. En tu grupo erais todos piratas de Edelweiss, ¿verdad? Reconócelo.

–No me fijaba en esas cosas. Solo cantábamos y disfrutábamos de la naturaleza.

La pata de una silla de madera impactó contra su cuerpo.

Le dijo que ellos solo eran *Wandervogel*, amantes de la naturaleza, muchachos que querían disfrutar de su tiempo libre. No distribuían material antinazi; no eran jóvenes subversivos.

No decir nada se volvió prácticamente sencillo. Cuanto más débil se sentía, más fácil le resultaba permanecer callada, no reaccionar.

–Si no te sabes ningún nombre, cosa que no creemos, por lo menos danos sus apodos.

Gertrud permaneció en silencio.

La pata de la silla le golpeó el hombro derecho, y luego, el izquierdo.

–¡Llevadla a la celda de aislamiento!

La encerraron en una especie de frigorífico. Gertrud estiraba las manos y tocaba las frías paredes de cemento sin tener que desplazarse. Había un cubo en un rincón que hacía las veces de inodoro. Los guardias solo acudían a vaciarlo una vez al día. Tras una jornada entera, desprendía una peste horrible. La propia Gertrud apestaba. Los interrogatorios la dejaban bañada en sudor y sangre, y no se había cambiado de ropa ni lavado desde hacía días. Tuvo la menstruación y pidió una toallita higiénica o un trapo. El guardia no le proporcionó nada y le dio igual que a la chica le corriera la sangre por las piernas. «Peor que a los cerdos», como había dicho Jus.

Gertrud anhelaba reír, hablar y cantar con Jus y sus otros amigos. Quería volver a las montañas y sentarse junto a la hoguera, a la orilla de las aguas profundas del pequeño Blauer See, donde había entrelazado sus dedos con los de Jus. En su imaginación, sentía la intensa luz del sol calentándole la cara mientras ascendían hacia las ruinas del Drachenfels. Miraba hacia la otra orilla del río Rin, en cuyas aguas se reflejaba el cielo azul. Emprendían un viaje más largo y paseaban durante días por las montañas. Ella tocaba la guitarra y cantaba una de sus canciones favoritas, tal vez empezara Pico, y luego se unirían los demás. Todos juntos.

Pero no estaba allí. Estaba sola. Estaba a oscuras. Estaba en una celda fría, esperando a que ocurriera algo.

34 – Fritz

Fritz estaba más convencido que nunca de que Alemania iba a perder la guerra, tarde o temprano. Desde la noche de los mil bombarderos, en mayo de 1942, los ataques aéreos aliados se habían vuelto más frecuentes, aunque cada vez quedaban menos edificios en pie que derribar. En febrero de 1943, los soviéticos vencieron a los alemanes en la batalla de Stalingrado. Ese fue el principio del fin para Alemania, y podría haber sido una de las razones por las que Fritz estaba dispuesto a arriesgar la vida por los panfletos; la otra era que estaba harto de que los nazis controlaran su vida y de que lo acusaran de indisciplinado y amenazaran con castigarlo.

Estaba dispuesto a colaborar en la distribución de los panfletos con Gerhard, Hermann y los demás miembros de la resistencia con los que había contactado. Tenían un plan bien elaborado.

Hermann conocía un lugar en Colonia que ofrecía refugio y comidas baratas. En el gran comedor de la casa de beneficencia podían disfrutar de un plato caliente y estar rodeados de montones de personas: una tapadera perfecta. Fritz y una pareja de piratas de Edelweiss se reunieron con Hermann en la entrada; cada grupo compró un vale de comida y entraron en el comedor. Hicieron cola y se sentaron juntos. Fritz debía fijarse en lo que ocurría a su alrededor, en quién iba y venía.

Pasado un rato, Hermann se levantó y desapareció por la habitación contigua. Fritz se puso nervioso. Imaginó que todas las personas que los miraban eran espías de la Gestapo. ¿Quién podía saber si Hermann era un espía? ¿Un agente doble? Alguien que estaba preparándose para traicionarlos y quitarse de en medio antes de que la policía irrumpiera en el lugar y los detuviera a todos. O quizá no fuera un agente doble, pero sí alguien que los había delatado. O quizá otra persona había hecho una estupidez, algo que comportaría que los pillaran.

Lo peor era parecer nervioso, levantar sospechas de que habías hecho algo malo o estabas a punto de hacerlo. Por eso, Fritz y sus amigos siguieron comiendo y esforzándose por aparentar que la preocupación no les oprimía el pecho ni les dificultaba tragar y respirar.

Hermann reapareció. No se presentó la policía. El chico no parecía nervioso ni disgustado; volvió a la mesa y tomó asiento. Siguieron hablando como si no hubiera pasado nada. Hermann puso unos paquetes en el centro de la mesa, como si no contuvieran material ilegal por el que podían ser detenidos. Se acabaron lo que les quedaba en el plato, como si no fueran cómplices de traición. Al final se levantaron y Fritz agarró uno de los paquetes de la mesa, fingiendo que no era nada peligroso. Cada uno tomó un camino distinto; solo eran amigos que habían terminado de comer con total normalidad.

La primera parte del plan estaba completada.

En mayo de 1943 Fritz debía llevar uno de los paquetes y depositar los panfletos en unas instalaciones antiaéreas situadas en la zona de Ossendorf, al norte de Ehrenfeld. El lugar no solo albergaba cañones antiaéreos situados en lo alto de un edificio; era además una base militar con barracones y soldados.

La mayoría de los soldados eran jóvenes, y Fritz suponía que tal vez podría encontrarse con algún antiguo miembro de los Piratas de Edelweiss dispuesto a colaborar. Sabía que ese plan era arriesgado, pero también lo era la operación en su totalidad, y sería incluso más difícil sin ayuda. No llevaba mucho tiempo allí cuando encontró a un chico al que conocía del colegio, que también había sido pirata de Edelweiss. Se llamaba Joseph.

Algunos piratas de la zona distribuían panfletos de los aliados metiéndolos en los buzones. Otros los colocaban bajo los felpudos de las entradas. Sin embargo, Fritz pensaba que sus cuartillas eran distintas de las lanzadas desde los aviones estadounidenses y británicos sobre Colonia. Esos mensajes estaban dirigidos a las mujeres, urgiéndolas a convencer a sus maridos de que esa guerra la había iniciado Hitler y que era imposible ganarla. En julio de 1943, los británicos lanzaban panfletos por toda Alemania en los que contaban la historia de los hermanos Scholl, de cómo, junto con su grupo de la Rosa Blanca, habían distribuido propaganda antinazi en Múnich. Los panfletos de Fritz eran más similares a una revistilla, aunque tenían el título de *Periódico del soldado XYZ*. Fritz y los demás escuchaban el parte de la emisora inglesa British Broadcasting Company (BBC) –lo que también era una práctica ilegal– y aprendieron que las noticias nazis eran pura propaganda ideada para ocultar las verdades sobre la guerra. Los periódicos que Fritz y sus amigos distribuían contenían noticias políticas y militares en primera plana, inspiradas en las retransmisiones radiofónicas u otras noticias ilegales, procedentes de fuentes extranjeras. En el interior de la publicación había imágenes pegadas en las hojas junto a frases que desprestigiaban a los nazis. En cierta ocasión, los británicos habían lanzado una fotografía de Hitler en un campo de cadáveres con el pie de foto: «Me siento tan bien... ¡Por fin llega la primavera!».[8] Fritz y sus amigos aspiraban a crear panfletos similares a ese.

Los alemanes no podían saber si un avión iba a lanzar bombas o panfletos; por ello, cada vez que avistaban al enemigo sonaba la sirena antiaérea. Fritz y Joseph decidieron que ese era el momento perfecto para distribuir su *Periódico del soldado XYZ*,

---

8. Ese panfleto británico de propaganda lanzado sobre Alemania en 1942 existió en realidad, y, como adulto, Fritz recordaba que se parecía a lo que sus amigos y él habían creado.

porque los jóvenes de las instalaciones antiaéreas estarían ocupados en el manejo de los cañones o intentando escapar de las bombas que llovían sobre ellos. Los barracones serían un lugar perfecto para depositar los panfletos.

La primera vez, el plan funcionó.

35 – Gertrud

Gertrud se encontraba delante de su casa en la calle Boisserée. El edificio seguía en pie. La catedral también resistía. Era un auténtico milagro teniendo en cuenta el número de bombardeos que había sufrido Colonia y lo mucho que había quedado destruido. ¿El que ella hubiera regresado a casa también había sucedido por arte de magia? ¿O estaba soñando?

La Gestapo la había soltado así como así de Brauweiler. Ella nunca llegó a admitir que hubiera distribuido panfletos, que hiciera pintadas ni nada por el estilo. Ni siquiera sabía cuánto tiempo había pasado encerrada en esa prisión. El informe oficial de la Gestapo afirmaba que solo habían sido diecinueve días, pero ella jura que fueron nueve meses. No resulta difícil entender la incongruencia entre el recuerdo de Gertrud y el informe oficial. En la cárcel no se distinguía la noche del día. Algunas veces, estaba encerrada a oscuras todo el día, y bajo el foco cegador de la sala de interrogatorios toda la noche. La Gestapo interrogaba a los detenidos en plena noche, o los obligaba a permanecer de pie en el pasillo, haciéndolos esperar durante horas. La desorientación ayudaba a los oficiales a obtener sus confesiones, aunque las palabras de los prisioneros no fueran ciertas.

La Gestapo no le aclaró el motivo de su liberación. Ella no recordaba si había ido caminando hasta su casa o si había tomado el tranvía.[9] Solo podía pensar en el cielo, en el aire puro, en el espacio que la rodeaba y en si su madre y su casa seguirían existiendo.

Entró en el edificio y subió la escalera hasta la entrada de su hogar. No tenía las llaves.

Llamó a la puerta. Deseaba que su madre estuviera en casa.

—¿Quién es?

—Soy yo, Gertrud.

La puerta se abrió lentamente; la mujer se quedó mirándola a los ojos. ¿Aquello era real?

Su madre la tomó entre sus brazos y la apretujó contra su cuerpo. Gertrud sintió el calor y la ternura del cuerpo materno. Se quedaron allí de pie, abrazadas, durante un rato. No era un sueño; Gertrud estaba en casa.

—No me permitían escribir —se disculpó la chica.

La Gestapo había hecho preguntas a su madre, pero ella había negado saber nada.

—Siento mucho que hayas tenido que sufrir por mi culpa —se disculpó Gertrud.

—No ha sido tan duro. Las dos seguimos vivas y eso es lo más importante. Y estamos en libertad. Vamos a lavarte, luego puedes tumbarte y dormir en condiciones —dijo la mujer.

Llenó una palangana con agua fría y fue a por jabón y una esponja. Gertrud se quitó la ropa y descubrió su cuerpo maltratado. Apenas le habían dado de comer. Tenía la piel azulada y

---

9. Siendo ya mayor, Gertrud dijo que había regresado a casa de una forma y luego afirmó que había sido de otra.

verdosa por los cardenales más recientes y los que empezaban a curarse, y ni se imaginaba lo mal que olía por culpa de las pocas duchas que se había dado y de la suciedad de la ropa.

Su madre le frotó la pastilla de jabón por la espalda. La tersa esponja ligeramente presionada contra su piel y las tiernas caricias maternas lo eran todo para ella. El cariñoso contacto humano volvía a entrar en su vida. Cada vez que alguien la había tocado en prisión, había sido para agarrarla, obligarla a caminar, pegarle, maltratarla, dañarla. Allí, el suave tacto materno acariciaba su piel, relajaba sus músculos y huesos, y penetraba hasta las partes más profundas de su mente y su cuerpo.

Habían pasado casi diez años desde la primera detención de su padre y, en ese momento, Gertrud ya tenía dieciocho años. Toda su vida había sido consumida por el terror y el miedo. La chica quería ser amada y cuidada, dormirse y volver a ser una niña.

Después de bañarse y comer un poco de pan, Gertrud se tumbó en su cama. Una cama con colchón. Con un colchón de verdad y un edredón. No un bloque de cemento. No un jergón delgado y lleno de bultos sobre un somier metálico. No una manta andrajosa o ninguna en absoluto. Cerró los ojos y el mundo desapareció.

Un golpe en la puerta despertó a Gertrud. No, otra vez no, otro golpe en la puerta no; los golpes en la puerta siempre iban seguidos por la llegada de unos hombres, detenciones y torturas. Debía de ser una pesadilla. Pero el ruido seguía oyéndose. La madre de Gertrud estaba dando vueltas por la cocina, sin saber qué hacer.

–Dios mío. ¿Quieren detenernos otra vez?

–¿Qué hora es? –preguntó Gertrud en voz baja.

–Las tres. Son las tres de la madrugada.

Un nuevo golpe.

–¿Qué vamos a hacer? –preguntó su madre susurrando.

–Mamá, vete a abrir. Entrarán de todas formas. No podemos hacer nada si se quedan ahí plantados.

Su madre giró la llave de la cerradura y tiró del pomo para abrir la puerta.

Marianne estaba sola en el descansillo. A Gertrud y a su madre debió de vérseles el alivio en la cara. Marianne era una antigua amiga de la familia, exmiembro del Partido Socialista. Unos años atrás había iniciado una relación con un oficial de las SS. Nadie logró entender el porqué, pero ella aseguraba que estaba enamorada. En ese instante se encontraba plantada en el descansillo del piso de Gertrud, a las tres de la madrugada.

–Vamos –dijo la chica. No debería estar allí–. Coged las chaquetas y los abrigos, nos marchamos ahora mismo. Tenéis que desaparecer de la ciudad. Pueden llegar en cualquier momento. Estáis en una lista...

–¿Tú cómo lo sabes? –preguntó la madre de Gertrud.

–Ya os lo contaré más tarde. No podemos perder ni un minuto. ¡Deprisa!

Gertrud y su madre se vistieron, metieron algo de ropa en una mochila y agarraron la bolsa que la madre de Gertrud solía llevar al refugio antiaéreo.

Mientras avanzaban por las calles vacías y oscuras, Marianne iba mirando a derecha e izquierda en cada esquina. El barrio estaba en silencio. La madre de Gertrud volvió a insistir para averiguar por qué la chica conocía la existencia de una lista con sus nombres.

¿No resultaba evidente? El novio de las SS de Marianne le había pasado la información. Era un espía. Cuando se enteraba de que iban a detener a algún conocido, Marianne lo avisaba. La actuación de la chica era arriesgada y seguramente no siempre conseguía sacar de su casa a tiempo a todo el mundo. Sin embargo, en esa ocasión, el riesgo valió la pena.

Marianne les indicó que fueran caminando hasta Kalscheuren, situado a las afueras de la ciudad, en la parte sudoeste. Allí podrían subir a uno de los trenes de mercancías.

Eso fue precisamente lo que hicieron y, cuando el mercancías se puso en marcha, no tenían ni idea de hacia dónde se dirigían. Gertrud pensó que, si iban hacia el sur, quizá pudiera ver las montañas.

36 – Fritz

Fritz llevaba meses realizando acciones con los chicos del piso de la plaza Barbarossa, y todo había salido bien. Sin detenciones, sin errores. Corría el mes de agosto de 1943 y, una vez más, el chico había recogido los panfletos en la ciudad e iba de camino a las instalaciones antiaéreas para esconderlos. Estaba sentado, vigilando y esperando a que sonara la alarma. Había pasado una hora, quizá más, y no sucedía nada. Ese sonido se oía todas las noches –o eso parecía–, pero, justo en ese momento, reinaba el silencio más absoluto.

En aquella época la gente prácticamente vivía en los refugios antiaéreos, porque las alarmas saltaban muy a menudo. Habían llegado a la conclusión de que pasar la noche hacinados en esos agujeros era mejor que despertar de golpe por el aullido de la sirena y tener que salir corriendo a un refugio tan atestado de gente que tendrían que estar de pie. O, peor aún, no conseguir llegar al refugio. Ningún búnker era garantía de supervivencia. A principios de verano, los primeros amigos navajos de Fritz, Hans y Maria, habían muerto durante un bombardeo.

Quizá esa sensación de que la muerte era inevitable fuera el motivo de que Fritz estuviera menos asustado mientras esperaba para esconder los panfletos. Sabía que debía aguardar a que sonara la sirena para que se vaciaran los barracones donde dormían los soldados. Mientras esperaba, no paraba de vigilar la zona. Observó el cambio del puesto de guardia, a los hombres que iban y venían.

Pasaron tres horas. Seguía sin saltar la alarma. A lo mejor, esa noche no llegaría a sonar. De todas formas, debía deshacerse de los panfletos; llevar el material ilegal de regreso a la ciudad habría sido demasiado peligroso.

Miró hacia el muro de adobe que lo separaba de la base. Sí, podía hacerlo: lo saltaría, se deslizaría en silencio por la oscuridad, dejaría los panfletos y escaparía sin ser visto. Una cierta sensación de ser un caballero andante, o tal vez el no dar importancia a la autoridad, llevó a Fritz a creer que era capaz de conseguirlo. Su plan era peligroso y bastante descabellado. Sin embargo, en cierta forma, todavía le parecía más seguro que regresar con los papeles encima, y mucho mejor que tirarlos.

Saltó por encima del muro y casi aterrizó en los brazos del vigilante. ¿De dónde había salido aquel tipo? Fritz no lo había visto hasta ese instante. Se le desbocó el corazón y se quedó paralizado. El soldado parecía tan sorprendido como Fritz.

Poco a poco, el chico fue abriendo su puño cerrado y dejó caer al suelo el paquete con los panfletos. Debió de rezar para que el bulto no hiciera ruido al impactar contra la tierra. Levantó las manos. Quería que su lenguaje no verbal expresara la súplica de que no le disparasen. Sin embargo, algunos guardias no prestaban atención a la expresión corporal.

–¿Qué es eso? –preguntó el vigilante; había visto los panfletos.

«Semana del liderazgo de los jóvenes *bündische* - Distrito 1-. Regresad - ¡Jóvenes, despertad!» En noviembre de 1942, la Gestapo de Colonia encontró unos dos mil panfletos con estas palabras; a veces decía «Distrito 2» o «Distrito 3». El «37» visible en la esquina superior derecha seguramente fue anotado por la Gestapo para sus archivos.

Fritz no podía abrir la boca, como si alguien le hubiera sellado los labios con pegamento, le hubiera arrancado la lengua y la hubiese tirado.

El vigilante repitió la pregunta.

–Panfletos –dijo Fritz al final.

Tenía la mente tan abotargada que no lograba recordar lo que acababa de decir el guardia, salvo: «Eso no es para niños. Sal de aquí lo más rápido que puedas antes de que te vea alguien más».

Fritz no tuvo tiempo de pensar en lo que el vigilante le había dicho. Se volvió y se marchó a todo correr de la base.

Tendría que contar a sus amigos lo ocurrido. Dejar los panfletos en las instalaciones antiaéreas era muy peligroso y, a partir de ese momento, ya podrían reconocer a Fritz; le habían visto la cara. Las consecuencias podían ser graves para todos. Aunque contárselo supondría que no lo dejasen colaborar más, y esa posibilidad no le gustaba.

Al final decidió callar.

Fritz se reunía con sus amigos todo lo que podía y, algunas veces, se encontraban con piratas de otros barrios. Un día de otoño de 1943 estaban cantando y paseando en dirección este por Ehrenfeld, de camino al Blücherpark, para reunirse con otro grupo. De pronto se toparon con varios miembros de las Juventudes Hitlerianas y no pudieron evitar reírse cuando oyeron gritar al jefe: *Sieg, Heil!*, el saludo a Hitler. Era un puñado de chicos que marchaban en fila, con aburridos uniformes y obediencia ciega. Parecían unos estúpidos. Los piratas siguieron caminando, cantando a voz en cuello una de sus canciones favoritas y plenamente consciente de lo provocativa que era la letra:

Todos vestimos la negra camisa
con nuestra Edelweiss prendida.
Queremos correr riesgos
y no daremos tregua a la Patrulla.
Tarará, tarará, tarará,
tarará, somos
los amos del mundo,
¡los Piratas de Edelweiss de Ehrenfeld!

Se sentían invencibles.

37 – Jean

Desde 1941, el padre de Jean estaba retenido en un campo de trabajo como parte de su condena. Los nazis intentaban ahorrar dinero construyendo campos de prisioneros próximos a sus lugares de trabajo, para no tener que usar camiones ni combustible en el transporte de los detenidos hasta la cárcel. Durante los dos años que Jean padre había estado trabajando en una cantera, Jean hijo había podido visitarlo. Entonces conversaban sobre todo de la guerra y de política, y el hombre, a pesar de ser un preso político, jamás había dejado de mostrarse crítico con los nazis.

Jean estaba impaciente por hablarle a su padre de los nuevos amigos que había hecho en la plaza Manderscheider, de las excursiones y de las canciones, y de las peleas con las Juventudes Hitlerianas. Su grupo no era especialmente político, pero sabía que su resistencia a los nazis enorgullecería a su padre.

Mientras que otros piratas tendrían miedo de hablar con sus progenitores sobre las actividades ilegales, Jean sabía que el suyo querría escucharlo todo sobre su activismo antinazi. Él aprobaba cualquier acto del que le hablara su hijo. Y, un día de 1943, presentó al muchacho a otro prisionero al que quería que conociera.

El hombre era Michael Jovy, *Meik,* un antiguo joven *bündische* encerrado con el padre del chico; para Jean, era la clase de anciano maestro cuyas hazañas daban sentido a todo. Jovy había sido expulsado de las Juventudes Hitlerianas en 1937 por organizar un viaje no autorizado. Ese mismo año viajó a París, donde contactó con disidentes políticos que habían salido de Alemania, incluido el escritor político y antiguo miembro de la juventud *bündische* Karl Otto Paetel. El grupo de Jovy estaba bajo vigilancia, y en 1939 fue detenido por traición y condenado a prisión al año siguiente.

Desde que su padre los presentó, Jean y Meik se hicieron muy buenos amigos.

Por las noches, Meik se escapaba del campo y se reunía con Jean y un par de amigos en los túneles próximos a la cantera. El hombre les contaba anécdotas sobre su época con los jóvenes *bündische,* les hablaba de los libros que leían él y sus compañeros y de cómo introducían de contrabando literatura antinazi en Alemania. Recitaba poemas líricos y místicos de Rainer Maria Rilke, como «La canción de amor y muerte del alférez Christopher Rilke»:

Cabalgar, cabalgar, cabalgar, de día, de noche, de día.
Cabalgar, cabalgar, cabalgar.

Y el valor se ha cansado y la nostalgia es grande.

No hay montañas, apenas un árbol. Nada se atreve
a alzarse. Chozas extranjeras se acuclillan sedientas
en torno de fuentes cenagosas. En ninguna parte
una torre. Y siempre el mismo cuadro. ¿De qué
sirve tener dos ojos? Solo en la noche parece que
a trechos conoce uno el camino. Quizá de noche
volvemos a recorrer la parte que a duras penas
ganamos a la luz del sol extranjero. Puede ser.
El sol es pesado, como en nuestro país en lo más
duro del verano. Y fue en verano cuando nos
despedimos. Los trajes de las mujeres brillaron
mucho tiempo sobre el follaje. Y ahora hace
mucho que cabalgamos. Debe de ser el otoño.
Cuando menos allá donde afligidas mujeres
saben de nosotros.

Les enseñó las canciones que sabía y les habló del cancionero
que había escrito. Jean tenía la impresión de que Meik estaba
introduciéndolos en un mundo nuevo y vinculándolos con una
tradición de resistencia juvenil. No se cansaba nunca de escucharlo.

Meik quiso que Jean le trajera su balalaika –instrumento parecido a la guitarra de la música folclórica rusa– y que fuera a
buscarla a casa de su madre, que vivía fuera de la ciudad. Jean,
Ferdinand Steingass y otro amigo se vistieron con coloridas camisas a cuadros, calcetines blancos, sombreros de ala ancha y
vistosos broches de Edelweiss, y recogieron el instrumento en
la casa de la madre de Meik.

De camino a Colonia, los detuvo una patrulla de las Juventudes Hitlerianas y los llevaron a la policía. Por suerte, el oficial de servicio era un viejo que no sentía una gran simpatía por los nazis.

—¿Qué han hecho estos tres? ¿Han roto una ventana, han atacado a alguien? —preguntó.

—No, no —respondió el joven nazi—. Pero mire con qué pinta van paseándose por ahí.

—Bueno, a mí me parece que todo el mundo puede pasearse como le venga en gana —replicó el policía.

El joven nazi no estaba dispuesto a desistir.

—¿Y qué clase de instrumento es ese? —preguntó.

—Una balalaika. Un instrumento folclórico ruso —aclaró Jean.

Se le escaparon las palabras antes de pensarlas. Todo lo procedente de Rusia era peligrosamente extranjero; un simple instrumento podría constituir una amenaza comunista. Sin embargo, el policía seguía sin pensar que ese par de críos vestidos de forma peculiar y con un instrumento constituyeran una verdadera amenaza para el Reich. Los dejó marchar. La suerte les sonreía por tercera vez.

Ferdi Steingass, *Fän*, amigo de Jean, en el Blauer See, en 1943.

38 – Fritz

La madre de Fritz le entregó una carta. Estaba inquieta y nerviosa, y el chico intuyó que no eran buenas noticias.

En el documento decía que él debía presentarse en las oficinas de la Gestapo en relación con un asunto pendiente. Fritz empezó a repasar mentalmente todas las faltas cometidas que podrían haber molestado a la Gestapo, para que no lo pillaran por sorpresa. En primer lugar intentó preguntar a Hermann, Gerhard o a cualquiera de los chicos involucrados en la distribución de panfletos si habían recibido la misma notificación. No encontró a ninguno que la hubiera recibido.

De camino a casa se topó con otro pirata con el que solía coincidir en el búnker de Taku. Habló con Helmut; él también había recibido la carta. Ese chico no estaba involucrado en la distribución de panfletos, por lo que Fritz no entendía con qué podía estar relacionado el aviso. Helmut tampoco sabía cómo interpretar la misiva.

Cuando Fritz regresó a casa, dos conocidos de su madre estaban empapelando la cocina. El tipo más mayor vio la carta en la mano del chico y le advirtió que la Gestapo no se andaba con tonterías; no existía ninguna garantía de que fuera a regresar de las oficinas si acudía a la cita.

–Claro que volverá –replicó la madre del chico.

–¿Y de qué se trata? –preguntó el conocido de su madre.

–No lo sé –respondió el muchacho, lo cual era cierto.

La verdad era que no tenía ni idea de qué quería de él la Gestapo.

–¡Repite siempre lo primero que cuentes! No digas ni una palabra más. No cambies la historia. Cuando no sabes nada, lo mejor es mantener la boca cerrada, aunque te peguen. Si no dispones de información, ¿cómo van a seguir interrogándote? –le aconsejó el hombre.

El amigo de su madre volvió a subir a la escalera de mano y retomó la tarea de empapelar la cocina.

Un día de finales de octubre de 1943, Fritz fue en compañía de Helmut a las oficinas de la Gestapo en la Casa EL-DE. Seguían sin saber para qué los habían llamado, pero no les cabía duda de que debían presentarse para ser interrogados en lugar de evitar personarse, quedar como culpables y sufrir las consecuencias.

Subieron por la entrada principal de la plaza Appellhof. Las letras «EL DE» relucían doradas en el cristal de la parte superior de la puerta. Ese edificio era famoso por ser una de las más terroríficas guaridas nazis de toda la ciudad. Fritz debió hacer un buen acopio de valor para no salir corriendo en ese mismo instante. Tal vez no supiera por qué lo llamaban, pero tenía claro que había cometido muchas ilegalidades, y que la Gestapo era cruel y arbitraria en su esfuerzo por conseguir que la gente temiera al Estado nazi.

Fritz y Helmut entraron en el vestíbulo principal y subieron algunos tramos de escalera. El edificio tenía menos de diez años y, por algún milagro, todavía no había sido derribado por las bombas. El vestíbulo era de mármol, baldosas y piedra: de aspecto adusto y despejado.

Dieron sus nombres al portero, sentado tras una cabina acristalada, como un vendedor de entradas de cine. El hombre los envió a un despacho, donde vieron algunos rostros conocidos. Algunos de sus amigos de Ehrenfeld habían recibido la misma convocatoria y estaban igual de perdidos en cuanto a por qué los habían convocado para interrogarlos.

Todos dieron sus datos personales a unos oficiales de la Gestapo llamados Fink y Manthey.[10] Eran unos funcionarios famosos en Colonia. Cuando los piratas se reunían, hablaban sobre los trabajadores que conocían en la Casa EL-DE, los miembros de las Juventudes Hitlerianas sobre los que debían mantenerse alerta y cómo evitar las detenciones. Manthey y Fink eran dos miembros de una división especial de la Gestapo encargada de la juventud opositora. Llevaron a Fritz y a sus amigos por la angosta escalera que descendía hasta el sótano, igual que a Gertrud y sus amigos en diciembre de 1942.

Fritz seguía sin saber qué estaba pasando. El sótano apenas estaba iluminado y apestaba a sudor y desinfectante. A lo largo del pasillo había gruesas puertas de madera con grandes cerrojos y bisagras metálicas que cubrían todo el ancho de la superficie. Fritz apenas acababa de ser liberado y ahora de nuevo contemplaba las celdas de un sótano.

Todo sucedió muy deprisa.

—¡En fila por orden de estatura! —les gritó el hombre que los había llevado hasta allí.

A continuación, el otro —un tipo bajo, feo, con los ojos saltones y el pelo negro y grasiento— rompió a reír. Su atuendo informal sorprendió a Fritz. Llevaba una camisa blanca, pantalones, tirantes y botas; ni uniforme, ni americana. Estaba de pie justo delante de ellos, con una fusta en la mano.

En voz muy alta les explicó dónde se encontraban, como si no lo supieran ya. Fue recorriendo la fila, mirándolos de uno en uno y haciendo preguntas: «¿Por qué te han traído aquí? ¿Por

---

10. Aunque encontré el nombre completo de Hugo Manthey, así como su fecha de nacimiento, solo conseguí el apellido de Fink.

Pintada en una celda del sótano de la Casa EL-DE, en 2017. Se ignora la fecha de su creación, pero es probable que date de entre 1942 y 1945. Muchos de los escritos en las paredes de las celdas incluyen frases, canciones y lemas de los Piratas de Edelweiss.

qué estás en el sótano?». No esperaba una respuesta inmediata. Solo estaba allí para aterrorizarlos y obligarlos a darles una respuesta. Fritz y los otros diez o doce chicos fueron fustigados, apuñeteados e insultados antes de que los hicieran apiñarse en una celda originalmente pensada para dos presos. En su interior ya había tres o cuatro hombres. No podían sentarse; apenas podían moverse. El chico no tenía ni idea de cuánto tiempo llevarían allí los demás reclusos, pero el lugar hedía a sudor y a heces. No solo de las personas presentes, sino tambien de los que habían estado allí antes, y olía además al aliento de las respiraciones en ese espacio mal ventilado, al agrio olor a transpiración o la peste acre a orina, impregnada en la tela de las prendas, porque prohibían a los prisioneros salir de la celda para ir al retrete.

Fritz reconoció a unos cuantos chicos de los Piratas de Edelweiss. Le contaron que los habían detenido la noche anterior en una redada y que los habían interrogado, torturado y luego los habían encerrado en esa celda. Llevaban menos de un día allí, pero la experiencia ya parecía mucho peor de lo que Fritz había sufrido. Esas historias lo asustaron.

Uno a uno, fueron llamándolos por su nombre y sacándolos de la celda.[11]

Al final convocaron a Fritz. Lo llevaron de regreso al primer despacho donde había estado, donde Fink y Manthey lo esperaban. Todo ocurrió muy deprisa.[12] Los oficiales le hacían preguntas cuyas respuestas ya conocían y pretendían que el chico les dijera lo que ellos querían oír.

–¿Desde cuándo eres miembro de los Piratas de Edelweiss?

–¿Quiénes son vuestros líderes, son socialdemócratas o comunistas?

Algunas veces se equivocaban del todo en su concepción de los Piratas. Las preguntas relacionadas con el hecho de ser miembro del grupo, sobre su liderazgo o las relativas a su filiación política no tenían sentido en el contexto de la organización juvenil.

–Venga ya, dínoslo. ¿Quiénes son vuestros líderes?

Sin embargo, Fritz no podía confesar la verdad ni decir: «No tenemos líderes. No pertenecemos a ningún partido político». Eso habría supuesto admitir que conocía la existencia de los Piratas.

De regreso en la celda, hablaban entre susurros para que los guardias del exterior no los oyeran. Todos querían compar-

---

11. En la entrevista, Fritz asegura que no lo interrogaron más en la Casa EL-DE y que no volvieron a hacerlo hasta que llegó a Brauweiler.

12. Escribió lo que le habían preguntado, pero también aseguró más adelante que no lo habían interrogado en la Casa EL-DE.

tir lo que les había ocurrido durante el interrogatorio. Coincidían en que, pese a las preguntas y los golpes, nadie había dicho nada sobre los Piratas de Edelweiss.

–¡Tened cuidado! Creo que están escuchándonos –dijo alguien oculto en la oscuridad.

Ese preso afirmó que llevaba allí un par de días y que lo habían golpeado durante la noche. Incluso sin poder verlo bien, Fritz vislumbró que tenía una hinchazón del tamaño de un puño sobre el ojo derecho y los brazos cubiertos de cardenales azules.

–¿Qué querían de ti? –preguntó Fritz.

–¡No tengo ni idea! Uno de los hombres de la Gestapo me dijo que bastaba con que les dijera que pertenecía a los Piratas de Edelweiss. ¡Y yo ni siquiera sé qué es eso!

Fritz se quedó mirando a los demás ocupantes de la celda y entendió qué estaba intentando decirles el muchacho: quería protegerlos a todos. Si los oficiales estaban escuchándolos en secreto, debían negar también allí dentro que conocieran a los Piratas.

Pasados dos días, los oficiales sacaron a Fritz, Helmut y un par de chicos del sótano de la Casa EL-DE y les hicieron subirse a un camión para llevarlos a la prisión de la Gestapo, fuera de la ciudad, el lugar que Fritz conocía como Brauweiler. Los oficiales Fink y Manthey les habían dicho que ese nuevo campo era un lugar donde podrían reflexionar sobre lo que querían confesar.

No obstante, de camino a los camiones, los oficiales se aseguraron de que los prisioneros tuvieran algo muy concreto en lo que pensar: salieron del sótano por el patio donde la Gestapo había construido una horca.

* * *

La celda de Brauweiler era mejor que la de la Casa EL-DE. De todas formas, Fritz no disponía de una individual, como la que tuvo Gertrud; seguramente porque había más presos entre la población masculina. Sin embargo, solo tuvo que compartir el espacio con otros dos reclusos: Helmut y un chico llamado Emil. La luz entraba por una pequeña ventana; en esa ocasión los habían encerrado a nivel del suelo, no en un sótano. En la sala también había una mesita, una silla, un taburete y un catre abatible colgado de la pared, y, lo mejor de todo, tres jergones de paja con unas mantas. Una cama era un auténtico lujo tras haber pasado varios días en un lugar donde no había sitio para sentarse y apenas espacio para permanecer de pie. Además, el edificio era silencioso, salvo por un golpeteo constante, «tac-tac-tac», que siempre se oía de fondo. Era un ruido rítmico, como un martilleo, algunas veces más próximo y, otras, más distante.

Con todo, era el lugar más cómodo en el que habían estado desde hacía días, y en cuanto Fritz, Helmut y Emil entraron en la celda, se desplomaron sobre los jergones de paja.

Aunque ya podían descansar con comodidad, seguían sin probar bocado. ¿Hacía ya tres días? ¿Tanto tiempo había pasado? Les sonaban las tripas y se morían por comer. Empezaron a comentar su situación en voz baja. Como la Gestapo no tenía pruebas de su pertenencia a los Piratas de Edelweiss, acordaron que debían negarlo todo y decir que los habían encerrado injustamente. No sabían cuánto tiempo los retendrían allí.

Fritz frunció los labios para silbar y empezó a entonar una melodía. No sabía por qué, pero lo hizo. Sus compañeros de celda se unieron a él.

Se oyó un sonido gutural, como un estallido, procedente de algún punto de la prisión. No le dieron importancia; el módulo de las celdas tenía un enorme espacio abierto en el centro y siempre oían gritos, gruñidos y chillidos retumbando por la cárcel. Siguieron silbando.

«Tac-tac-tac». El inexplicable sonido estaba acercándose.

La puerta de la celda se abrió con un impacto.

–¿Quién está silbando? –preguntó alguien con voz grave. Su fuerte acento rural hizo pensar a Fritz que se trataba de un campesino.

Fritz, Helmut y Emil se quedaron mirándolo. Rompieron a reír. A Fritz le parecía que la seriedad con la que el campesino había reaccionado a sus silbidos resultaba ridícula.

En un visto y no visto, una porra de goma impactó contra la cabeza, los brazos y las piernas del chico. También oyó los gritos y lloros de Emil. Todos sabían que no podían defenderse; debían limitarse a aceptar lo que ocurría. Lo que sucedió a continuación se borró de la memoria de Fritz. No se acordaba de los golpes; solo recordaba haber sido consciente de que estaba en el suelo de la celda y con todo el cuerpo dolorido cuando la paliza finalizó.

Por fin sabían qué era aquel «tac-tac-tac» que siempre oían: mientras el guardia se paseaba haciendo su ronda, iba golpeando las paredes y las barandillas de las escaleras con su porra de goma para que los presos no la olvidaran.

Esa misma noche, por fin dieron a Fritz algo de comer: dos rebanadas de pan, café, sopa aguada y un pegote de mantequilla que, supuestamente, debía durarle toda la semana.

* * *

La tercera noche en Brauweiler –o tal vez fuera antes, o después; al igual que Gertrud, a Fritz le parecía que el tiempo pasaba de otra forma en prisión–, alguien lo llevó desde la celda hasta la sala de interrogatorios. Fritz estaba medio dormido y se adentró dando tumbos en la oscuridad, por detrás del guardia.

La sala era pequeña o al menos lo parecía. Fritz no vio gran cosa, solo una silla, una mesa y una lámpara encima. Se sentó, y una luz cegadora le apuntó directamente a los ojos. Oía la voz del hombre al otro lado de la mesa, pero no lo veía. Entonces empezó todo.

–Bueno, mocoso estúpido, se te ha acabado el tiempo para pensar, y ahora quiero saber la verdad. No tiene sentido que mientas. Sé exactamente qué hacéis tus amigos y tú, y ahora quiero saber qué pasa en vuestras reuniones y excursiones de fin de semana.

Fritz permaneció callado.

–Está bien, amiguito, el jefe de la patrulla 46 [de las Juventudes Hitlerianas] de Ehrenfeld ha declarado que, este verano, unos matones le impidieron llevar a cabo sus deberes oficiales. Ha descrito a esos chicos y tú encajas con la descripción. Hablemos: ¿quiénes eran los otros y qué otras fechorías habéis cometido?

Ese maldito chivato. El jefe de patrulla sabía que habían expulsado a Fritz de las Juventudes Hitlerianas y quería vengarse. A lo mejor también lo había visto tocando la guitarra en el parque y había hecho que la Gestapo detuviera a todo el grupo.

Fritz no sabía qué decir y no quería autoinculparse.

–Bueno, sé que hubo una pelea, pero no tengo ni idea de qué ocurrió. Lo siento –respondió.

–¿Y qué hay de los Piratas de Edelweiss?

–No sé nada de eso –mintió Fritz–. He oído algo sobre ellos. También los he visto, pero nunca he formado parte del grupo. De verdad, tienen que creerme. –En esa última frase, Fritz intentó sonar lo más convincente posible.

El chico firmó el informe del interrogatorio y regresó a la celda.

Entonces, se llevaron a Emil para interrogarlo, y Fritz contó lo ocurrido a Helmut entre susurros. Le dijo que debía asegurarse de negar que fuera un pirata de Edelweiss.

La noche siguiente, los despertaron de golpe y volvieron a llevarlos a la sala de interrogatorios. La Gestapo creía que la privación del sueño ayudaba a conseguir confesiones. En ese momento, el oficial Fink preguntó a Fritz quiénes eran los líderes, si eran socialistas o comunistas. El chico respondió que no lo sabía, porque no pertenecía al grupo.

Fink le mostró una foto de grupo y le dijo que señalara a las personas a las que conocía. Fritz reconoció algunas caras, incluso a algunos de los piratas que habían colaborado en la distribución de panfletos.

–Y bien, ¿reconoces a alguien? –preguntó Fink.

Fritz negó con la cabeza.

Entonces notó una enorme presión sobre el hombro derecho, que enseguida se convirtió en dolor. Alguien le había golpeado por la espalda.

–¡Empieza a cantar o te mato! –gritó un hombre.

Era la voz ronca del agente de la porra de goma que lo había golpeado en la celda. Había permanecido allí sentado durante todo el interrogatorio, observando, listo para atacar.

Fink repitió las mismas preguntas y Fritz le dio las mismas respuestas.

* * *

—¿Quién distribuía los panfletos?

Fritz se quedó paralizado por el miedo. ¿De verdad sabían lo de los panfletos? ¿Algún chico del grupo de la plaza Barbarossa los había delatado? Emil, Helmut y el resto de los piratas de Ehrenfeld ignoraban la existencia de esas acciones. ¿Por qué preguntaría la Gestapo si no sabían nada? ¿Era un truco para tirarle de la lengua?

Fritz fingió un sobresalto, como si no supiera de qué le estaban hablando.

—Jamás he oído nada sobre unos panfletos; no puedo responder esa pregunta.

Vuelta a la celda.

Vuelta a la sala de interrogatorios.

Vuelta a la celda.

Una y otra

y otra

vez.

Querían que Fritz firmara una confesión en la que se responsabilizara de los panfletos. Se negó. Le pegaron. Le enseñaron un documento donde sus amigos decían que él era el responsable de esa acción. Fritz lo negó todo; volvieron a pegarle. «Tac-tac-tac-tac». Era un bucle interminable. La capacidad de los nazis para golpear y actuar con brutalidad no tenía límites.

Fritz tenía el cuerpo amoratado: moratones antiguos, de un marrón amarillento, y otros, de un violeta azulado, más recientes. Le dolían los músculos de ponerlos en tensión al anticipar los golpes. Pero sentía más rabia que dolor, aunque apenas pudiera moverse.

—¿Cómo habéis podido decir esas cosas? ¡Estáis mal de la cabeza! —les gritó Fritz a sus amigos cuando regresó a la celda.

Sus amigos lo habían delatado–. Desgraciados, ¿sabéis lo que me han hecho?

Helmut estuvo a punto de responderle a gritos, pero Emil intentó relajar la situación.

–Escucha, no les hemos dicho nada; han escrito esas confesiones ellos mismos para engañarnos –aseguró–. ¿Cuántos documentos te han hecho firmar antes de concluir con el interrogatorio?

–Cuatro, creo –respondió Fritz.

–¿Lo ves? Uno de ellos estaba en blanco. Cuando salimos, escriben algo en esa hoja y dicen que nosotros somos los confidentes.

La Gestapo podía hacer lo que quisiera y haría cualquier cosa para conseguir sus confesiones.

Fritz levantó el cubo del suelo y corrió hacia el retrete. El contenido de todo un día de defecaciones de tres personas era, cuando menos, vomitivo. Para los guardias, las idas y venidas de los prisioneros con los cubos de heces eran como un juego. Cuando Fritz entró en el cuarto de baño, el guardia de la puerta le hizo la zancadilla. Fritz se precipitó hacia delante al tropezar con la pierna del hombre. Se le cayó el cubo al suelo, que los guardias habían mojado para que estuviera resbaladizo. La mezcla de heces y orines salió disparada y fue a parar a la cara de Fritz. Llegó otro chico por detrás con su cubo, tropezó con él y más heces cayeron al suelo. Pronto estuvieron todos cubiertos de líquido marrón.

Eso era peor que las palizas, peor que la presión mental. El odio que sentía Fritz contra los guardias de la prisión y contra los nazis sería eterno, aunque llegar a salir de allí.

* * *

–Hoy te soltaremos –le dijo Fink a Fritz unas tres semanas después de llegar a Brauweiler–. Pero antes habrá que cumplir unas cuantas formalidades –añadió.

Querían que firmara un documento que afirmaba que la Gestapo lo había tratado bien.

Fritz se negó.

–Bueno, puedes pensártelo, tenemos tiempo.

Emil firmó el documento y lo liberaron ese mismo día.

Pasados unos días, Fritz también accedió a firmar. También aceptó no volver a pertenecer nunca más a los Piratas de Edelweiss, aunque hubiera negado en todo momento ser miembro del grupo. Además accedió a personarse todos los domingos en la Oficina Judicial de la plaza Reichensperger para firmar su libertad condicional, lo que implicaba que no podría seguir yendo a las excursiones de fin semana al campo.

Cuarta parte
1943-1944

«Un pueblo, un imperio, un desastre».

Colonia, 1943

Ha pasado medio año desde que Alemania perdió Stalingrado a manos de los soviéticos, en febrero de 1943, y la guerra se encuentra en un momento decisivo. Las potencias del Eje se han batido en retirada en el norte de África. Los ejércitos aliados han invadido Italia, y los soldados soviéticos empiezan a recuperar el territorio que habían perdido contra los alemanes. Algunos chicos a los que conoces, que pertenecían a las Juventudes Hitlerianas, se han unido al ejército. Es la guerra total.

Los nazis aumentan las fortificaciones a lo largo del Muro del Oeste o la Línea Sigfrido, como la llaman en otros países. El Muro del Oeste es el sueño de Hitler para detener la invasión occidental, una fortificación de 627 kilómetros, con diecisiete mil búnkeres, kilómetros de trincheras y pequeñas pirámides de cemento para parar el avance de los tanques, además de instalaciones antiaéreas para derribar aviones. No siempre resulta útil.

Colonia se encuentra relativamente cerca de la frontera, y, a diario, oyes la sirena antiaérea; todos los días se desploman edificios bombardeados y quedan reducidos a un montón de cascotes. La ciudad entera parece un vertedero, como formada por pilas de desechos. Las vigas de acero que sostenían las edificaciones están partidas y retorcidas. La esfera del reloj de la torre de una iglesia se encuentra destrozada y la hora ha quedado detenida en el momento del bombardeo. Piedras, ladrillos y tierra se amontonan en cúmulos altos como pisos. Los trabajadores forzosos y los prisioneros de campos de concentración retiran los cascotes y despejan el camino para que puedas seguir moviéndote por la ciudad. Los conductos de agua, electricidad y gas están dañados o del todo inutilizables. Mueren personas a diario; cada día hay menos comida.

¿Esta es la Alemania soñada por Hitler? No, él imaginaba amplias avenidas y construcciones modernas, no senderos abiertos entre pilas de cascotes. Sin embargo, la arrogancia de los nazis y la convicción en la supremacía alemana ha dado lugar a este panorama de desesperación. Esta guerra va a terminar; a estas alturas, son pocas las personas que creen que la victoria será para los alemanes. Es como un accidente de tráfico a cámara lenta: intuyes cómo acabará la acción, pero apartar la mirada no va a impedir que ocurra.

Sin embargo, a lo mejor existe una manera de hacer que el impacto se produzca más deprisa, un modo de acelerar la escena y poner fin a la destrucción.

Informe del Fiscal del Estado sobre las actividades de los Piratas de Edelweiss en noviembre de 1943

16 DE ENERO DE 1944

Dos de estos procedimientos fueron remitidos por mí, el fiscal del Estado, al tribunal de Berlín ante la sospecha de actividades de alta traición. En el segundo caso, un joven estaba creando un grupo opositor, «Piratas de Edelweiss», en la zona de Geilenkirchen, con tendencias claras contra las JJHH. Después alentó sentimientos anti JJHH entre sus amigos, robó una ametralladora de un bombardero derribado estadounidense y 500 cintas de munición, más balas y explosivos necesarios para sus atentados. Luego formó a sus cómplices para hacer volar por los aires un barracón de las JJHH en el que miembros de las JJHH estaban reunidos para celebrar el 9 de noviembre de 1943.

39 – Fritz

Después de que Fritz saliere de Brauweiler, la situación fue peor que antes. Su madre estaba convencida de que había muerto. Se había presentado en el edificio de la Gestapo y le habían dicho que su hijo no estaba allí, que se encontraría en casa. Pasaron tres días y seguía sin verlo, hasta que un agente de policía le dijo: «Su hijo está detenido». Entonces, la Gestapo se presentó en su casa en busca de pruebas incriminatorias. Vaciaron las alacenas, rompieron los botes, registraron hasta dentro del azucarero, rebuscaron con las puntas de sus fusiles en el interior de la nevera, desgarraron el colchón. Una vecina comentó que el piso había quedado peor que después de un bombardeo.

El odio que sentía Fritz contra los nazis era más intenso que nunca. Lo destruían todo. Había vuelto a reunirse con el grupo de la plaza Barbarossa, en el que no habían detenido a ninguno de sus miembros, por lo que no querían volver a ver a Fritz. Creían que el simple hecho de conocerlo era demasiado arriesgado, y el chico se quedó sin un lugar donde evadirse.

También volvió a trabajar en la fábrica Ford, aunque eso también fue horrible. Lo destinaron a una brigada de castigo con los prisioneros de guerra rusos y los trabajadores forzosos ucranianos, en la que trabajaba más de diez horas diarias. Ver cómo trataban los nazis a sus esclavos no hacía más que aumentar el desprecio que el muchacho sentía hacia ellos.

Daba la impresión de que en todas partes, a la mínima oportunidad, los trabajadores esclavizados eran tratados como basura. Les proporcionaban zuecos de madera y llevaban ropas andrajosas. Fritz también se dio cuenta de que pasaban hambre. Los viernes, cuando servían sopa en la cafetería para los empleados alemanes de la Ford, algunos jóvenes ucranianos intentaban colarse. Esperaban sentados en el tejado, asomándose por las ventanas, para poder hacerse con las sobras. Fritz les tiraba panecillos o abría las ventanas de par en par para que alguien ayudara a los chicos a bajar, a entrar en el comedor a hurtadillas y a salir antes de que los pillaran. Pero los descubrían a menudo.

Había un guardia especialmente sádico con los trabajadores forzosos hambrientos. Cuando pillaba a alguno, le hundía la cara en el cuenco de la comida y le pegaba con la porra en la nuca. Fritz vio a otro guardia patear a una trabajadora embarazada en el vientre por contestar. A otros, sencillamente, los obligaban a trabajar hasta la muerte.

Cuando Alemania había invadido Polonia y Rusia, los nazis habían obligado a millones de personas a regresar a territorio alemán para forzarlos a trabajar en fábricas de todo el país. La propaganda difundía que los trabajadores del este de Europa –como los ucranianos, polacos y rusos– eran subhumanos y que no pasaba nada por tratarlos así. Trabajando con ellos en la fábrica, el chico se dio cuenta de que no eran inferiores a ellos. En realidad, una de las mujeres con las que trabajaba enseñaba alemán. Esos trabajadores hablaban el idioma de Fritz, pero el chico no tenía ni idea de ruso. La propaganda no era más que una sarta de mentiras sustentadas en la suposición nazi de que el pueblo alemán estaba dispuesto a creerse superior y despreciar a los demás.

Los compañeros de Fritz también eran testigos de lo mal que trataban a los trabajadores forzosos, de cómo todos estaban esforzándose para mantener en movimiento una maquinaria que detestaban. El sentimiento antifascista y antinazi crecía, pero nadie tenía la voluntad de hacer nada para cambiar las cosas. Tenían demasiado miedo a las consecuencias. Vivían en una sociedad en la que la opción más segura era agachar la cabeza y dejarlo estar.

Fritz no podía permitirlo. Estaban obligándolo a ser parte de esa guerra, de ese sistema con el que no estaba de acuerdo. No se veía capaz de limitarse a agachar la cabeza.

La fábrica de la Ford se extendía a lo largo de la ribera del Rin, entre Colonia y Düsseldorf, y, como siempre que sonaba el silbato, al final de una jornada en noviembre de 1943, todos acudieron a fichar para salir o fueron a los vestuarios para quitarse el mono de trabajo. Era la época en que Fritz llegaba al trabajo de noche y salía de noche. Ese día en concreto no le importó que ya hubiera anochecido; era perfecto para sus planes.

Fritz y Hans se abrieron paso en la oscuridad hacia los cajones de madera apilados junto al río. Fritz sabía que en su interior encontrarían los recambios para los camiones que fabricaban en la planta, y que los embalajes ya habían sido inspeccionados y estaban listos para su envío al frente oriental.

El chico avanzó a escondidas hasta uno de los cajones, lo abrió haciendo palanca y miró en su interior. Tras varios años trabajando en la fábrica, sabía qué piezas eran las más importantes. Agarró la bobina de arranque y caminó lentamente hacia la pared de cemento que bordeaba el río. Abrió la mano y la pieza cayó al agua oscura; se oyó el chapoteo del objeto al hundirse.

Después de tirar las piezas, Fritz y Hans volvieron a clavar la tapa del cajón. El chico se imaginaba a los hombres abriéndolo en el frente y diciendo: «¿De qué nos sirve esto? Lo tenemos todo ¡menos la pieza fundamental!».

* * *

Las acciones realizadas inspiraban nuevas acciones. Fritz escuchaba la transmisión radiofónica en alemán de la emisora BBC, que, al igual que los panfletos lanzados por los aliados, tenía como objetivo alentar a la rebelión. Y funcionó en el caso de Fritz. Un amigo le contó que los piratas habían sido mencionados en una de esas retransmisiones, lo que los animó a llevar a cabo más acciones. Convertían en panfletos los mensajes difundidos por la radio. El chico tenía la sensación de que podía hacer más cosas de las que ya había hecho.

40 – Gertrud

En otoño de 1943, tras el aviso de Marianne, Gertrud y su madre habían viajado en tren desde Colonia hasta Ulm, al sur de Alemania, pero quedarse allí no era una buena alternativa. El simple hecho de seguir viajando no era peligroso, puesto que muchas personas intentaban escapar de las ciudades para librarse de los bombardeos. Sin embargo, tarde o temprano tendrían que enseñar la documentación, y si sus nombres realmente estaban en una lista, podían detenerlas en cualquier lugar del país. La madre de Gertrud sugirió que fueran hasta Rulfingen, donde el hermano de la chica había pasado un tiempo y los granjeros habían sido amables con él, a pesar de saber que era comunista.

Cuando llegaron a la granja, ambas mujeres parecían excursionistas, con sus mochilas y sus botas de montaña. Apareció un hombre en la entrada de la casa. Gertrud pensó que las habría visto acercarse.

–¿Podemos dormir aquí esta noche? –preguntó la madre de Gertrud.

–Claro, siempre que estén dispuestas a echar una mano con algunas tareas –respondió el granjero.

Por supuesto que lo harían.

–Pueden dormir en el granero. Allí hay un dormitorio que antes era para los peones –les informó.

Las mujeres esperaban que fuera un lugar seguro.

41 – Fritz

A principios de 1944, a los chicos nacidos en el año 1927 –como Fritz– los llamaban «un regalo de cumpleaños para Hitler», porque cumplían los diecisiete. Ya podían empezar el auténtico entrenamiento militar, y, cuando llegara el aniversario del Führer, los incluirían en el registro oficial del Partido Nazi.

La idea asqueaba a Fritz, aunque no podía hacer mucho por evitarlo. Sus amigos y él recibieron cartas de alistamiento y, cuando los piratas se reunieron, hablaron de cómo podían librarse de entrar en el ejército. La única alternativa real era pasar a la clandestinidad, empezar a vivir en la ilegalidad. Aunque a Fritz no le parecía una opción segura: el estado policial era demasiado poderoso y le daba miedo lo que pudieran hacer los nazis a los miembros de su familia si él cometía algún delito.

En febrero de 1944 acudió a un campamento de entrenamiento militar durante cuatro semanas en un antiguo aeródromo, a poco más de una hora al sur de Colonia. Resultaba irónico que, estuviera en las montañas de Eifel, uno de los lugares a los que iban los piratas en sus excursiones más largas. Todo aquello era como en las Juventudes Hitlerianas: ejercicios, marchas, simulacros de guerra. Fritz lo odiaba, y ese mes se le hizo eterno. Se marchó más desanimado que nunca.

Cuando regresaron al trabajo, Fritz y Hans decidieron que tirar los recambios de los camiones al Rin no era suficiente, así que empezaron a enterrar botellas de leche rotas en las pistas de tierra para que los camiones recién salidos de la fábrica tuvieran que pasar por encima al marcharse de la planta. El neumático de caucho pisaba el cristal y se pinchaba, y el vehículo quedaba inutilizado. Las ruedas eran caras, y Fritz y Hans conseguían así que los nazis perdieran camiones y dinero con unos pocos trozos de cristal roto. La acción de sabotaje marchaba sin problemas hasta que en la fábrica empezaron a descubrir las botellas de leche y aumentaron la vigilancia de la zona.

En una ocasión, los chicos estaban intentando enterrar más cristales cuando dos guardias los avistaron.

—Debemos tener mucho cuidado, correremos hasta la entrada y fingiremos que no los hemos visto —susurró Hans—. Yo saldré tras de ti y parecerá que te estoy persiguiendo.

Fritz salió a toda pastilla y Hans lo siguió.

Los hombres se encontraban a un lado de la plaza.

—¡Alto ahí! —gritaron.

Fritz y Hans se detuvieron, y los guardias empezaron a hacerles preguntas. Fritz no estaba seguro de cuánto habrían visto, aunque él esperaba que no mucho.

—¿Qué estáis haciendo aquí cuando sabéis que está prohibido? —les preguntó uno de los hombres—. ¿Sois vosotros los que habéis saboteado los camiones? Hablad, de pisa, ¿qué hacéis aquí?

–Estábamos peleando y yo he escapado corriendo, pero él me ha seguido –respondió Fritz.

–¿Y para qué habéis venido hasta aquí?

–Yo esperaba que no me siguiera porque es una zona prohibida.

Los guardias no se creyeron la historia. Agarraron a Fritz y a Hans por el brazo y se los llevaron a la oficina de seguridad de la fábrica. El capataz de la planta llamó a la Gestapo.

Fritz estaba aterrorizado. Sabía que la destrucción de camiones era un acto grave de sabotaje y que él ya era una cara conocida para la Gestapo. Podrían demostrar que estaban en un lugar prohibido, aunque no podrían probar el delito. Por su parte, el capataz de la planta opinó que dos chicos solos no podían ser los únicos responsables de enterrar las botellas de leche; imaginó que se debía de tratar de una gran conspiración. El supervisor creyó que Fritz y Hans simplemente estaban peleándose y habían acabado metiéndose donde no debían. Los dejó marchar.

Hans tuvo que alistarse en el ejército porque era un par de años mayor que Fritz, pero este último consiguió un sello en su documento de identidad que decía que era *wehrunwürdig*, o indigno de realizar el servicio militar, lo que sabía que le acarrearía problemas en el futuro. Uno de los guardias le dijo: «Puedes librarte de ese sello. Solo tienes que presentarte voluntario para las Waffen-SS». En efecto, esa era una de las formas en las que los nazis conseguían voluntarios jóvenes para dicha organización, que era una división militar de las SS. Fritz no respondió. No tenía ningunas ganas de unirse a uno de los peores regimientos de las SS.[13]

* * *

Ese fue el final de las acciones de sabotaje en la fábrica para Fritz. Había demasiados guardias. Sin embargo, no quería quedarse de brazos cruzados.

«Ahora o nunca», pensó. Debía hacer algo. Sentado en el parque del Cinturón Verde con su amigo Lang y otros piratas de Edelweiss a los que acababa de conocer, Fritz contribuyó a elaborar un nuevo plan. A los demás no les daba miedo pasar a la acción. «Podemos fabricar un cóctel molotov, una botella con una mecha encendida. Y durante el siguiente bombardeo, la lanzamos contra las oficinas del partido local mientras todos los nazis están en los búnkeres, muertos de miedo», había sugerido Lang el día anterior.

Fritz había conocido a los dos chicos en el parque durante su entrenamiento militar: Bartholomäus Schink y Franz Rheinberger, apodados Barthel y Bubbes.[14] Ellos le habían presentado a Lang, cuyo nombre real era Hans Balzer, y a Günther Schwarz, a quien todos conocían como Büb. Había otros chicos y chicas que pasaban el rato con ellos en el búnker de la calle Körner, pero Fritz no tenía tanta confianza con ellos. Eran todos de Ehrenfeld y pertenecían a familias trabajadoras y antinazis, como él mismo y la mayoría de los piratas de Edelweiss. Sin embargo, deseaban ir más allá que muchos de los piratas a los que frecuentaba el chico.

---

13. Más adelante se descubrió que las Waffen-SS fueron responsables de las mayores atrocidades del Tercer Reich, incluido el asesinato de civiles en ciudades del este de Europa.

14. *N. de la t.*: término yiddish, apelativo cariñoso que significa «abuelita».

Ante todo hacían pintadas antinazis en la ciudad destruida. Les daban un tono irónico y escribían mensajes como:

DEMOS LAS GRACIAS A NUESTRO FÜHRER POR ESTO

o

UN PUEBLO, UN IMPERIO, UN DESASTRE

Al igual que el grupo de Gertrud, imprimían panfletos. Para el texto se inspiraban en la información que escuchaban en las retransmisiones de la BBC; primero lo escribían a mano en alguna hoja y luego lo montaban con letras recortadas de los periódicos. Hacían una mezcla de harina y agua para pegar los carteles en las fachadas de los edificios, y, cuando esta se les acababa, usaban yeso de las paredes derribadas mezclado con agua. Escribieron:

LAS TROPAS ALIADAS AVANZAN EN TODOS LOS FRENTES

o

MILES DE SOLDADOS ALEMANES MUERTOS POR LA LOCURA DE HITLER

Fritz y sus amigos esperaban que eso acelerase la caída del régimen fascista, aunque sus acciones nunca parecían suficientes. Al fin y al cabo eran solo palabras. Daba la impresión de que las palizas y las detenciones que sufrían a manos de la Gestapo y los miembros del Partido Nazi eran cada vez peores. En ese momento, los piratas querían venganza y a lo mejor necesitaban algo más que palabrería.

Ninguno había conseguido gasolina para la bomba de botella, pero habían encontrado un bidón de gasóleo en un taxi aparcado sin cerrar. Vertieron un poco en un botellín de cerveza, metieron un trapo por el cuello y se fueron del parque.

Justo antes de llegar a las oficinas del Partido Nazi, saltó la alarma antiaérea. Pero nadie salió corriendo hacia el búnker; eso formaba parte del plan. Fritz y los demás se ocultaron en el jardín que quedaba enfrente de la oficina. Desde allí, veían el edificio, la calle y los alrededores. Lang sacó la pajita más corta, así que sería él quien lanzara la botella. Todo parecía en calma y no había patrullas recorriendo las calles. Luego empezó el «ra-ta-ta-ta-tá» de las ametralladoras antiaéreas. Era el momento.

Fritz se quedó en el jardín, esperando. Lang encendió el trapo de la botella; el cóctel molotov salió despedido de su mano e impactó contra el cristal de la ventana, lo que provocó un gran estruendo. Casi de inmediato se oyó otro impacto más leve cuando el recipiente cayó sobre el suelo del interior, roto; el gasóleo se desparramó por todas partes y la oficina se incendió.

A renglón seguido, dos hombres salieron del edificio. ¿Qué diantres hacían ahí dentro? ¿Por qué no estaban en el búnker? Lang, Fritz y los demás fueron descubiertos y echaron a correr en todas direcciones, por suerte más rápido que los nazis que habían abandonado la oficina.

No los atraparon, pero Fritz seguía decepcionado. No habían conseguido su objetivo: apagaron las llamas y no hubo grandes destrozos.

–Esto... Me gustaría ir con algunos amigos al Felsensee el fin de semana. Hará buen tiempo y será genial –le comentó Fritz a su madre.

Ella lo miró con suspicacia. Le habían ordenado no volver a salir con los Piratas. Sin embargo, como había llegado la primavera, el chico tenía muchas ganas de ir de excursión con sus amigos. En realidad no le había hecho una pregunta, ni siquiera le estaba pidiendo permiso; lo que necesitaba era su ayuda.

Fritz debía seguir presentándose en las oficinas de la Gestapo todos los domingos desde su detención en noviembre, y lo más importante era que, de no hacerlo, tenía que presentar una buena excusa. Había planeado que su madre acudiera en su lugar y les dijera que estaba enfermo y que por eso no podía ir a firmar.

La mujer no podía creer que estuviera pidiéndoselo.

–Siempre andas metiéndome en líos –le dijo.

Tras pasar un rato intentando convencerla, ella accedió a llamar a la oficina, pero no pensaba acudir en persona.

Al chico se le olvidó comentar que, con una excusa así, seguramente también precisaría un justificante médico. Con todo, nadie habría sospechado de no haber sido por la mala suerte que tuvo al regresar a casa desde el Felsensee.

El fin de semana iba a ser maravilloso: buen tiempo y buenos amigos. Fritz montó una tienda de campaña y se instalaron en el interior tras encender la hoguera, se pusieron a cantar y a charlar. Sin embargo, sentían cierto desánimo en un momento en el que deberían haberse sentido felices. No sabían si volverían a disfrutar jamás de un fin de semana como ese.

El domingo por la mañana regresaron desde el oasis del Felsensee a Königswinter, donde navegaron por el Rin en un barco de regreso a Colonia, o a lo que quedaba de la ciudad, en cualquier caso.

Fritz se fijó en que el muelle estaba plagado de hombres uniformados. Parecían de las SS, la Gestapo, la policía...; estaban todos. Algunos de los otros grupos con los que habían pasado el fin de semana vieron llegar a las Juventudes Hitlerianas. Debieron de pedir refuerzos.

—¡Venga, chicos! ¡Vámonos! —gritó Fritz.

Todos salieron disparados en distintas direcciones. Fritz vio un muro, saltó por encima con la esperanza de que nadie lo hubiera detectado. Se volvió para mirar de reojo. Hombres uniformados estaban metiendo a sus amigos en camiones. Fritz estaba seguro de que irían a parar al sótano de la Casa EL-DE o a Brauweiler.

Los que no fueron detenidos cogieron el tren de regreso a Colonia, y no pasó mucho tiempo hasta que la Gestapo fue en busca de Fritz, lo que significaba que o bien alguien había dado su nombre o bien estaban deteniendo a cualquiera que hubiese estado vinculado a los Piratas con anterioridad.

Cuando Fritz recibió una notificación para personarse en la Gestapo, su madre no entendió el motivo. Ella había dicho que el chico estaba enfermo y creía que la excusa había funcionado. Fueron juntos caminando a la Casa EL-DE. Fritz sabía qué podía ocurrir si atravesaba esas puertas, pero era su obligación.

El oficial Fink volvía a estar ahí. Fritz intentó explicarle que había estado enfermo ese domingo, que tenía un justificante médico para demostrarlo, y que no había pasado el fin de semana con los Piratas.

—Sé que, a pesar de la advertencia que te hicieron en Brauweiler, has estado en contacto con los Piratas de Edelweiss. También tengo testigos que afirman que estabas en Königswinter en Pascua, durante las peleas que los Piratas iniciaron contra miembros del partido, y el Gobierno también está al tanto de esta información –dijo Fink.

–No, no, eso no es cierto, estaba en cama, ya se lo he dicho –insistió Fritz.

–Venga ya, hombre, deja de mentir o acabaré contigo.

El interrogatorio estaba poniendo muy nerviosa a la madre de Fritz. Empezó a gritar diciendo que debían creerle, que había estado enfermo.

–¡Usted no se meta! Debería alegrarse de que la dejemos estar presente –le gritó Fink a la mujer–. ¡Siéntese ahora mismo!

Eso dio a Fritz un momento para pensar. Había estado allí antes y ya había tratado con esos tipos. Inventar mentiras para hacerlo confesar era una técnica habitual de la Gestapo. Creían que si decían: «Conocemos a alguien que afirma que estabas allí», Fritz les creería y confesaría. Sin embargo, como ya conocía esa técnica clásica de interrogatorio, Fritz dijo que esos chicos debían de ser unos mentirosos y que la información era incorrecta. La mirada del oficial Fink indicaba que estaba agotándosele la paciencia.

Gritó a Fritz que sus respuestas eran descaradas y que era un mentiroso, mientras otro oficial empezaba a pegarle. El chico ya había pasado por eso, pero, en ese momento, su madre estaba allí viéndolo. Las bofetadas y los gritos iban acompañados de las protestas de la mujer. Intentó correr hacia su hijo, pero Fink la retuvo.

–Ayudándolo a mentir está cometiendo un delito castigado por la ley. Si no se calla, la encerraré a usted también. Los habitantes de la Alemania nacionalsocialista de Hitler que protegen a la escoria y a los desechos como su hijo están infringiendo la ley, ¡que no se le olvide!

La mujer se quedó lívida y sus labios rojos se pusieron azules. Lanzó un suspiro ahogado.

–¡Mamá!

Tenía problemas de corazón y esos hombres la iban a matar de tanto gritar. El tipo debió de parar de golpear a Fritz, porque el chico corrió hacia su madre. Los dos nazis parecían confundidos y abandonaron la sala. «Siempre andas metiéndome en líos», ¿había sido esa la frase que le había dicho su madre?

El chico le dio un vaso de agua y, pasados unos minutos, ella recuperó el color de las mejillas. Fritz le pidió que no dijera nada. Lo dijo queriendo sonar compasivo, aunque no sabía si había alguien escuchándolo.

El oficial Fink y el otro hombre regresaron a la sala, junto con el capataz de la fábrica de la Ford donde trabajaba el chico; este hacía de poli bueno.

–Bueno, Theilen, ¿y ahora qué ha pasado? –Usó un tono paternal, pero la pregunta era la misma–. Me han dicho que te has metido en líos. Encontraremos una solución.

Su solución y la de Fritz no coincidían, y el interrogado no le dio las respuestas que quería.

–Bueno, amiguito, no te pasará nada si nos dices quién es vuestro líder. Danos solo un par de nombres y podrás irte.

Otra técnica clásica de los interrogatorios: prometer a la víctima algo a cambio de su testimonio. Pero, claro, si les daba nombres, estaría reconociendo su culpabilidad. Por eso Fritz se mantuvo firme con la versión de que no había salido de casa en Pascua y de que no era miembro de los Piratas.

Tras el interrogatorio, Fritz consiguió por fin volver a casa con su madre, no sin que antes Fink le advirtiera que, la próxima vez que lo detuvieran, lo enviarían directamente a un campo de concentración.

* * *

Fritz y Bubbes salieron caminando de Ehrenfeld hacia el Innenstadt. Solo habían pasado unos días desde que había recibido la advertencia de la Gestapo, pero algo en el mundo que lo rodeaba le hacía imposible dejar su actividad con los Piratas. Los nazis estaban cazando a sus amigos como animales, y tenía sed de venganza. Además, seguramente pensaba que no tenía mucho que perder.

La muerte es inevitable, pero en la Alemania de 1944, se asomaba en cada esquina. Un bombardeo aéreo, una llamada a filas: la muerte súbita estaba por todas partes. Para los piratas como Fritz, si estaban combatiendo a los nazis, al menos morirían haciendo algo trascendental. Y había otra cosa: el chico quizá se hubiera dado cuenta de que no querían matarlo. Tal vez les gustaría verlos muertos, a sus amigos y a él, pero preferían que acabaran con ellos las balas aliadas en el Muro del Oeste cuando fueran lo bastante adultos para alistarse en el ejército.

Fritz y Bubbes pasaron junto a un grupo de hombres, prisioneros de guerra rusos encadenados entre sí. Una persona podía ser obligada a trabajar hasta la muerte, y, por lo visto, ese era el destino al que se encaminaban esos pobres diablos. Sus cuerpos esqueléticos se perdían en sus pijamas de presidiario, tenían las mejillas y las barbillas huesudas y angulares, y los ojos profundamente hundidos en las cuencas.

–Malditos nazis asquerosos. Mira, esos prisioneros seguramente lleven una semana sin comer. Lo que me da verdadero asco es que los nazis se creen unos auténticos caballeros –comentó Bubbes al pasar junto a los presos.

Cuando los dos chicos se reunieron con el resto de sus amigos en su nuevo escondite a las afueras del Cinturón Verde, junto a las vías del tren, hablaron sin parar de los trabajadores extranjeros. ¿Qué podían hacer para ayudarlos?

Había oscurecido. Pronto sonaría la sirena antiaérea. Esa noche, incluso antes de que saltara la alarma, oyeron el «ra-ta-ta-ta» de las ametralladoras antiaéreas en la distancia y el grave rumor de los bombarderos estadounidenses a lo lejos.

Bubbes saltó desde lo alto del andén, desde donde había podido contemplar la totalidad de las vías. Dijo que había visto acercarse una locomotora sin vagones. Las estaciones ferroviarias se contaban entre los lugares más peligrosos durante un bombardeo. Desde el cielo, los aliados usaban la catedral como punto de referencia del centro de la ciudad, y justo al lado estaba la Estación Central. Fijándose en esos indicios, los pilotos podían navegar guiándose por las marcas de las vías para lanzar las bombas. Las locomotoras estaban desenganchadas de los trenes y abandonaban el lugar para dirigirse a ubicaciones más seguras.

Los piratas regresaron a su escondite en el jardín comunitario del Cinturón Verde a fin de vigilar las vías. La locomotora fue reduciendo la velocidad hasta detenerse con un chirrido y un golpe seco justo delante de ellos. Vieron el lema nazi escrito en el lateral de tren:

¡LAS RUEDAS DEBEN RODAR HACIA LA VICTORIA!

A lo lejos se oía el zumbido de las bombas al caer desde los aviones, y el estallido y el temblor de la tierra subsiguientes.

Bubbes pensó que el lema era una estupidez y que debían modificarlo.

A todos les encantó la idea. Pero necesitaban algo con lo que hacer la pintada.

Alguien encontró un bote de pintura, que Bubbes ocultó en el sótano de su casa hasta la noche siguiente, cuando volvieron a reunirse en las vías del tren.

Justo pasada la medianoche, la sirena empezó a aullar. Con el ruido de las ametralladoras de fondo, Fritz y Bubbes corrieron agachados hacia la locomotora; la grava crujía bajo sus suelas. Fritz sentía un extraño cosquilleo en el estómago y la excitación nerviosa le recorría el cuerpo.

Se enderezaron justo al llegar al tren; Bubbes levantó el cubo y Fritz agarró la brocha. Sabían que, cuanto antes lo hicieran, menor sería el riesgo de que los pillasen. Fritz añadió su toque personal al lema del partido.

LAS CABEZAS DE LOS NAZIS DEBEN RODAR DESPUÉS DE LA GUERRA

La locomotora no fue enganchada a los vagones hasta una hora más tarde, y, cuando el tren pasó rodando con su lema escrito, los chicos no podían estar más orgullosos. Además, se regodeaban al pensar en cómo los «bigotillos» nazis, como Fritz los llamaba, se enfurecerían al ver que alguien se había burlado de su hermoso mensaje.

A pesar de lo satisfactoria que había resultado esa acción, los Piratas de Ehrenfeld estaban dispuestos a preparar una operación mejor y más ambiciosa.

Hacía un tiempo precioso, pero se respiraba una atmósfera horrible. Era el día 20 de abril de 1944, el cumpleaños de Adolf Hitler. Fritz sabía que los nazis celebraban los festivos como ese con desfiles y marchas, y los Piratas debían mantenerse alejados de las zonas públicas. Fritz y otros chicos habían decidido pasar la tarde en una zona del Cinturón Verde situada entre Ehrenfeld y un barrio llamado Nippes. Los temas habituales de conversación sobre las excursiones del fin de semana los sustituyeron las charlas sobre lo mucho que odiaban a los nazis y cómo podían combatirlos.

Barthel tuvo una idea. Quería hacer a Hitler un «regalo de cumpleaños». Este era el mediano de cinco hermanos y trabajaba como aprendiz de techador y fontanero con un salario muy exiguo. Al igual que Fritz, había pertenecido a las Juventudes Hitlerianas, y su padre estaba en el ejército, destinado en Italia para combatir contra las tropas aliadas. Sin embargo, eso no significaba que fuera nazi ni simpatizante de los fascistas alemanes.

Uno de los recuerdos más permanentes de Caroline, la hermana de Barthel, era la visión de su hermano derrumbándose mientras era testigo de la paliza recibida por un barbero judío llamado Moritz Spiro, al que acabaron matando al aplastarle el cráneo en la Noche de los Cristales Rotos. Barthel gritó: «¡Papá! ¡Papá, ayuda a Spiro!», pero su padre estaba llorando y respondió: «No puedo ayudarlo. Si lo ayudo, a mí también me aplastarán la cabeza y me matarán». Barthel no entendía por qué alguien que había sido tan amable con su familia debía recibir una paliza así. Los Schink eran pobres, y Spiro siempre les aplicaba un descuento. Había muerto y no existía nada en absoluto que el pequeño Bartholomäus pudiera hacer. Seguramente ese fue el momento en que nació el odio que sentía el chico hacia los nazis. Más tarde Barthel conoció a Bubbes (Franz Rheinberger) y en 1943 empezó a pasar el rato con los piratas de Edelweiss de Ehrenfeld. En ese momento supo que podía hacer algo con el odio que sentía contra los nazis.

La idea de Barthel para el «regalo de cumpleaños» de Hitler era hacer descarrilar un tren. Podían destrozar la máquina; llevarse el cargamento para ellos, para los trabajadores forzosos y otras personas de la clandestinidad con lo que los nazis se quedarían sin sus valiosas provisiones..., todo con una sola acción. Fritz pensaba que era una locura y Bubbes no tenía ni idea de cómo podían conseguir dar un golpe tan importante.

Entonces, uno de los chicos del parque tomó la palabra. Keunz era aprendiz de la Sección de Mejoras Ferroviarias del Reich y les explicó un método fácil para descarrilar un tren usando las zapatas de freno viejas de otro vehículo ferroviario.

–¡Ajá! ¡Eso es! Lo haremos así –declaró Barthel.

Y fueron a conseguir las zapatas.

Barthel Schink (a la derecha, con sombrero y guitarra) y Franz Rheinberger, *Bubbes* (a la izquierda, con sombrero y guitarra), junto a sus amigos, cerca de Königswinter, en 1943 o 1944.

Había sido un día despejado y también lo fue la noche. Las estrellas brillaban como fragmentos de cristal en el cielo negro. Aunque la ciudad estaba a oscuras y la luna no era más que una delgada franja, desde las vías Fritz veía hasta la distancia equivalente a un campo de fútbol, así como el lugar donde se encontraba el guardia de la estación y donde estaban cargando los trenes, en la cochera.

Fritz y Barthel permanecieron agachados vigilando, por si había alguien cerca. Luego salieron corriendo a hurtadillas siguiendo las vías, con los ruidos y temblores de las explosiones de fondo. Los bombardeos eran a un tiempo perfectos y terribles, pues suponían una oportunidad para llevar a cabo las acciones, pero también comportaban muerte y destrucción. Los chicos colocaron una zapata de freno justo delante del cambio de agujas, tal como Keunz les había indicado.

–¡Larguémonos de aquí! –gritó Barthel.

Un tren cargado con enormes troncos y camionetas estaba acercándose lentamente.

El fuego prendía alrededor de los trenes. Los bombarderos lanzaban sus cilindros metálicos, unos proyectiles que parecían judías mientras caían, uno a uno, y que iban haciéndose más grandes a medida que se acercaban al suelo. Cuando las bombas impactaban, levantaban una nube densa de humo gris que, al disiparse, dejaba una estela de fuego. En ese momento, Fritz oyó un sonido procedente de las vías. No era la explosión de una bomba, era más bien algo metálico que chocaba y se retorcía. El chico no podía retroceder ni mirar atrás, pero estaba convencido de que acababan de hacer descarrilar el tren.

Siguió corriendo a través de la cortina de humo, de los incendios, aunque no se dirigió hacia el búnker de la calle Körner, donde siempre iba, sino que aceleró para llegar al de la plaza Taku, deseando que no estuviera abarrotado.

Más adelante, cuando se enteraron de que la policía había acudido a las vías del tren, Fritz estuvo incluso más convencido del éxito del ataque. Había salido mejor de lo que esperaban: no habían detenido a ninguno de sus amigos para interrogarlos. Sin embargo, pasados unos días, su madre le dijo que la Gestapo había estado en su casa, buscándolo.

Fritz, Lang y Bubbes llegaron a la conclusión de que, si los nazis volvían a detenerlos, sería el fin. Se acabarían las advertencias y las breves estancias en prisión. Decidieron no volver a sus casas; tampoco podían regresar al trabajo. Eran lugares demasiado peligrosos. Tendrían que pasarse a la clandestinidad y vivir de forma totalmente ilegal.

No ir a trabajar suponía quedarse sin cartillas de racionamiento. Y no tenerlas significaba no comer. Fritz comentó con sarcasmo: «¿Qué tendríamos que hacer? ¿Decir que somos piratas de Edelweiss y que vivimos en la ilegalidad y que estamos luchando contra las Juventudes Hitlerianas y la Gestapo?». Pedir comida a sus padres o amigos tampoco era una alternativa, puesto que se distribuían raciones individuales bastante escasas.

Siempre que hablaban del racionamiento, Fritz pensaba en los prisioneros de guerra y los trabajadores forzosos que mendigaban comida de los alemanes, aunque supieran que tanto pedirla como darla era ilegal. En 1944, robar alimentos era peligroso y un delito para cualquiera, pero Fritz no veía otra opción y, a diferencia de los prisioneros de guerra y los trabajadores esclavizados, para él resultaba más fácil acceder a los lugares donde podía encontrar comida. Durante todo el tiempo que habían pasado observando las vías, Fritz y los demás piratas vieron cómo cargaban y descargaban alimentos de los trenes. Sin embargo, esa acción no sería tan sencilla como hacer pintadas en un vagón o provocar un descarrilamiento. Para empezar, no sabían cómo sacar la comida de los vagones cerrados a cal y canto.

–Maria me ha puesto en contacto con dos hombres, y me reúno con ellos esta noche –les dijo Bubbes a Fritz y a los demás no mucho después de empezar a hacer planes para quedarse con la comida.

Maria era una amiga suya, y Bubbes confiaba en ella.

–¿Los conoces?

–No, Maria solo me ha dicho que están relacionados con los trenes de alimentos. No sé nada más, ni siquiera cómo se llaman.

Reunirse con esos chicos era un riesgo estúpido. O bien ya sabían el peligro que corrían y estaban dispuestos a asumirlo o bien no tenían ni idea de lo arriesgado que era. Fritz, Bubbes, Barthel y otro pirata fueron al campo de fútbol del barrio de Bickendorf, donde los contactos de Maria ya estaban esperándolos.

–Para que no haya confusiones, nosotros tomaremos la decisión de cuándo y cómo hacerlo, ¿está claro? –dijeron los dos chicos antes de empezar.

Barthel les explicó su situación.

–No queremos tener nada que ver con los trabajadores extranjeros y mucho menos con la Gestapo, que seguramente os despellejará si os pilla –añadió uno de los muchachos.

Los piratas no estaban dispuestos a aceptar un no por respuesta. Discutieron sin parar hasta que por fin los chicos accedieron a ayudar a Fritz y a los demás a conseguir la comida si prometían obedecer órdenes. Los piratas accedieron.

El primer robo salió bien. Los amigos de Maria obtuvieron la comida del tren, incluidas salchichas. Bubbes entregó de contrabando los alimentos a los rusos, y los piratas se quedaron una parte del botín para ellos.

El siguiente asalto fue diferente. Algo no marchó bien desde el principio y, cuando vieron el humo de un cigarrillo saliendo de uno de los vagones, abortaron la operación. Bubbes fue el único que quiso saber qué pasaba; así que regresó y se quedó esperando.

No ocurría nada. Entonces tiró una piedra contra el lateral del vagón. El impacto sonoro del pedrusco contra el metal fue seguido por otro más fuerte cuando se descorrió la puerta; también se oyeron pisadas en la grava cuando un grupo de hombres uniformados bajó de un salto. Registraron toda la zona, pero Bubbes consiguió escapar.

Después de aquello, los contactos de Maria no quisieron colaborar más. Opinaban que el objetivo de los piratas era demasiado peligroso. Sin embargo, Fritz y sus amigos tenían la firme intención de continuar, obtener la comida y compartirla con los prisioneros. También eran conscientes de que su insistencia estaba volviéndose muy peligrosa.

–¿Qué haremos si empiezan a dispararnos? –preguntó Barthel–. Con lo rápidos que son, podríamos no salir airosos. –Hizo una pausa–. Supongo que lo más lógico es que también les disparemos.

–Amigo, si te pillan con una pistola, se acabó. Sería un juicio rápido –dijo Bubbes.

—Y, además, ¿de dónde íbamos a sacar las armas y la munición? —preguntó Fritz.

—Sí, sí, tenéis razón, pero estoy harto de quedarme sentado como un pasmarote —dijo Barthel.

Fritz y Bubbes no podían rebatirlo.

—Solo por si acaso —añadió Bubbes.

Usarían las pistolas únicamente en defensa propia.

Todos estuvieron de acuerdo y empezaron a pensar en cómo conseguir las armas.

—Tenemos que hacer algo. No podemos quedarnos aquí sentados y esperar a que la situación mejore —dijo Lang.

Era más fácil de decir que de hacer. En ese momento, más que nunca, Fritz y los Piratas de Ehrenfeld tenían la sensación de que la Gestapo y las SS los vigilaban. El desembarco de Normandía (Francia) de las tropas aliadas, en junio de 1944, había dado a Fritz más esperanzas sobre el fin inminente de la guerra. Sin embargo, a finales del verano de ese mismo año, Ehrenfeld fue bombardeado. Las personas que resistían en el barrio vivían, en su mayoría, de forma ilegal en los búnkeres, refugios o sótanos de edificaciones quemadas o bombardeadas. Había desertores que no querían regresar al frente; prisioneros de guerra franceses y soviéticos huidos; trabajadores forzosos de otros países fugados y delincuentes comunes.

Todas esas personas —que no tenían cartilla de racionamiento y serían detenidas si las pillaban por la calle— se apoderaban de la comida, ropa, cigarrillos y alcohol cuando daban con ellos. Las tiendas de la ciudad y sus habitantes empezaban a ver que los alimentos desaparecían y culpaban del delito a los Piratas de Edelweiss, porque la propaganda nazi afirmaba que eran delincuentes. Algunas veces, las personas llegaban a mentir para conseguir más raciones y aseguraban que les habían robado la comida. Todos los que seguían en la ciudad estaban cometiendo alguna ilegalidad. Otros simplemente esperaban a que las tropas estadounidenses cruzasen Francia y llegaran a Alemania para entrar por fin en Colonia. Lang opinaba que debían lograr que eso ocurriera cuanto antes.

–Lo único que funcionaría sería ponerles una bomba a los nazis –sugirió Bubbes. Luego añadió, casi como si estuviera hablando para sí mismo–: No tengo ni idea de cómo conseguir dinamita ni granadas de mano, y no podemos hacer gran cosa solo con las pistolas que tenemos.

Lanzó su pistola al aire, la atrapó y volvió a metérsela en el bolsillo. Su plan de conseguir armas había funcionado. Fritz lo había tenido fácil para hacerse con el revólver que su padre tenía escondido en el sótano. Sin embargo, en su mayoría, habían obtenido las armas gracias a unas chicas que conocían, que flirteaban con los soldados en los bares y se las robaban de las cartucheras que llevaban bajo la axila.

–Tenemos que cargarnos a los peces gordos del partido –sentenció Barthel.

–¿Qué quieres decir...?

Lang puso los dedos índice y pulgar en forma de pistola e hizo el gesto de disparar.

–Eso es exactamente lo que quiero decir. Podemos intentarlo, ¿verdad?

–Estás loco. ¡No puedes matar a un nazi así como así!

* * *

42 – Gertrud

Gertrud y su madre llevaban unos cuantos meses en la granja y estaban acostumbrándose a su nueva vida. La esposa del granjero había muerto hacía unos años y su hijo y los peones estaban en el ejército, así que la chica y su madre ayudaban a sacar el negocio adelante.

La madre de Gertrud no se había equivocado: allí estaban a salvo. Los estadounidenses no tenían motivos para bombardear las zonas rurales, por eso se libraban de los ataques aéreos. La granja estaba aislada, pero les proporcionaba alimento. Y se tenían la una a la otra.

Un día de julio de 1944, el granjero regresó de la ciudad con un periódico bajo el brazo.

–¿Ha ocurrido algo? –le preguntó la madre de Gertrud–. Lo digo por el periódico...

–Un atentando. Han intentado matar a Hitler –respondió.

¿Era eso posible? ¿Gertrud lo había oído bien?

–¿Quién ha sido? ¿Ha funcionado?

A la chica se le escaparon las preguntas antes de pensar en lo que acababa de decir.

El granjero se quedó mirándola. La joven pensó que quizá su silencio quisiera decir que pensaba como ella.

–Dicen que Claus von Stauffenberg llevó un maletín lleno de explosivos a una reunión en el cuartel general de Hitler, en la Guarida del Lobo –informó el granjero–. En el periódico aseguran que el Führer interpreta su supervivencia como un designio divino.

El granjero jamás había hablado tanto durante todo el tiempo que habían pasado con él. Dios, ¿y si el ataque hubiera tenido éxito? Los aliados habían desembarcado en las playas de Normandía, en Francia, y estaban acercándose cada vez más a la frontera con Alemania. El final de la guerra parecía muy próximo, pero ¿cuánto quedaría?

–Lo habían planeado muy bien –prosiguió el granjero–. Stauffenberg huyó a Berlín, convencido de que Hitler había muerto, pero lo pillaron. Esa misma noche lo ejecutaron a él y a otras cuatro personas.

Gertrud no pudo dormir. ¿Y si el atentado hubiera salido bien? ¿Temerían los nazis en ese momento que hubiera infiltrados entre sus filas? ¿Tendrían miedo por no saber en quién confiar? ¿Cómo estarían los demás, los piratas que se habían quedado en Colonia? ¿Seguirían luchando?

43 – Jean

Los alemanes iban perdiendo la guerra, y Jean sabía que el régimen estaba desesperado. Aunque su amigo Meik fuera un prisionero político, lo enviaron al frente con un batallón compuesto por delincuentes. Los nazis utilizaban a todas las personas a las que detenían como carne de cañón para la batalla. Jean consiguió visitar a Meik en dos ocasiones en el nuevo

Jean con su guitarra en el parque Beethoven, en torno a 1944.

campamento militar, pero viajar al interior de Alemania estaba volviéndose cada vez más difícil.

Además, después del intento de asesinato de Hitler, los nazis estaban más desesperados que nunca y se comportaban con más brutalidad. El simple hecho de salir al exterior suponía una amenaza para cualquiera. Jean veía patrullas de las Juventudes Hitlerianas por todas partes, dispuestas a detenerlo a él y a sus amigos si les parecían sospechosos. Los miembros de estos grupos solían pegarles y los nazis de más edad eran incluso peores.

Durante los últimos días del verano de 1944, Jean podía estar paseando por la calle, sin meterse en ningún lío ni hacer nada malo, y encontrarse con que un grupo de hombres uniformados de las SS o de la SA lo rodeaba y lo obligaba a ponerse contra la pared. Sin poder evitarlo, empezaba a imaginar todo lo que podían hacerle: lo registrarían. ¿Qué encontrarían? ¿Tenía algo que ocultar? ¿Podían introducirle algo en el bolsillo sin que se diera cuenta solo porque les daba la gana? ¿Algo de lo que llevaba encima sería motivo de detención? Era un bucle agotador.

Parecía que los días de lucha habían terminado. La emoción que sentía gracias a Meik de pertenecer a un grupo más importante de resistencia casi se había esfumado. Los hombres de las SS y la SA tenían armas y las usaban. Él tenía quince años; ¿cómo iba a conseguir una pistola para defenderse?

Sabía de la existencia del grupo de Ehrenfeld, al que pertenecía Fritz –había conocido a Bubbes y a Barthel en una salida al Blauer See y algunas veces iban de visita a Blücherpark–, pero no tenía ni idea de qué estaban planeando.

* * *

44 – Fritz

Fritz, Barthel, Bubbes y Büb caminaban por las calles en ruinas a finales del verano de 1944. Estaba claro que su mundo era totalmente diferente a como lo recordaban seis meses atrás. Barthel, Bubbes y Lang habían sido obligados a alistarse en el servicio militar en el Muro del Oeste, pero habían regresado a Colonia. No querían pasarse el día sentados en los fortines de la frontera con Francia esperando a que llegaran los estadounidenses. Sin otra cosa que hacer, los piratas habían quedado a menudo.

Ese día de finales de verano iban de camino a Sülz para encontrarse con algunos amigos en el búnker de Herta cuando se acercó a ellos un camión lleno de nazis. Fritz y los demás creyeron que el vehículo se detendría frente a ellos y que les pedirían los documentos de identidad. A ninguno le apetecía pasar por esa experiencia incómoda ni tener que explicar qué estaba haciendo en la calle, así que los piratas corrieron hacia el embalse situado en la zona sur del parque Beethoven.

–Maldita sea. No pienso pasar la noche en este sitio –protestó Büb.

Bubbes le dijo que no tenían alternativa. Regresar a las calles era muy peligroso en ese momento.

El apodo de Büb significaba, básicamente, «chavalito». Era el menor de todos los del grupo, pero ya se había librado muchas veces por los pelos de que lo detuvieran y vivía más peligrosamente que cualquier otro de los piratas de su círculo de amistades.

El padre de Büb era judío, lo que los convertía tanto a su hermano mayor, Wolfgang, como a él en indeseables a ojos de los nazis. Su padre había intentado protegerlos de las leyes antisemitas. Primero los había sacado de la escuela judía y matriculado en una católica. Luego se divorció de su esposa, la madre de Büb y Wolfgang, y los envió a vivir con la familia de ella, que no era judía. Al final, ninguna de esas estrategias funcionó.

Büb y su tía materna estaban en la estación de tren cuando unos amigos de la familia y el rabino habían sido obligados a subir a los trenes con destino al gueto de Litzmannstadt; no los volverían a ver jamás. Büb no entendía por qué se los llevaban. Así que, cuando su hermano y él debieron presentarse en la oficina de deportación, no acudieron. Tuvieron que vivir en una ciudad en la que se suponía que ya no estaban.

Tanto Büb como Wolfgang se habían unido a los Piratas de Edelweiss, y, aunque eran medio judíos, a sus amigos del grupo no les importaba. En sus aventuras los trataban exactamente igual que a los demás. Büb era muy sociable y le encantaba estar rodeado de gente; era un temerario y un provocador, además de ser amigo de todo el mundo. Wolfgang era más retraído. Los dos vivían de forma ilegal en 1944. No tenían cartillas de racionamiento y debían conseguir comida de otras personas o robarla, lo que era más fácil si lograban contactar con delincuentes y otros personajes de la clandestinidad. En otoño de 1944 no se sabía muy bien quién vivía en la clandestinidad por motivos políticos, quién por ser antinazi y quién simplemente para sobrevivir. Wolfgang empezó a relacionarse mucho con un grupo de activistas, mientras que Büb seguía pasando el rato con los Piratas de Ehrenfeld.

Tras librarse por los pelos de que los detuvieran, Büb, Bubbes, Barthel y Fritz tuvieron que esperar en el parque Beethoven hasta que oscureciera y volver caminando al norte, en dirección a Ehrenfeld. Como siempre, empezaron a sonar las sirenas antiaéreas y también las bombas. Debieron de dar un pequeño rodeo para regresar porque llegaron a la estación de tren de Müngersdorf, al oeste de Ehrenfeld.

Allí, en las vías, había vagones volcados por la caída de un proyectil.

—Acerquémonos para echar un vistazo —sugirió Barthel—. A lo mejor encontramos algo de comer.

Vieron bolsas de arroz y verduras en conserva. Eran demasiado tentadoras para dejarlas ahí. Conseguir comida solía ser mucho más arriesgado que limitarse a recogerla de las vías del tren. Cada uno cargó con una caja y empezaron a caminar de regreso a Ehrenfeld, que estaba todavía a media hora de camino.

No muy lejos del campo de trabajos forzosos de Ehrenfeld, una patrulla de civiles les gritó que se detuvieran. Los piratas estaban lo bastante cerca de casa, conocían bien las calles y pensaron que podían escapar. Sin embargo, después de salir corriendo al oír a la primera patrulla, apareció otra.

Günther Schwarz, *Büb*, (delante) como aprendiz en Colonia, en noviembre de 1942.

–¡Alto ahora mismo! –les gritaron.

Jamás lograrían huir con las cajas a cuestas, así que tuvieron que soltarlas. Con esa comida seguramente podrían haber sobrevivido durante un mes tanto sus amigos como ellos mismos.

Siguieron corriendo hacia la calle Helios.

Fritz pensó que debía de estar ocurriendo algo esa noche, puesto que parecía que casi en cada esquina había un patrullero de servicio, haciendo guardia, a la espera.

Estaban rodeados de oscuridad y de autoridades. Alguien disparó en su dirección. Era una auténtica locura. Los cuatro se separaron; Fritz y Barthel se quedaron cerca de la fábrica de cristal, pero no era un buen escondite. No tardó en aparecer una pareja de oficiales.

De pronto, Barthel se sacó la pistola del bolsillo y descargó dos o tres tiros en dirección a la patrulla. Fritz no podía entender por qué lo había hecho. Tampoco sabía que su amigo llevara una pistola –Fritz no tenía la suya encima– y, además, atacar a las personas de las que intentas esconderte no es una buena idea. Sin embargo, el chico no tuvo mucho tiempo para pensar en eso, porque los oficiales empezaron a buscar al autor de los disparos.

Salieron corriendo lo más rápido que pudieron hacia los jardines comunitarios del Cinturón Verde, cerca de Nippes. Pasaron el resto de la noche allí, intentando averiguar si le habrían dado a uno de los oficiales.

La Gestapo estaba francamente preocupada por las actividades ilegales del barrio de Ehrenfeld y estaba muy alerta, tal como Fritz sospechaba. Seguramente porque ya lo habían detenido antes, lo arrestaron unos días más tarde y lo llevaron a la Casa

EL-DE, donde los oficiales Fink y Manthey empezaron con su ronda habitual de preguntas.

–¿Quiénes son vuestros líderes?

–¿Quién ha estado haciendo pintadas en las paredes?

Fritz ya conocía esas preguntas, y él iba a dar las mismas respuestas de siempre. Pero entonces lo sorprendieron con una nueva pregunta.

–Y bien, ¿dónde tienes la pistola? –quiso saber Fink.

–¿Yo? ¿Qué? No tengo ninguna pistola, ¿de dónde iba a sacarla? –respondió Fritz, intentando disimular la sensación de inseguridad que lo asaltó al ignorar si los oficiales sabían realmente lo de las armas.

–¿Quién participó en el tiroteo de hace unos días? ¡Sé que estabais todos allí! Confiesa o lo haremos de otra forma.

–Yo no tengo un arma y no estaba en ese tiroteo del que hablan. –Negarlo, negarlo y negarlo, Fritz no había olvidado el consejo del amigo de su madre.

–Te enviaremos a un campo de concentración especialmente diseñado para los Piratas de Edelweiss. Esa será la última oportunidad para que tus amigos y tú os convirtáis en piezas que encajen en esta sociedad –dijo Fink, y echó a Fritz.

Otra noche más en la prisión de la Gestapo. La incertidumbre acerca de qué ocurriría a continuación empezaba a oscurecerlo todo como una cortina de niebla. Podían enviarlo de regreso a Brauweiler e intentar sonsacarle información sobre qué estaba ocurriendo en Ehrenfeld. Si la Gestapo de verdad sabía que Fritz tenía una pistola o se relacionaba con personas que poseían armas ilegales, seguramente lo acusarían de traición. Podían fusilarlo. O pegarle, una y otra vez, sin parar, hasta sacarle más información. O tal vez lo enviaran a trabajar a un campo de reeducación, al campamento del servicio militar o a un campo de concentración.

Ese septiembre de 1944, Fritz cumplió diecisiete años. No hubo regalos.

Quinta parte
Otoño de 1944

*«Los nazis están por todas partes y siguen
con las redadas y las detenciones».*

Colonia, agosto de 1944

La caída del régimen nazi parece más inminente que nunca. En junio de 1944, las tropas estadounidenses desembarcan en Normandía, Francia, durante la invasión del Día D, y, a mediados de agosto, te enteras de que París ha sido liberado. Sin embargo, eso no significa que la guerra haya terminado. Los soldados mueren a medida que las tropas aliadas se acercan hacia la frontera y el Muro del Oeste. Ahora, tus amigos –chicos de solo catorce años– son enviados a cavar trincheras o a manejar ametralladoras. En otoño de 1944, unos cuatrocientos mil chicos son obligados a realizar esas tareas brutales, y todos los jóvenes de más de dieciséis años de Alemania deben alistarse para que los puedan llamar a filas.

Sin embargo, no debe de faltar mucho para que termine el conflicto. En Colonia cuesta saber si la ciudad sigue existiendo. Apostado en el puente Hohenzollern, solo ves destrucción: montones de viviendas derrumbadas y cascotes en las calles, y el olor a humo impregna el aire. El noventa y nueve por ciento de las edificaciones han quedado destruidas. La catedral sigue en pie, pero las bombas han acabado con las vidrieras.

Muchas personas se han ido, pero algunas siguen viviendo entre las ruinas. Al este del puente está el Messe, el recinto ferial que los nazis han convertido en un campo de trabajos forzosos. Allí y en otros lugares de la ciudad, unos cuarenta y cinco mil trabajadores extranjeros todavía son esclavizados por la maquinaria de guerra nazi. Por debajo de las ruinas, el pueblo vive en la ilegalidad. Entre tres mil y cuatro mil desertores del ejército están ocultos en Colonia, junto con los judíos que han huido de la deportación y los presos que se han fugado de los campos y de las cárceles. Tras los bombardeos, han cortado el gas, la electricidad y las líneas de teléfono, y el transporte es casi imposible.

El suministro de comida escasea y las horas de trabajo se hacen cada vez más largas. El dinero no vale prácticamente para nada; lo que de verdad tiene valor son las pistolas y la mantequilla. El mercado negro está en auge, e incluso los tenderos fingen haber sido asaltados para poder vender sus productos de estraperlo.

Este territorio desolado está fuera de la ley. Las pistolas desaparecen. Las bombas desaparecen. Las personas desaparecen en la clandestinidad; el pueblo se rebela. La Gestapo está más atenta que nunca e, incluso aunque se sabe que Alemania perderá la guerra, no piensan rendirse sin presentar batalla, sin intentar restablecer la ley y el orden en una ciudad en ruinas.

45 – Jean

Al igual que Fritz, Jean y sus amigos no tenían ningún interés en alistarse para servir en el Muro del Oeste, por muy mal que fueran las cosas en Colonia. Seguían viéndose en la plaza de Manderscheider, el pequeño espacio abierto y apartado en el barrio de Sülz, donde les gustaba reunirse. La plaza medía menos de una cuadra y estaba rodeaba por edificios de apartamentos. La gente sabía que los muchachos se encontraban ahí, pero a pocos parecía importarles.

Un día oyeron unos pasos decididos sobre los adoquines de la calle que envolvía la plaza. Se acercaba una tropa de las Juventudes Hitlerianas, la masa marrón con la que Jean y sus amigos estaban tan familiarizados. Antes de poder escapar, se vieron rodeados y fueron escoltados hasta la escuela que había allí al lado. Las Juventudes tenían pensado obligarlos a alistarse en el servicio del Muro del Oeste, quisieran o no.

Los edificios estaban muy pegados unos a otros alrededor de la plaza, y una vecina había visto lo ocurrido. En los primeros momentos de la guerra, ningún habitante del barrio se habría arriesgado a observar cómo una patrulla de las JJHH acosaba a unos chavales. Sin embargo, las cosas habían cambiado con el inicio del último año de la guerra. Esa mujer se lo contó a la tía de Jean, que se lo transmitió a la abuela de Fän, y la información corrió como la pólvora de una mujer a otra por el barrio. Sülz no era un vecindario tan comunista como Ehrenfeld, pero esas señoras estaban hartas de los nazis y de la guerra. Cuando oyeron que se habían llevado a los chicos, unas ocho vecinas se acercaron a la escuela, donde un miembro de las Juventudes hacía guardia con una pistola en la puerta. Dijeron que querían entrar. El tipo les negó el acceso. No pensaba dejarlas pasar. Pero a ellas no les gustó la respuesta.

Empezaron a gritar: «¡Vamos a bajarte los pantalones y a darte una buena azotaina en el trasero si no te largas de este barrio!».

Una de ellas le quitó el arma y todas entraron corriendo al despacho donde a Jean y a los demás los estaban obligando a alistarse. La sala se llenó con las voces de las mujeres, que protestaban y atacaban al jefe de las Juventudes.

–Habéis traído a nuestros chicos a la fuerza como si fueran delincuentes, cuando nuestros maridos murieron desangrados en Stalingrado por el Führer, por el pueblo ¡y por nuestro país! ¡Es un escándalo! –Jean oyó decir a una de ellas.

Los gritos y los chillidos funcionaron. Los dejaron salir de la sala sin alistarse. El chico vio que el odio hacia los nazis era enorme y se intensificaba cada días más, y esas mujeres eran la prueba de ello. También vio que el antinazismo se manifestaba en forma de acción contra la cobardía de burócratas como los que obligaban a los jóvenes a alistarse para luchar y morir.

Jean, Fän y los otros piratas de Sülz se dieron cuenta de que debían idear un plan para ocultarse de los nazis. Querían construir una cabaña en una pequeña isla situada en un embalse, cerca del parque Beethoven, en un lugar llamado Decksteiner Weiher o Lidosee.[15] La zona que lo rodeaba parecía aislada y más grande de lo que en realidad era. El parque estaba compuesto por campos, sendas y bosques, e incluso había un viejo fortín prusiano.

---

15. Jean llama al embalse Decksteiner Weiher por lo que recuerda, pero la Gestapo se refiere a la zona con el nombre de Lidosee.

Muchos de los amigos de Jean habían vivido ilegalmente en cobertizos de jardín de toda la ciudad, y otros habían almacenado armas y planeado acciones contra los nazis en esas guaridas. La idea de construir un refugio secreto para los piratas en una isla no era tan descabellada como podría parecer.

Puesto que les era imposible conseguir armas, como habían hecho Fritz, Barthel y Bubbes, Jean y sus amigos empezaron a pensar en cómo fabricarlas. Una de sus amistades trabajaba como técnico de revelado fotográfico y tenía acceso a sustancias químicas. Los chicos averiguaron que podían crear pólvora negra explosiva para fabricar sus propios petardos. Llenaban botellas con carburo de calcio y le añadían agua; esa mezcla propiciaba una reacción que liberaba gas, y el recipiente explotaba. También llegaron a construir catapultas con capacidad para lanzar rocas enormes.

Entonces vieron a unos niños jugando con un detonador. Fän sabía que, cuando bombardeaban los edificios pero estos no se desplomaban del todo, se usaban detonadores y explosivos para hacer que se derrumbaran de forma controlada y evitar que se vinieran abajo de pronto y causaran más pérdidas humanas. Uno de sus amigos siguió a los niños y vio que todavía quedaba un explosivo en el sótano del edificio donde los críos habían encontrado el detonador. Rompieron la ventana y uno de los chavales más menudos se coló para robarlo.

La siguiente ocasión en la que Jean y sus amigos vieron a Barthel, Bubbes y a los Piratas de Ehrenfeld, les hablaron de lo que estaban planeando. Barthel y Bubbes dijeron a Jean y Fän que conocían a alguien que estaría interesado en el explosivo, un hombre llamado Hans Steinbrück, más conocido como Bomben-Hans. Tanto Jean como Fritz eran amigos de Barthel y de Bomben-Hans, y las vidas de ambos cambiarían gracias a esa amistad, pero, durante el otoño de 1944, no coincidieron.

Barthel pidió a Jean y a Fän que llevaran el detonador al número 7 de la calle Schönstein, en Ehrenfeld.

Jean y Fän se dirigieron a esa calle andando, justo por debajo de las vías del tren. El hecho de que las vías elevadas y la estación de Ehrenfeld todavía siguieran en pie era prácticamente un milagro. Los bombardeos e incendios habían destruido casi toda la manzana. Las estructuras –no podían ser calificadas de edificios– que aguantaban no tenían tejado ni paredes, eran solo fachadas a punto de derrumbarse tras una columna de humo.

El número 7 de la calle Schönstein todavía conservaba la puerta; por eso Jean y Fän subieron la escalera de entrada y llamaron usando la clave secreta. Alguien les abrió. Avanzaron por el edificio en ruinas hasta el pequeño apartamento del primer piso, donde vivía Cilly, la novia de Bomben-Hans. Del interior salía una cuerda por un agujero enorme, que atravesaba la pared hasta el edificio de apartamentos vecino. Jean y Fän siguieron la cuerda, continuaron bajando por una escalera en ruinas hasta una pesada puerta metálica, que parecía la de un refugio antiaéreo. Volvieron a llamar y descendieron hasta el sótano, donde la guía acababa en una pequeña campanita.

Jean y Fän supieron que Cilly tiraba de la cuerda desde su piso para avisar a los del sótano del peligro inminente. Era algo importante, porque allí abajo se tramaban acciones verdaderamente ilegales. El escondite parecía el típico antro de las películas de gánsteres. Tenían una zona de gimnasio con sacos de boxeo para mantenerse en forma. En otra habitación había literas sacadas de refugios antiaéreos, donde algunos desertores y prisioneros fugados dormían durante el día para salir a robar de noche. Había montones de uniformes nazis. Allí estaban los botines de los asaltos: comida, pistolas y una enorme cantidad de mantequilla. Jean y Fän supieron que Bomben-Hans era el cerebro que se escondía detrás de todo aquello.

Hans Steinbrück, *Bomben-Hans*, tenía veintitrés años y su reputación deslumbraba a los piratas más jóvenes. De forma bastante similar a Meik Jovy, era un modelo de astucia para los chicos. Sabía de todo: de fontanería, albañilería, electricidad, mecánica de coches. Los Piratas de Ehrenfeld siempre querían pasar el rato a su lado, y les encantaba escuchar las descabelladas historias sobre su vida, una mezcla de realidad y ficción, de verdades exageradas. Había escapado del campo de concentración de Buchenwald. A los piratas les contó que había acabado allí por pedir trabajo en la Gestapo y luego mentir a su casera diciéndole que ya se lo habían concedido.[16] Catorce días después, fue detenido, metido en la celda de la comisaría y trasladado a Buchenwald. Bomben-Hans jamás hablaba de por qué había solicitado un puesto en la Gestapo. En octubre de 1942, lo enviaron al Messe con uno de los primeros grupos de prisioneros internados allí. Pasó un año en el centro, durmiendo en jergones rellenos de serrín, hacinado, compartiendo cama con varias personas. Le afeitaron la cabeza y llevaba un pijama a rayas, ropa que había sido de los prisioneros gaseados en el campo de exterminio de Auschwitz. A Bomben-Hans no le temblaba el pulso a la hora de contar a Jean, Fän y los demás piratas los horrores que había presenciado.

---

16. Aunque esta frase procede de un interrogatorio realizado a Jean por la Gestapo, no la he visto confirmada en ninguna otra fuente.

Bomben-Hans dijo que durante su estancia en el Messe se había presentado voluntario para el grupo de desactivación de explosivos, una formación que tenía la misión de desenterrar las bombas sin detonar colocadas por los aliados. Debían desactivarlas o hacerlas explotar. Él fue escogido por un oficial de las SS junto con otros tres prisioneros para ir a localizar un proyectil. Al principio, todos usaban palas para excavar. Cuando la bomba empezaba a asomar, debían seguir con una pala más pequeña y, al final, terminaban apartando la tierra con las manos. Los prisioneros realizaban turnos de dos horas para que ninguno se agotara y todos permanecieran atentos y espabilados mientras realizaban una tarea tan peligrosa.

El trabajo era un infierno, exigía paciencia y nervios de acero. Un movimiento en falso y la bomba explotaría. Bomben-Hans se había presentado voluntario a sabiendas de lo peligroso que era. Quizá lo hizo porque era un rebelde y le gustaba la acción, o tal vez porque quería la doble ración de sopa que recibían esos prisioneros por arriesgar la vida, o puede que porque deseaba aprender más sobre los explosivos. En cualquier caso, así consiguió el apodo de Bomben-Hans. «He desactivado novecientas noventa y nueve bombas, pero la que me da miedo es la mil una», les dijo a los visitantes del sótano.

Bomben-Hans también aseguraba que su talento para la desactivación de explosivos le daba el derecho de ir y venir del campo a su antojo, algo que podía ser cierto o no. Tras un año en el campo del Messe, Bomben-Hans había decidido fugarse. Jamás contaba cómo se había escapado, pero sí compartía un complejo relato sobre detenciones y huidas, que incluía un viaje a Berlín, más tiempo en Buchenwald y, por fin, su época presente en Colonia.

Cäcilie Serve, *Cilly*, llevaba viviendo en el número 7 de la calle Schönstein desde 1943 y había conocido a Bomben-Hans o bien gracias a otro prisionero llamado Hans Debus o cuando Bomben-Hans trabajaba en Ehrenfeld como prisionero.[17]

A principios de 1944, Bomben-Hans conoció a Büb y a Wolfgang Schwarz, quienes estaban viviendo ilegalmente con su tía Gustel Spitzley en el mismo edificio que Cilly. Gustel había sido detenida y llevada a un campo de concentración en 1933 por trasladar periódicos socialistas desde Aquisgrán, en la frontera con Francia, hasta Colonia. Gustel y Bomben-Hans hablaban de su época en los campos de concentración y contaban anécdotas, historias que dejaban huella en los piratas. Wolfgang dijo que Hans le había enseñado fragmentos de piel humana procedente de campos de prisioneros que, según este, se usaban para hacer pantallas de lámparas; no obstante, otras personas recordaban haber escuchado la anécdota pero jamás haber visto la piel.

Cuando Jean y Fän fueron a ver a Bomben-Hans a la calle Schönstein, el edificio era un escondite para cualquiera que quisiera vivir fuera de la ley. Allí estaban Bomben-Hans, Büb y Wolfgang, pero también una chica de dieciocho años medio judía llamada Ruth Kramer, su madre, Friedel, y un judío llamado Paul Urbat. Al igual que los Schwarz, habían huido de la deportación. Cilly los escondía en su piso, aunque no siempre sabían qué ocurría en el sótano.

Poco antes de conocer a Jean y a Fän, Bomben-Hans había empezado a desvalijar colmados y almacenes de comida con unos tipos llamados Peter el Negro y Josef Moll, conocido como

---

17. Bomben-Hans afirmó en el interrogatorio llevado a cabo por la Gestapo que conoció a Cilly trabajando en el barrio, aunque Wolfgang Schwarz dijo que fue Hans Debus (*Hans el Rubio*) quien los presentó. Bomben-Hans quizá no mentase al Rubio para no meterlo en líos.

Jupp. Robaban mantequilla, margarina, azúcar, queso y cualquier otro producto que pudieran conseguir. Jean lo consideraba equiparable a las acciones de Robin Hood. El chico había visto que los nazis tenían cigarrillos, coñac y mantequilla, pero los trabajadores normales y corrientes apenas tenían para comer; el alcohol, el tabaco y la mantequilla eran verdaderos lujos. Bomben-Hans estaba robando a los ricos para alimentar a sus amigos.

Barthel y los demás piratas de Ehrenfeld también adoraban a Bomben-Hans. Se quedaban alucinados con las historias que contaba sobre la época en que desactivaba explosivos y sobre el período que pasó viajando por el mundo como marinero. Eran jóvenes sin padres, sin referentes de autoridad a los que respetar. Odiaban a los nazis y ansiaban obedecer a Bomben-Hans. Así que, cuando el personaje quiso hacer daño de verdad a los fascistas alemanes, Barthel, Büb y Bubbes le presentaron a Jean y a Fän, con su detonador.

Durante una de las visitas al sótano de la calle Schönstein, Bomben-Hans entregó a Fän una pistola. Jean no tenía ni idea de cómo usarla, y seguramente Fän tampoco.

De camino a casa, mientras los dos amigos cruzaban a pie el parque del Cinturón Verde, Fän disparó un tiro al aire. Ambos quedaron impresionados, quizá porque hasta ese momento no habían sido conscientes de que el arma era de verdad.

Cuando la abuela del chico vio la pistola, le gritó que la devolviera enseguida. Le advirtió que, si alguien la encontraba, se meterían en un buen lío.

Los chicos sabían que la mujer tenía razón, que el arma era ilegal. También eran conscientes de que Bomben-Hans tenía un sótano lleno de pistolas, municiones y explosivos. Les constaba que el grupo de Ehrenfeld quería hacer algo con esas armas.

Al final, los muchachos de Sülz llegaron a la conclusión de que todo aquel asunto era demasiado peligroso. Solo regresaron a la calle Schönstein un par de veces más ese mes de septiembre.

Jean iba de camino a la farmacia, a por un medicamento para la abuela de Fän, cuando una patrulla de las Juventudes Hitlerianas volvió a interceptarlo. Lo llevaron de regreso al colegio de la plaza Manderscheider, y esa vez no hubo vecinas del barrio que salieran en su defensa. Lo registraron y le dijeron que se presentara al día siguiente en la estación de tren, preparado para ser enviado al Muro del Oeste a cavar trincheras. Jean pensó que sería fácil escapar, pero también se le ocurrió que, tal vez, en el frente lo esperaba alguna aventura emocionante. El chico llevó la medicina a la abuela de Fän, y su amigo acordó marcharse con él al día siguiente.

Otro muchacho del barrio también quiso acompañarlos, pero sus zapatos se encontraban en muy mal estado. Jean y Fän sabían que Bomben-Hans tenía ropa en el sótano, así que volvieron al piso donde el jefe de la clandestinidad vivía con su novia para pedirle que les diera un par de zapatos.

Cuando llegaron al edificio, Jean supo de inmediato que algo iba mal.[18]

---

18. Todo este episodio debió de ocurrir el 29 de septiembre, puesto que Cilly Serve fue enviada a Brauweiler el 1 de octubre. Los documentos de Jean indicaban que el chico debía presentarse en la estación Westbahnhof el 9 de septiembre para ir al Muro del Oeste. Podría haber esperado o la fecha del documento podría estar equivocada. Tendría sentido si solo hubiera pasado en el Muro unos días y luego hubiera regresado y lo hubieron detenido poco después, tal como él cuenta. El informe de la detención indica que fue arrestado el 8 de octubre.

Había un agente de policía en la entrada, aparentemente montando guardia. Los chicos sabían que un hombre uniformado frente a un edificio de personas ilegales y armas clandestinas era una mala señal, pero antes de poder escapar, el hombre los vio. La única escapatoria era mostrar los papeles donde indicaba que debían ir al Muro del Oeste. Fän enseñó al agente sus documentos y entre todos le contaron que habían ido a despedirse de Cilly. Por lo visto, les bastó con eso, porque el policía los dejó marchar.

A Jean todavía le sonreía la suerte.

Informe sobre el tiroteo de Ehrenfeld

El 28 de septiembre de 1944, alrededor de las once de la noche, el oficial de la delegación local del Partido Nacional-socialista Obrero, Soentgen, fue tiroteado por un hombre desconocido en la esquina de la calle Venloer y el Cinturón de Ehrenfeld. La investigación fue realizada por la Gestapo durante esa misma noche.

El Secretario Superior de Investigación Criminal, Trierweiler, realizó la declaración siguiente:

El 28 de septiembre de 1944, Soentgen iba en bicicleta por la calle Venloer, en dirección a Bickendorf. Se dirigía a su casa. El testigo, Kraus, el jefe de estación, quien en ese momento se encontraba en el cruce de ambas calles, afirmó que, en la hora indicada, se oyó un disparo y que, poco después, le siguió otro. Al mismo tiempo, vio a un ciclista (era Soentgen) pedaleando en dirección a Bickendorf. Justo después de él, pasó un segundo hombre en bicicleta, a gran velocidad, y giró por el Cinturón de Ehrenfeld. Kraus, el jefe de estación, oyó a alguien gritar: «¡Estoy herido!». El testigo ocular intentó seguir a la segunda bicicleta, pero fue incapaz de alcanzar al ciclista. Kraus regresó con el herido y solo entonces se dio cuenta de que era un miembro uniformado del partido. Con ayuda de un vehículo al que Kraus detuvo agitando su banderín, Soentgen fue trasladado al hospital Franziskus, donde falleció a primera hora de la madrugada del 29 de septiembre tras ser operado.

El testigo ocular no pudo facilitar una descripción porque la calle estaba demasiado oscura.

Durante la noche, Kraus contó a la policía, a las autoridades del barrio y del distrito competente del NSDAP lo ocurrido.

Firmado,

Secretario de Investigación Criminal Hilbert

Fragmento del informe semanal sobre la oposición

24-30 DE SEPTIEMBRE de 1944

G) Textos incendiarios anónimos

A primera hora de la mañana del 29 de septiembre de 1944, panfletos incendiarios de origen desconocido fueron encontrados desparramados sobre un puente de Colonia y en la escalerilla de un tranvía. En ellos figuraban los siguientes mensajes:

«Trabajadores y soldados,

no trabajéis para la guerra,

no vayáis al frente.

Luchad con nosotros por la paz,

por la libertad,

por el frente del pueblo.

¡Contra los nazis!

Comité del Frente del Pueblo».

Las letras de los textos incendiarios estaban impresas con tampones de caucho sobre papel secante blanco. Se han iniciado las investigaciones pertinentes para dar con los culpables. No se han encontrado ni distribuido otros panfletos incendiarios similares.

H) Oposición y reacción

1. Juventud opositora

La gestión de las operaciones de los llamados Piratas de Edelweiss es pospuesta debido a los importantes acontecimientos actuales. Un gran número de jóvenes se encuentra en este momento en el Muro del Oeste, por lo que las actividades de los P. de E. han disminuido notablemente.

IV. Acciones planeadas

B) Oposición por parte de los jóvenes

La búsqueda de los llamados Piratas de Edelweiss debe suspenderse por el momento, habida cuenta de que los esfuerzos realizados para la guerra son más importantes.

Informe sobre el n.º 7 de la calle Schönstein

29 DE SEPTIEMBRE DE 1944

El viernes 29 de septiembre, el sargento del estado mayor Line realizó una comprobación de identidades en Ehrenfeld, Colonia. Durante la misma, un hombre, cuyo nombre se desconoce, lo informó de que había un desertor refugiado en el n.º 7 de la calle Schönstein. El sargento del estado mayor y tres miembros de la patrulla militar fueron a investigar la vivienda. Cuando le abrieron la puerta de la casa y Line vio el largo pasillo se fijó en que, al fondo del apartamento, había un hombre que desapareció a todo correr. Junto a ese primer sujeto, llamado Hans, también huyó un segundo individuo. Seguramente ambos son desertores cuyos nombres no han sido determinados.

Estas personas residían en el apartamento de la señorita Cäcilie Serve —nacida el 4-17-1919 en Ehrenfeld, Colonia—, ocultos en la habitación del fondo de la vivienda.

El n.º 7 y las casas de la zona han sido bombardeados de forma tan brutal que no se divisa desde la calle que alguien se oculta al fondo del apartamento. El piso de Serve se puso bajo vigilancia por parte de la patrulla militar desde las 20.00 del 29 de septiembre de 1944.

Durante el registro del n.º 7, el sótano y las casas vecinas —el 30 de septiembre de 1944 por parte de la patrulla militar—, se encontró un importante arsenal de armas y otros materiales. En el apartamento de la señorita Serve se halló una ametralladora.

Informe sobre la implicación de Schink y Reinberger en un tiroteo

2 DE OCTUBRE DE 1944

El secretario superior del Departamento Criminal Mischauck —Departamento Criminal de Ehrenfeld— declara verbalmente que ha recibido información fiable acerca de que se ha oído decir a un tal Bubi (apodo) R E I N B E R G E R que ha recibido 1.500 marcos del Reich por disparar a una persona. En relación con este suceso, Barthel (Bartholomäus) S C H I N K está supuestamente involucrado y quizá haya una tercera persona implicada.

Se encuentran dentro del rango de edades de entre 17 y 18 años. Detalles todavía desconocidos. De ser necesario, el secretario superior Mischauck está dispuesto a dar el nombre de su confidente.

Firmado,

Secretario del Departamento Criminal Hilbert

Declaración relativa al robo de explosivos en el Fuerte X

POLICÍA SECRETA DEL ESTADO

OFICINA DE COLONIA

3 DE OCTUBRE DE 1944

El capitán Blohm se personó y realizó la siguiente declaración:

El 10-3-44, alrededor de las 5.45 a.m., ocurrió lo descrito a continuación en el Muro Neusser del Fuerte X:

Un oficial del servicio de seguridad disparó a un civil que intentaba acercarse al polvorín. Este corrió a esconderse y despertó al soldado de primera Ritter, quien confirmó al oficial del servicio de seguridad que conocía al civil en cuestión, Hans Steinbrück, también llamado Bomben-Hans.

El oficial de seguridad dijo a continuación que el individuo (Steinbrück) no era peligroso y que no era necesario retenerlo. Después de aquello, Bomben-Hans desapareció.

En consecuencia, se determinó que el camión que había aparcado en el fuerte había sido cargado con 250 kg de proyectiles y bombas aliadas sin detonar. El vehículo ya estaba equipado con un cabo para el remolque. El camión tenía además un detonador que había sido robado del vehículo del comandante de la Unidad de Explosivos.

El oficial de seguridad vio al civil, puesto que un coche estaba entrando en el fuerte marcha atrás. Según sus declaraciones, entre 7 y 8 hombres participaron en esa acción. El oficial de seguridad fue entrevistado esta mañana por la sección indicada.

Firmado,

Capitán Blohm

Informe relativo a la detención en el parque Blücher

4 DE OCTUBRE DE 1944

Durante el transcurso de las investigaciones e interrogatorios realizados a continuación, se ha conocido la existencia de un refugio en la zona del parque Blücher, que fue rodeada y ocupada. En la casa, los siguientes jóvenes fueron localizados, para después ser detenidos y trasladados a Brauweiler:

1) SCHINK, Barthel, nacido el 25-11-1927
   Ehrenfeld, Colonia, calle Keppler, n.° 33

2) RHEINBERGER, Franz, nacido el 22-2-1927
   Ehrenfeld, Colonia, calle Licht, n.° 59

3) KLUTH, Julius, nacido el 14-4-1928
   Bickendorf, Colonia, calle Alpiner, n.° 28

Una pistola semiautomática FN de 6.35 mm, cargada y sin el seguro puesto, fue encontrada en el n.° 3, en posesión de Kluth; la llevaba en la cartuchera, colgada de la cintura, y dormía con ella. Más adelante se descubrió en el mismo lugar un maletín con documentos y dinero en efectivo pertenecientes al desertor Adolf Schütz. Al ser interrogado, Kluth afirmó que, en torno a las 5 a.m., Schütz abandonó el cobertizo del jardín y dejó el maletín a su cargo. En compañía de Schütz se encontraban Bomben-Hans y Hans Balzer. Se marcharon a primera hora de la mañana para cometer un robo. Se encontraban en posesión de una camioneta Mercedes, otra de la marca Hanomag y otra DKW.

Estas declaraciones fueron ratificadas por el número 1, Schink. Al ser interrogado, explicó, además, que, la noche anterior un tal Hans Müller y un tal Günther Schwarz, además de un tal a Gustav Bermel, estaban presentes. Schink también declaró que, salvo Schaeven (un pirata al que Barthel mentó en su confesión pero que no había estado presente en absoluto), todos poseían pistolas y estaban dispuestos a usarlas.

Los apartamentos de las personas citadas fueron rodeados y registrados. Los detenidos fueron:

1) Johann Müller, nacido en Colonia, el 29-1-18
   Residente en Ehrenfeld, Colonia
   Calle Leyendecker, n.° 13

2) Señora de Johann Müller, Katharina, apellido de soltera Lersch,
   nacida el 18-5-1894,
   En el mismo apartamento

3) Gustav Bermel, nacido el 11-8-1927, en Colonia
   Residente en Ehrenfeld, Colonia
   Melatengürtel, n.° 86

Bermel fue detenido en la imprenta Roth e Hijo.

En el piso de Müller se encontró un catalejo (binoculares), se requisó y se guardó en un lugar seguro. No se halló nada más.

Deben llevarse a cabo detenciones de más personas.

Los mencionados anteriormente fueron trasladados a Brauweiler.

Firmado,

Secretario criminal (Josef) Hoegen

Informe relativo al escondite de armas de Lidosee

10 DE OCTUBRE DE 1944

El acusado Schink ha afirmado que la isla se encuentra en Lidosee, en el Stadtwald. Schink fue llevado hoy en bote a la isla, donde supuestamente se encontraban las armas. En los últimos días, el lugar fue alcanzado por un bombardeo aéreo, por lo que el escondite no ha podido localizarse. Una búsqueda y excavaciones más exhaustivas en la isla no ayudaron a realizar ningún nuevo descubrimiento. Schink fue interrogado en el lugar y explicó que el escondite de armas fue creado por un grupo de jóvenes, que incluía a los Piratas de Edelweiss, procedentes de Sülz. El jefe de era un tal Fän, que vive en el n.° 20 de la calle Dauner.

Queda claro que se trata del trabajador Ferdinand Steingass, que vive con su abuela, la señora Schmitz. Schink aportó más información que demostraba que Fän estaba en contacto directo con Bomben-Hans (...).

Firmado,

Hoegen

46 – Jean

El destino militar al que fueron enviados Jean y Fän estaba poco organizado y era caótico. Formaban parte de un grupo de doscientos muchachos concentrados en un enorme salón de baile situado, más o menos, a una hora al este de Colonia, cerca de la frontera con Francia. Allí no había camas, solo paja desperdigada por el suelo. Se suponía que debían llevar su propio saco de dormir, pero nadie los había avisado. También deberían haberles proporcionado zapatos nuevos, pero solo les dieron el calzado de madera; los chicos lo tiraron en un montón, a modo de protesta.

Los jefes de las Juventudes Hitlerianas estaban al mando, pero aquello no era como el entrenamiento de las Juventudes, donde todo estaba bien organizado y cada persona sabía dónde debía estar y qué debía hacer. Al igual que Jean y Fän, la mayoría de los chicos presentes no tenía interés en luchar en el frente. Corría el rumor de que las tropas aliadas se habían batido en retirada y que habían dejado latas de ternera en conserva y otros alimentos al marcharse. Jean y Fän decidieron ir caminando hasta la primera línea del frente para ver qué pasaba; pensaron que, en aquel rudimentario barracón, nadie se percataría de su ausencia. Cuando llegaron, no obstante, no encontraron la comida, y el frente resultó ser más peligroso de lo que habían imaginado.

Regresaron al campamento y fingieron sentirse mal cuando debían trabajar, por lo que acabaron pasando el rato en la enfermería. Poco después de haber llegado, ya habían decidido que se aburrían y que querían volver a Colonia. Se limitaron a irse en plena noche; durmieron en un granero y, al día siguiente, hicieron autoestop para regresar a la ciudad.[19]

Algo había ocurrido durante la ausencia de los chicos.[20] Unos días después de que regresaran, Jean volvió al apartamento de Fän con la idea de hacer planes para el fin de semana. Sin embargo, cuando llamó al timbre, la puerta se abrió de golpe. Un desconocido se abalanzó sobre él. Lo obligó a entrar y le preguntó dónde estaba Ferdi Steingass. Jean se quedó callado mientras pensaba qué debía responder. El hombre lo abofeteó de pronto con tanta fuerza que cayó de espaldas sobre una alacena y rompió la vitrina de cristal. La tía y la abuela de Fän se encontraban en la cocina y rompieron a llorar y a gritar.

El hombre –el comisario de la Gestapo Josef Schiffer– obligó a Jean a sentarse en el sofá a esperar a que Fän volviera.

Jean estaba sangrando por la herida de la nuca. Preguntó si podía beber un vaso de agua. El comisario se lo permitió. Schif-

---

19. Fän recordaba que pararon a dos soldados en un Chevrolet, aunque Jean asegura que contaron a un miembro de las Juventudes Hitlerianas, que estaba dirigiendo el tráfico, que se encontraban de permiso, y él les consiguió un vehículo agitando el banderín que llevaba.

20. El relato de lo ocurrido durante su ausencia y lo que sucedió a continuación está deformado por el recuerdo, la brutalidad y el trauma. Jean y Fän cuentan historias ligeramente diferentes. Esta versión está basada en los informes de la Gestapo, que están sesgados por la brutalidad que ejercían para conseguir información y por sus ideas sobre cuál era la realidad. En su libro de memorias, Jean afirma que esto ocurrió el martes 10 de octubre, pero en los archivos del Servicio Internacional de Búsqueda se afirma que Jean fue capturado el domingo 8 de octubre y Ferdinand Steingass el 10 de octubre. El informe de la Gestapo afirma que este último fue arrestado primero y que luego atraparon a Jean. El informe de la Gestapo correspondiente al 10 de octubre afirma: «Queda claro que se trata del trabajador Ferdinand Steingass, que vive con su abuela, la señora Schmitz. Schink aportó más información que demostraba que Fän estaba en contacto directo con Bomben-Hans, y Fän fue apresado en el apartamento de la señora Schmitz. A eso de las 18.00 pm. lo detuvieron y lo trajeron aquí. Más adelante, apareció un amigo de Steingass, el aprendiz de cerrajero Jean Jülich, quien residía en el mismo apartamento. Por encontrarse bajo sospecha, también fue detenido y trasladado a Brauweiler».

fer también se sentó en el sofá y empezó a asentir en silencio de tanto en tanto. A Jean se le ocurrió la posibilidad de tirarle el agua a la cara y salir corriendo del piso. Pero no reunió el valor suficiente para hacerlo. Por eso, el oficial de la Gestapo y el pirata de Edelweiss de quince años permanecieron sentados, uno junto al otro, durante una hora.

Varias horas después, esa misma tarde, llegaron otros dos hombres. Uno era bajito, con el pelo grasiento pegado a la cabeza y cara de tonto. El otro parecía el jefe. Escoltaron a Jean fuera del piso encañonándolo por la espalda. El padre del chico se había resistido cuando lo habían sacado a rastras de casa, pero en los últimos ocho años habían cambiado muchas cosas. Jean había cometido una serie de ilegalidades, y la Gestapo estaba tan airada y frustrada que sus oficiales no habrían tenido problema en dispararle si hubiera dado algún paso en falso. Habrían dicho a la familia que había muerto cuando intentaba huir. Los oficiales condujeron a rastras a Jean hasta la plaza Manderscheider, situada justo al cabo de la calle de Fän, lo subieron a un coche y lo llevaron hasta la Casa EL-DE.

A diferencia de Fritz y Gertrud, Jean no fue conducido de inmediato al sótano. La Gestapo tenía en mente otra técnica de interrogatorio para él. En primer lugar, lo llevaron a una sala y le dijeron que se pusiera de cara a la pared junto a un catre metálico. Allí había dos taquígrafas. Varios oficiales de las SS entraron y salieron de la sala, dando sonoros taconazos con sus botas a cada paso. Entonces, como surgido de la nada, entró un oficial de las SS, agarró a una de las mujeres y empezó a besarla al tiempo que la tumbaba sobre la cama. A Jean le pareció que iban a mantener relaciones íntimas. No podía mirar; se sentía muy abochornado. Se quedó con la vista clavada en el suelo.

Cuando levantó la cabeza, vio que el oficial estaba sobre la mujer. Jean pensó que se habría olvidado de su presencia. Al final, el hombre le ordenó que se volviera de cara a la pared.

Al igual que Gertrud, Jean no sabía casi nada de sexo. Su familia era católica y, pese a lo que creían los nazis sobre la moral y la sexualidad de los piratas de Edelweiss, el chico jamás había visto algo así en persona. Él y sus amigos no solían compartir con chicas.

Otro oficial de las SS entró en la sala y se llevó a Jean hasta la puerta que había en lo alto de la escalera y que conducía al sótano. Cuando apareció un guardia de la Gestapo, el oficial cerró la puerta y la oscuridad envolvió al chico.

–Conque eres inocente, ¿no? –le preguntó el hombre a Jean.

La visión del chico fue adaptándose a la oscuridad a medida que descendían por la escalera.

–No sé qué se supone que he hecho –respondió él.

Escalera hacia las celdas del sótano de la Casa EL-DE, en 2017.

Dicho esto, el oficial de la Gestapo le dio una patada, y el chico cayó por la escalera de barandillas metálicas.

Cuando dejó de rodar, solo fue capaz de quedarse tumbado en el frío suelo de cemento del sótano. Creyó que se había roto algún hueso. Le dolía la cabeza y todo el cuerpo, y tenía miedo de lo que podía ocurrir a continuación. Desconocía el motivo exacto por el que lo habían detenido e ignoraba qué sabía la Gestapo.

Jean había conseguido apoyar la espalda en la pared del pasillo del sótano. Su visión se fue adaptando a la oscuridad y, a pocos metros de él, vio a otro prisionero con manchas oscuras en la cara. Eran de sangre, y el hombre se encontraba de pie frente a un lavabo, intentando limpiarse las heridas. Miró a Jean, luego dirigió la vista al suelo e intentó volver a mirarlo, esforzándose por esbozar una sonrisa de valentía. Sentía tanto dolor que el intento de sonrisa acabó en mueca de sufrimiento.

47 – Fritz

Tras su detención en septiembre de 1944, Fritz Theilen fue obligado a subir a un tren en dirección al sur, que desembarcó en el pueblo de Ellern. Allí, en medio de la nada, los nazis habían construido un campo de trabajo para chicos de entre trece y diecisiete años que habían sido clasificados «de difícil enseñanza», que se manifestaban en contra de la ideología oficial o que habían desertado de su puesto en el Muro del Oeste. Otros recién llegados habían sido recibidos con el siguiente saludo: «¡Todos abajo! ¡Bienvenidos a la tierra de los piratas de Edelweiss!», y no lo decían en el buen sentido. El oficial de la Gestapo informó a Fritz de que esa era su última oportunidad para esforzarse y comportarse, y de que quizá pudiera irse a casa después de tres meses de «reeducación». Eso era una paparrucha; ese lugar era un campo de trabajo y los muchachos eran los trabajadores forzosos.

Cuando Fritz bajó del tren, tuvo que caminar cinco minutos desde la estación hasta los barracones. Ni siquiera era un campo de trabajo en condiciones; no había más que unas cuantas cabañas entre la carretera y el bosque. Ellern era más bien un conjunto de casas, no llegaba a pueblo, aunque sí había una fábrica de muebles, que era donde se suponía que Fritz debía trabajar.

El chico siempre había pensado que su época en la Ford-Werke con los trabajadores forzosos había sido dura. Pero Ellern era peor. Se levantaba a las cinco de la mañana y solo le permitían lavarse la cara. Los prisioneros únicamente podían ducharse o bañarse cuando era absolutamente necesario, por lo que todos tenían pio-

Barracones de Ellern, en 1946.

jos, y en cada barracón había un bote de crema para protegerse contra la sarna. Pasaban una hora trabajando en los edificios del campo, se dirigían a sus puestos asignados a las seis y media de la mañana y trabajaban durante diez horas más, menos los treinta minutos de descanso a mediodía. A las cinco de la tarde estaban de regreso en el campo para trabajar en los barracones o ver películas de propaganda sobre lo maravilloso que era el Tercer Reich. La comida era escasa: pan y sopa, y algo de margarina si había suerte.

Una noche, Fritz estaba en la cama, en uno de los tres compartimentos de la litera de metal sacada de un refugio antiaéreo. Cuando el campamento empezó a estar demasiado lleno, dos prisioneros dormían sobre el mismo catre; cientos de chicos hacinados en un espacio equivalente a un remolque de camión. Los barracones no eran tan incómodos como los de Brauweiler, pero el hedor que despedían los cuerpos apiñados y la peste a sudor por la falta de higiene que se impregnaba en sus uniformes sin lavar, era una constante. Las mantas crujían y las camas gemían mientras todos intentaban acomodarse y olvidar el hambre que sentían y el molesto picor de los piojos. Fritz acababa agotado a diario, lo que lo ayudaba a dormir un poco.

Un día cuando por fin se habían dormido todos, la puerta de los barracones se abrió de golpe. Una ráfaga de viento otoñal y el perfume a bosque penetró en la sala, junto con el Espíritu Santo. No el de la Biblia, sino un exmiembro de las Juventudes Hitlerianas que también estaba allí por haber cometido alguna falta. Sin embargo, como había pertenecido a las JJHH, le habían dado el puesto de supervisor en la fábrica de sillas.

El Espíritu Santo encendió la luz para asegurarse de que se despertaran todos. Sus pisadas sobre el suelo se oían con eco mientras avanzaba dando grandes zancadas hacia su víctima. Ya lo habían visto hacer aquello en otras ocasiones. Se escabullía a escondidas de la fábrica de patas de sillas y, en plena noche, se colaba en alguno de los barracones.

Era rápido, y pronto se plantó frente a la cama de su objetivo. Fritz ni siquiera necesitó mirar para saber qué ocurría. El sonido de la madera golpeando un cuerpo esquelético, el traqueteo de la litera mientras la víctima intentaba apartarse, los suspiros ahogados y los gemidos del maltratado, que seguramente sabía que era mejor no gritar para no ser castigado por haber despertado a los guardias. Al final, el Espíritu Santo se marchaba.

A la mañana siguiente, en el momento de pasar revista, la víctima tenía que estar en la fila con los demás chicos. En septiembre había unos cien prisioneros y, más avanzado el otoño, Fritz calculó que debían de ser unos doscientos. Hileras y más hileras de uniformes grises de prisionero, chicos con la cabeza rapada, sometidos a la inspección del jefe del campo. La víctima del Espíritu Santo tenía cardenales, un ojo morado y una herida abierta. El jefe del campo era un desalmado.

—¿Qué te ha pasado? ¿Por qué tienes esta pinta? —le gritó.

—Anoche me dieron una paliza.

—¿Cómo? ¿Insinúas que te han pegado? El Estado alemán invierte dinero para que puedas venir a este lugar y rehabilitarte, ¿y aun así te quejas? Aquí manda el orden, jovencito. Ven a verme después del trabajo.

—¡Sí, señor!

Estaba claro que los guardias no tenían ningún interés en castigar al exmiembro de las Juventudes Hitlerianas, aunque fuera un interno del campo de prisioneros. Fritz y los demás decidieron que si querían que aquel chico sufriera algún tipo de castigo, tendrían que ocuparse ellos mismos. Los antiguos Piratas de Edelweiss encerrados allí se mantenían unidos y se defendían entre sí, aunque aquello los pusiera en un peligro mayor del que ya corrían.

La noche siguiente estuvieron pendientes de la puerta y, cuando esta se abrió de golpe, los chicos se abalanzaron sobre el Espíritu Santo y empezaron a pegarle. Sabían que los pillarían, pero tenían que detener a ese desgraciado, costara lo que costase.

Al día siguiente, todos los internos del barracón de Fritz tuvieron que realizar dos horas de ejercicios de castigo al final de su jornada laboral. Esas rutinas estaban ideadas para ser físicamente dolorosas. Podían obligarlos a caminar a gatas sobre campos de grano sin camisa, para que las briznas secas y cortantes les arañasen el cuerpo. O marchar con una mochila llena de ladrillos. Una mujer del pueblo recordaba haber visto a los chicos con el uniforme gris de la prisión, los zapatos de madera y la cabeza rapada corriendo durante horas por un campo. El castigo más duro era la imposible tarea de barrer las pistas de tierra del bosque.

48 – Jean

La puerta se cerró detrás de Jean con un traqueteo metálico que le puso la piel de gallina. El chico no sabía cuánto tiempo llevaba recluido en el sótano de la Casa EL-DE, cuando lo llevaron de nuevo al piso de arriba, lo obligaron a subir a un coche y lo trasladaron a Brauweiler en plena noche. Su celda estaba en la primera planta del mismo edificio donde la Gestapo recluía a todos los piratas, incluidos Fritz y Gertrud. Se encaramó a una mesa y miró al exterior. Vio el patio de la prisión y descubrió que se encontraba cerca de la entrada. En el interior de la estancia, la cama estaba plegada contra la pared. Soltó las correas que la sujetaban y el borde metálico del catre le golpeó las espinillas. No necesitaba sentir más dolor en ese momento. Se sentó e hizo inventario de los objetos que componían su nuevo hogar.

Vio un cubo con una tapa de latón junto a la puerta. Cometió el error de destaparlo y descubrió una masa apestosa en el interior. Se limpió las manos en la ropa, se tumbó en la cama y se quedó dormido.

Pasó la primera noche en Brauweiler sin saber por qué estaba allí. El día siguiente se le hizo eterno. Se limitó a esperar y esperar a que ocurriera algo. No tenía nada que leer, nada que hacer. A medida que transcurría la jornada, empezó a interiorizar el ritmo de la prisión.

Primero, dos ordenanzas se plantaban en la puerta y gritaban: «¡El cubo! ¡El cubo!», y él debía pasárselo. También le daban un tazón de agua para asearse, una toalla de mano y el desayuno, consistente en sucedáneo de café y una rebanada de pan negro.

Veía a la gente ir y venir por la ventana y, después de desayunar, oía más puertas que se abrían y se cerraban, y voces de personas hablando. Al igual que Fritz, Jean se dio cuenta de que podía percibir casi todo lo que ocurría en su pabellón. Oía llantos, gritos y voces que conversaban con normalidad. Después, el edificio permanecía en silencio. A continuación se cerraba una puerta, otra se abría y volvían a empezar los llantos y los gritos.

Para comer y cenar le daban sopa aguada.

Esa noche por fin ocurrió algo. Miró por la ventana y le llegaron unas voces lejanas. Entendió que sus amigos estaban hablando entre ellos a través de las ventanas. Oyó a Barthel y a Bubbes, y los llamó.

Jean les preguntó cuánto tiempo llevaban allí, y le dijeron que ya los habían interrogado en un par de ocasiones. Entonces le contaron la sucesión tan extraña de acontecimientos que los había hecho acabar a todos en Brauweiler.

Barthel y Bubbes seguramente informaron a Jean de lo que pudieron relacionado con lo sucedido en los últimos diez días, empezando por el momento en el que Jean se había ido al Muro del Oeste. Todo estaba vinculado con Bomben-Hans y las personas habituales del sótano del número 7 de la calle Schönstein,

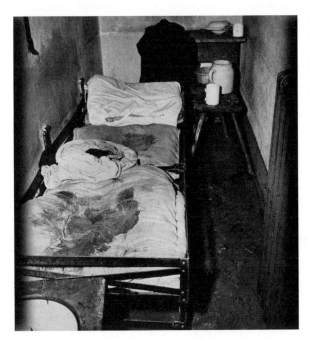

Celda de la prisión de Brauweiler, donde una reclusa murió tras recibir una paliza de la Gestapo, el 6 de marzo de 1945.

donde Jean y Fän habían ido de visita a principios de otoño. Un chico al que Jean no conocía –Roland Lorent, un desertor emocionalmente inestable cuya familia había muerto durante un bombardeo– había matado a un nazi de un disparo, y la Gestapo se había puesto seria con los robos y con las personas que vivían de forma ilegal en Ehrenfeld.

Varios hombres uniformados se presentaron en el apartamento de Cilly Serve. La tarde del 1 de octubre, Bomben-Hans quiso que todos se reunieran para intentar sacarla de allí. Jean conocía a algunos de los implicados, como Barthel, Bubbes y Büb, pero había otros piratas y chicos mayores a los que no conocía.

Bomben-Hans estaba decidido a conseguir pistolas y munición para una especie de emboscada con tal de rescatar a Cilly. Esa clase de ideas descabelladas eran el motivo por el que Jean y Fän habían dejado de juntarse con él, aunque cuando la Gestapo interrogó a Barthel, este le echó casi toda la culpa del fallido plan al desertor al que no conocían de nada. Las confesiones que obtuvo la Gestapo sobre el episodio real del rescate eran todas distintas: quién iba en qué coche, quién tenía qué pistola y quién disparó a quién eran datos que siempre diferían. Los piratas tal vez desconocieran la verdad o tal vez solo intentaran ocultarla.

Los hechos básicos, por lo visto, fueron los siguientes: Barthel, Bubbes, Büb, Bomben-Hans y los demás viajaron en dos coches hasta la casa de Cilly, y, poco después, estaban todos disparando a diestro y siniestro. No pudieron liberar a la chica porque había demasiados guardias. Lograron escapar y esconderse en un cobertizo de Blücherpark. El discreto escondite de los piratas se convirtió en el objetivo de la cacería de la Gestapo. En un determinado momento, el desertor que lo había empezado todo y otro chico desaparecieron y, en lugar de intentar pasar desapercibido, Bomben-Hans tuvo una idea más descabellada todavía. Quería hacer volar por los aires la Casa EL-DE y las vías del tren. Afirmaba que con esa acción pondría fin a la guerra.

Por su época en la patrulla de explosivos sabía que podían conseguir dinamita y detonadores en un fuerte prusiano del Cinturón Verde. Bomben-Hans logró colarse y meter los explosivos en un coche antes de levantar sospechas, pero finalmente alguien dio la voz de alarma. Esa alarma hizo que Barthel, Bubbes y Büb regresaran corriendo a Blücherpark. Cuando Bomben-Hans llegó hasta allí, estaba cabreado con ellos por haber huido y se marchó con Büb a la mañana siguiente, pero la Gestapo encontró a Barthel y a Bubbes en el cobertizo del jardín el 4 de octubre y los llevaron a Brauweiler. Barthel fue interrogado poco después de llegar.

El chico les contó por qué Fän y Jean habían sido detenidos. Él había mentido sobre la implicación de los dos chicos en el asunto. Barthel dijo a Jean que la Gestapo quería saber dónde habían escondido las armas los piratas de Edelweiss. O no dijo nada o contó que no tenían un escondite secreto con armamento, lo cual era cierto. Los interrogadores no debieron de aceptar tales respuestas. Otras fuentes habían admitido ante la Gestapo que Barthel estaba involucrado en actividades ilegales, y por eso querían sacarle más información y estaban dispuestos a cualquier cosa para conseguir que contara toda la verdad, o al menos la que ellos querían escuchar.[21]

---

21. El informe de la Unidad de Crímenes de Guerra sobre las condiciones de la prisión de Brauweiler bajo la dirección del comisario Kütter proporciona detalles brutales sobre cómo realizaba la Gestapo sus interrogatorios con tal de obtener confesiones y declaraciones de los prisioneros.

Barthel contó a Jean que los interrogadores se habían ensañado a golpes con él. Uno de los más famosos por su bestialidad era el oficial de la Gestapo Joseph Hoegen, un tipo bajo con el pelo negro y grasiento, que parecía disfrutar con sadismo al interrogar a los jóvenes llevados a Brauweiler. Una de sus técnicas consistía en tumbar a Barthel boca abajo sobre el asiento de una silla, colocarle una cuerda alrededor del cuello y un trapo en la boca para que no pudiera gritar, y golpearlo con las patas de otra silla o con porras de goma hasta que el chico no pudiera sentir, decir o pensar nada.

Aunque un prisionero fuera incapaz de responder más preguntas, la Gestapo no ponía fin al interrogatorio. Cuando el reo se desmayaba, le tiraban agua para que espabilara y así poder seguir pegándole. Una joven que mintió al confesar que conocía a Bomben-Hans prefirió suicidarse en su celda a ser interrogada de nuevo. Otro prisionero murió por la infección de las heridas y los cortes en las muñecas que le habían provocado las esposas. Los dejaban esposados durante días y los forzaban a comer como perros. Los obligaban a llevar las esposas durante tanto tiempo que estas empezaban a clavárseles en la carne. Al final se las arrancaban y eso les dejaba heridas. Hoegen golpeó a otro prisionero en la cara con un manojo de llaves.

Barthel reconoció ante Jean que el interrogatorio había podido con él. Había contado a la Gestapo que existía un campamento con municiones y armas en Lidosee. La verdad era que habían acampado en esa isla, pero no disponían de armamento. Era una mentira. Barthel seguramente creyó que, si lo confesaba, dejarían de pegarle, y que la falta de pruebas físicas anularía su confesión. La Gestapo viajaría a la isla y verían que no había ningún polvorín clandestino, y Barthel podría retractarse de lo confesado. Una mentira lo salvaría por el momento; la verdad lo exculparía más adelante.

Sin embargo, las confesiones no funcionaban así. La Gestapo estaba convencida de que hallarían las armas, así que sus oficiales llevaron a Barthel a la isla y le exigieron que señalara dónde se encontraba el búnker. Cavaron por toda la zona y no encontraron el armamento. Sin embargo, creían que las armas habían estado ocultas allí; la isla había sido alcanzada durante uno de los bombardeos y la Gestapo afirmó que la zona se encontraba demasiado destruida para saber si había habido armas en ese emplazamiento. Volvieron a pegar a Barthel para obtener más respuestas, pero a él ya no se le ocurrían más mentiras para que lo dejaran en paz.

–No puedo describir lo que ocurrió a continuación. Después de lo que me hicieron me llevaron inconsciente de vuelta a la celda –le dijo Barthel a Jean.

Barthel no tenía intención de delatar a sus amigos. Seguramente creyó que debía contar a los interrogadores lo que ellos querían escuchar, lo que lo urgían a confesar. Sin embargo, una falsa confesión también podía contener detalles, descripciones y motivos que podían darle una pátina de realidad, aunque fueran mentiras.[22] El oficial Hoegen y los demás querían saber los nombres de los piratas del grupo de Ehrenfeld –que pudieran tener más información sobre las armas– y volvieron a pegar a Barthel para obtener respuestas.

---

22. Para saber más sobre falsas confesiones bajo coacción y prisioneros inocentes, véase KASSIN, Saul M. «Why Confessions Trump Innocence». *American Psychologist*. Vol. 67, n.º 6 (2012), pp. 431–445; LEO, Richard A.;. DRIZIN, Steven A.; NEUFELD, Peter J.; HALL Bradley R.; VATNE, Amy. «Bringing Reliability Back in: False Confessions and Legal Safeguards in the Twenty-First Century». *Wisconsin Law Review*. (2006), pp. 102–158; y APPLEBY, Sara C.; HASEL; Lisa E. y KASSIN, Saul M. «Police-induced Confessions: An Empirical Analysis of their Content and Impact», *Psychology, Crime & Law*. Vol. 19, n.º 2 (febrero 2013), pp. 111–128.

Lo obligaron a dar detalles sobre el campamento, porque él dijo que había estado en la isla dos veces. La verdad era que Fän y Jean solo habían hablado de construir una cabaña. No sabían cómo conseguir armas, y, cuando Bomben-Hans les dio una pistola, se la devolvieron enseguida. Barthel declaró que las habían escondido en un agujero cubierto con ramas y tierra, y describió el tipo de armamento que se encontraba en su interior. A continuación dijo que Fän era el cabecilla.

–Me dolían todos los huesos y por eso os mencioné –le explicó Barthel a Jean–. Sabía lo que os ocurriría, pero estaba destrozado. Espero que entendáis que no tenía otra alternativa. Perdonadme, por favor –añadió en voz baja.

Jean se dio cuenta de lo serio que se ponía Barthel al relatar lo sucedido. Ya no era el chico sonriente y amigo de las bromas que quería caer bien a todo el mundo y hacer reír a los demás. Había cambiado.

Informe de la Gestapo sobre el grupo terrorista de Ehrenfeld, Colonia

5 DE OCTUBRE DE 1944

Durante el transcurso de las investigaciones fueron arrestadas 46 personas más con vínculos estrechos con el grupo terrorista. Estaban involucradas en robos, contrabando de armas y venta de objetos robados. En total se han realizado 156 detenciones.

Según la investigación anterior, aparte de asesinatos, se han cometido unos 50 robos con nocturnidad. Además, los terroristas se encontraban en posesión de armas listas para ser utilizadas.

49 – Jean

Jean pudo ver a través de la ventana de su celda el momento en que Fän entró en la prisión.

Un par de días más tarde, también encarcelaron a Bomben-Hans. Iba cojeando. Le habían disparado cuando intentaba escapar durante la detención, y no tardaron en echarle el guante.

Hans Balzer, el pirata de Ehrenfeld al que conocían como Lang, no fue

Corredor abierto de la prisión de la Gestapo en Brauweiler, en marzo de 1945.

apresado. Le dispararon en la cabeza cuando trataba de huir.

Otro día se presentaron dos hombres en la puerta de la celda de Jean.

–Voy a cortarte el pelo –le anunció el tipo que sostenía una navaja–. ¿Cómo lo quieres? ¿Dónde te hago la raya?

–Corto, como está mandado, al estilo militar –respondió Jean.

Todos los prisioneros llevaban el pelo rapado.

Pasados un par de minutos, Jean se quedó cabizbajo cuando los hombres salieron de la celda. Sus pies estaban rodeados por mechones de cabello. Se miró en el pequeño espejo sobre el lavamanos, junto a la ventana. Casi no reconocía a la persona a la que veía reflejada. Tenía las mejillas chupadas y el pelo —su larga y hermosa cabellera— había desaparecido.

Agarró la escoba y el recogedor y echó a un lado los montones de cabello castaño.

Jean hablaba con sus amigos a través de las ventanas. Se contaban anécdotas divertidas y chistes. El chico compuso un poema. Logró incluso hablar con Fän, aunque estuviera en la otra punta del edificio, un piso por encima del suyo. Como les llegaban los gritos procedentes de la sala de interrogatorios, que se encontraba en el primer piso, dedujeron que también podían conversar, o, como mínimo, mantener cierta comunicación.

Existía un código de silbidos usado por los piratas de Edelweiss cuando querían comunicarse en clave. Una noche, Jean oyó un silbido y luego un grito: «G1, ¡siete hombres!». La Gestapo había abandonado el edificio durante la noche, y los chicos suponían que los guardias no prestarían atención a unos gritos aleatorios.

Jean descodificó el mensaje: «Somos siete chicos de nuestro grupo».

Luego Fän gritó los nombres en clave de otros cinco miembros de su grupo. Esos estaban en el Muro del Oeste, así que, si Fän decía sus nombres en alto o durante un interrogatorio, la Gestapo no podría localizarlos. Siempre exigían a los piratas que les dieran los nombres de los demás para asegurarse de detener a todos los componentes de su banda. Desde el inicio de la guerra, las agrupaciones de jóvenes *bündische* daban los nombres de amigos que ya estaban en el ejército —así se aseguraban de que la Gestapo no los detuviera— e intentaban no revelar las identidades de conocidos que pudieran salir mal parados.

Fän también les comunicó que lo habían interrogado.

Extractos de la declaración de Ferdinand Steingass

30 DE OCTUBRE DE 1944

Cuando me han seguido preguntando, he negado rotundamente haber creado un escondite de armas en la isla de Lidosee, en el bosque urbano, y haber llevado arma alguna al lugar. Si Schink (Barthel) declara lo contrario, está mintiendo. En relación con este asunto, debo reconocer que, hace un par de días, me encontré con él en el pasillo de la prisión, y me explicó e insinuó que sería mejor que yo reconociera la existencia del campamento de la isla durante el interrogatorio; de no hacerlo, me pegarían. Respondí enseguida que no reconocería ese delito, puesto que no era la verdad.

31 DE OCTUBRE DE 1944

Cuando me volvieron a interrogar en relación con las declaraciones realizadas por Barthel Schink, y cuando me pidieron que dijera la verdad:

En mi primera declaración no dije toda la verdad y, por tanto, me gustaría corregir mi declaración en consecuencia.

También confieso que durante una visita a la calle Stamm (el piso de Else Salm), Schink y Rheinberger (Bubbes) escucharon una conversación sobre la creación de un escondite secreto de armas en la isla de Lidosee. Yo elaboré el plan y los planos para el campamento, pero la idea fue de Else Salm, así como de Schink y Rheinberger. Según dijeron sería demasiado peligroso seguir en la calle Schönstein. Yo solo sugerí montar un campamento. La idea de llevar armas al lugar la tuvo Salm, quien dijo que consiguiéramos pistolas y sugirió que nos mantuviéramos en contacto con (el grupo de) la calle Schönstein. Cuando Schink dijo que esa idea había sido mía, debió de pensar en esa conversación.

50 – Jean

Un par de días después de que Fän contara a Jean que lo habían interrogado, la puerta de la celda del chico se abrió.

Jean recorrió el pasillo hasta otro habitáculo. En su interior había una mesa con una máquina de escribir, dos sillas y el hombre que lo había detenido, el oficial Schiffer. Jean se sentía afortunado de que Schiffer pareciera cansado y que quisiera acabar con el interrogatorio cuanto antes.

El chico se sentó a la mesa, frente a Schiffer, y respondió las primeras preguntas: nombre; nombre de los padres; escuela; pertenencia a las Juventudes Hitlerianas. Sabía mentir sobre los detalles del pasado para proteger a su familia. Era consciente de que contar que su padre era comunista habría supuesto un tratamiento más duro o la deportación a un campo de concentración.

Sabía que debía negar cuanto pudiera sobre su implicación con el movimiento de los Piratas de Edelweiss. Afirmó que hacía unos seis meses había creado una organización con Fän y que llamaban *boy scouts* a sus miembros; insistió en que no tenían nada que ver con los Piratas de Edelweiss. Dio los nombres que Fän le había indicado. Sostuvo que no sabía nada sobre Bomben-Hans ni la creación de un grupo terrorista que estaba cometiendo robos y asesinatos, y que desconocía los delitos y acciones previas de las personas que pertenecían al grupo.

A continuación, Jean reconoció que había estado en el piso de Else Salm cuando Fän, Barthel y Bubbes hablaron sobre la construcción de la cabaña y el almacenamiento de armas en la isla del embalse. ¿Qué era verdad y qué era mentira? ¿Barthel y Fän le habían aconsejado que reconociera lo ocurrido porque, de no hacerlo, le pegarían? Fän se mostraba protector con el chico: dijo a la Gestapo que lo dejaran en paz, que él no había hecho nada. Según los oficiales, Jean solo había mencionado la creación del campamento de pasada, como si hubiera sido una idea descabellada que se le hubiera ocurrido a otro, no la trama seria que había sido maquinada en el apartamento de Else. Por otra parte, Jean también tuvo la oportunidad de no decir nada sobre el tema. Si el oficial Schiffer estaba cansado y quería acabar con el interrogatorio, podría haber escrito lo que quisiera en el informe de la Gestapo y haber obligado al chico a firmar el documento. La única alternativa para el muchacho habría sido someterse a otra paliza.

51 – Fritz

El plan de fugarse de Ellern empezó a aflorar en la mente de Fritz cuando estaba realizando tareas de oficina para el jefe del campo de trabajo. Un día se había desmayado en la fábrica por la combinación de agotamiento y de infección pulmonar que padecía, y lo habían nombrado ayudante personal del jefe del campo. Esto implicaba limpiar el despacho del alto cargo, responder al teléfono y hacerle los recados en la cercana ciudad de Simmern. Había cogido el tren hasta allí y tenía un salvoconducto de viaje y billetes para el tren, aunque no había pensado en usarlos para fugarse. Se encontraba en medio de la nada, ningún habitante de la ciudad confiaría en él puesto que les habían dicho que todos los muchachos del campo eran peligrosos criminales, y Fritz llevaba el sospechoso uniforme de recluso.

Sin embargo, ese día de gestiones en la oficina, algo cambió. Falsificó la firma del jefe del campo. Tenía una oportunidad fantástica para escapar; solo necesitaba la ayuda de su amigo Hugo.

El 5 de noviembre fue el día escogido. Primero pensaron en marcharse por Navidad, ya que habría más gente viajando, pero Fritz se enteró de que iban a instalar una valla electrificada alrededor del campo en diciembre. Por el momento, ese centro de internamiento era un recinto abierto; los guardias suponían que nadie escaparía al bosque y que ningún habitante de la ciudad ayudaría a un fugitivo. Fritz también averiguó que otros prisioneros estaban planeando una fuga e intuyó que todos los que quedaran serían vigilados todavía más de cerca en cuanto alguien intentase huir. El chico había repasado el horario de los trenes cuando estuvo en Simmern y memorizado el momento propicio de la fuga para colarse en uno de ellos.

El 4 de noviembre estaba a solas en el despacho del jefe del campo. Se suponía que debía contestar al teléfono y anotar los recados. Llevaba haciéndolo un tiempo, así que ya sabía cómo iría el día, pero estaba nervioso. Iba a dar el primer paso en su plan y podían pillarlo.

Se sentó frente a la máquina de escribir y empezó a teclear lentamente para rellenar los salvoconductos de viaje que necesitarían Hugo y él. Nadie podía viajar sin los documentos requeridos. Cogió unos cuantos formularios en blanco y les estampó el sello oficial. Luego levantó la pesada máquina de escribir negra y ocultó los documentos debajo. Tenía el corazón desbocado, aunque intentó mantener la calma.

Cuando el jefe regresó, Fritz volvía a estar sentado en su puesto junto al teléfono.

En el instante en que el superior se marchó del despacho tras concluir la jornada, Fritz sintió cómo se aligeraba la presión que le había oprimido el pecho hasta entonces, al menos por el momento.

Limpió el despacho, como era su deber, y abrió una rendija de la ventana para poder acceder desde fuera y recuperar los salvoconductos. Tomó la llave del armario de la ropa, cerró el despacho y llevó la llave de la oficina al jefe del campo.

–Bien. Todo está correcto. Puedes irte –le dijo.

La presión que sentía Fritz se había convertido en excitación nerviosa. Tenía la certeza de que el plan saldría bien. Hugo y él se fueron a la cama y esperaron a la medianoche.

Entonces se bajaron de la cama y salieron a hurtadillas a la oscuridad nocturna.

Fritz y su amigo Hugo se fugaron del campo de trabajo en plena noche. El viento ululaba y la lluvia caía mientras atravesaban el bosque desde Ellern hasta Simmern; aunque se encontrara a poco más de nueve kilómetros de distancia, les llevó tres horas. Fritz iba vestido con un uniforme militar y Hugo de civil, ambos atuendos robados del armario de la ropa del campo. Su tapadera era que viajaban a Colonia para recoger a más jóvenes destinados al centro de internamiento. Esperaban que nadie se fijara en sus cabezas rapadas.

La suerte, tanto como el plan de fuga en sí, desempeñó un papel fundamental en el hecho de que Fritz consiguiera volver a la ciudad. Un hombre uniformado les preguntó a ambos si no les habían entregado sus raciones de comida para el viaje. Esa fue la segunda ocasión en que podrían haberlos pillado. Pero cuando el oficial quiso llamar al campo para verificar su historia, la conexión telefónica no funcionaba y el hombre confió en su palabra. Fritz y Hugo acabaron recibiendo raciones de comida para tres días de camino a casa. Nadie cuestionó la autenticidad de sus salvoconductos, a pesar de lo grande que debía de quedarle a Fritz el uniforme, con sus treinta y cuatro kilos de peso, y aunque tuviera más pinta de preso que de oficial.

Llegaron a Colonia el 7 de noviembre a mediodía. Fritz no había imaginado que la ciudad pudiera tener peor aspecto que cuando se lo habían llevado a Ellern. Sin embargo, mientras iba caminando de regreso a Ehrenfeld, vio que prácticamente no quedaba ni un solo edificio en pie, no funcionaba ninguna línea del tranvía y algunas zonas carecían de suministro de gas, agua y electricidad. Pero él estaba allí y era libre.

Fritz y Hugo decidieron volver a reunirse en el búnker de la calle Körner en cuanto hubieran recogido algo de ropa en sus respectivos apartamentos.

Fritz preguntó a un par de chicos a los que conocía del búnker cómo había ido todo durante su ausencia. En casa, sus vecinos le contaron que la Gestapo se presentaba con frecuencia para buscarlo. El muchacho no estaba seguro de si ello se debía a su fuga o a alguna otra cosa.

–Los nazis están por todas partes y siguen con las redadas y las detenciones –les contó uno de los chicos a Fritz y Hugo.

–Hace dos semanas ahorcaron públicamente a unos rusos y a trabajadores extranjeros en la calle Hütten. Algo ocurrió aquí en Ehrenfeld, porque había policías y miembros de la Gestapo por todas partes, y la zona estaba cerrada, pero supongo que vosotros ya lo sabíais.

No lo sabían. No tenían ni idea de qué había ocurrido desde que se habían marchado, solo que otros chicos internados en el campo de Ellern después de ellos les habían contado que la situación estaba empeorando.

–¿Y dónde están los demás? –preguntó Fritz.

Tras su detención en la Casa EL-DE, desconocía el destino del resto de los piratas de Edelweiss de Ehrenfeld.

–La verdad es que no lo sabemos. Bubbes, Barthel y Büb fueron detenidos hace tres semanas. Están en Brauweiler, y la cosa no pinta muy bien para ellos. Supongo que no les será fácil salir.

Fritz jamás dijo si había sabido exactamente lo que les había pasado a sus amigos mientras él estaba en el campo, pero le constaba que todos tenían pistola, que al menos Barthel había disparado a unos cuantos nazis y que estaban metidos de lleno en actividades ilegales. Fritz no llegó a conocer a Bomben-Hans y no tenía ni idea de cuál era la implicación en delitos criminales de sus amigos. Lo que sí sabía era que él mismo había cometido delitos suficientes para acabar de nuevo con sus huesos en Brauweiler y que la Gestapo estaba buscándolo.

–Maldita sea, tenemos que largarnos; si no, nosotros también terminaremos encerrados en ese lugar –le dijo Fritz a Hugo.

52 – Jean

Debían permanecer de pie con la nariz pegada a la fría pared de cemento. Alguien les aporreaba la nuca para que se golpearan contra la dura superficie. Los hombres de la Gestapo sentían placer al maltratar a los prisioneros.

Fän y Jean se miraron mientras seguían de cara a la pared, esperando a entrar en la sala de interrogatorios. Jean supo por la mirada de su amigo que ambos estaban pensando lo mismo del otro: «Tío, estás hecho un asco».

Fän siempre había sido la alegría de la huerta, hacía imitaciones, ponía distintas voces y gesticulaba de forma cómica. Jean era el músico, el que adoraba cantar. Formaban una pareja de aventureros. Con su sonrisa permanente y el pelo cayéndoles por delante de la cara, debían de considerarse dos muchachos muy guapos. Pero ya no eran ni la sombra de esos chicos del pasado. En ese momento, esos seres vitales tenían la piel grisácea, los ojos hundidos en las cuencas, los pómulos salientes y las cabezas rapadas.

Fän fue el primero en ser conducido a la sala de interrogatorios. Jean oyó cómo los golpes impactaban sobre el cuerpo de su amigo.

«¡Dejadlo en paz, malditos desgraciados!», quiso gritar. Pero no podía. A él también le llegaría la hora.

Fän salió y entró el siguiente. Junto a Jean estaba sentado Peter el Negro, quien había colaborado con Bomben-Hans durante meses en una serie de allanamientos. En su interrogatorio confesó que habían roto su relación cuando el asunto había adquirido tintes más políticos. Lo que seguramente no fuera cierto. Ya se había librado en una ocasión de ser convertido en trabajador forzoso, y lo habían detenido por posesión de armas y robo a principios de la década de 1930.

–Todos los que estamos aquí, todos, todos vamos a morir –le dijo Peter el Negro a Jean.

Una noche después, a eso de las diez, cuando los hombres de la Gestapo ya se habían marchado, Peter el Negro empezó a hacer ruido. Daba golpes, gritaba: se puso como loco. Uno de los guardias fue a ver qué ocurría. Cuando este abrió la puerta, Peter le golpeó y salió corriendo hacia la salida. Fue lo más lejos que llegó. Lo esposaron y lo metieron de nuevo en la celda.

Jean opinaba que ese intento de fuga había sido una estupidez, una acción a la desesperada. La entrada tenía una verja, una puerta de acero y otra de madera, y después había un muro que rodeaba todo el recinto. Jean creía que Peter el Negro no había tenido ninguna oportunidad de huir, y que seguramente lo castigarían con brutalidad por intentarlo. Jean ignoraba que alguien había logrado escapar. Else Salm había salido por la ventana, saltado las barreras, escalado el muro y se había marchado, y lo hizo antes de negar cualquier acusación de haber creado un escondite de armamento en Lidosee.

Todos los prisioneros sufrieron las consecuencias del intento de fuga de Peter el Negro y la huida de Else Salm. Por la noche tenían que desvestirse y entregar su ropa a los guardias; lo hacían para asegurarse de que no escaparían durante la fría madrugada o quizá para incomodarlos tanto como fuera posible. Jean yacía tumbado sobre su cama, tapado con una fina manta, le casteñeaban los dientes y rezaba para que pronto amaneciera y les devolvieran la ropa.

Unos días después del intento de fuga de Peter, los hicieron salir al patio para «reblandecerlos», como uno de los hombres de la Gestapo dijo a Jean. Colocados en filas, los cuerpos esqueléticos con sus uniformes varias tallas más grandes se veían malnutridos por una dieta a base de pan, sucedáneo de café y sopa aguada; estaban destrozados y agotados por las constantes palizas. Los obligaron a hacer un ejercicio físico para el que no tenían energía.

Correr, saltar, tumbarse; arriba, abajo, arriba, abajo, saltar, marchar, marchar, marchar, correr, saltar, abajo, arriba, abajo, arriba, saltar, marchar, marchar.

Algunos de los más mayores se desplomaron.

Jean se cortó la mano con una piedra del camino. El dolor le recorrió el brazo al presionar el cuerpo contra el suelo y dejó una mancha roja en la tierra al incorporarse. Cuando bajó de nuevo, cayó sobre el césped en lugar de hacerlo sobre el camino de grava. Ese detalle no pasó desapercibido para el oficial Kütter.

–El césped es demasiado bueno para ti –dijo mientras pateaba a Jean con su bota de cuero para volver a empujarlo al camino de grava–. De todos modos, pronto estarás enterrado bajo esa hierba.

Jean volvió a levantarse.

Correr, saltar, tumbarse; arriba, abajo, arriba, abajo, saltar, marchar, marchar, marchar, correr, saltar, abajo, arriba, abajo, arriba, saltar, marchar, marchar.

Había perdido la noción del tiempo; ya no sabía desde cuándo estaban torturándolos de aquella forma. Por fin los dejaron regresar a sus celdas.

Una vez dentro, Jean recordó la frase: «De todos modos, pronto estarás enterrado bajo esa hierba».

Entonces evocó las palabras que había dicho Peter: «Todos los que estamos aquí, todos, todos vamos a morir».

Se quedó sin aire en los pulmones, notó que se le hundían los ojos en las cuencas; todo su cuerpo fue presa del miedo. Si iba a agotar sus días en ese lugar, ¿por qué soportar más torturas?

Miró al techo. La bombilla colgaba de un grueso cordón. Podía encaramarse, hacer un nudo y ahorcarse. Así todo habría terminado.

Inspiró con fuerza metiendo el estómago. Estaba llorando. ¿De verdad no había esperanza? Empezó a sollozar. El cordón negro lo llamaba.

Jean parpadeó para abrir los ojos. Se desmayó de agotamiento y se despertó en su celda. El cordón negro todavía colgaba sobre su cabeza.

–No –se dijo.

Quizá lograra sobrevivir.

53 – Fritz

La vida de Fritz parecía una montaña rusa: se encumbraba hasta la suerte y la libertad para descender hasta los valles de detenciones y encarcelamientos. Después de enterarse en el búnker de que todos sus amigos habían sido detenidos, se marchó de Colonia. Sabía que no era seguro ocultarse en la casa de ningún vecino. Fue hacia el sur, en tren, para intentar localizar a su madre y a su hermano, que vivían en un pueblo próximo a la frontera con Suiza. La documentación falsa le sirvió hasta llegar al sur de Coblenza, a orillas del Rin. Allí se le terminó la suerte. No tenía el salvoconducto de viaje adecuado y su cabeza rapada lo delató. Desde ese lugar, fue trasladado a cientos de kilómetros al este, hasta un subcampo del campo de concentración de Dachau. Viajaron toda la noche; era lo más lejos de su casa que había estado. Conocía la existencia de los campos de concentración, pero jamás había oído hablar de Dachau.

Luego lo llevaron a otro campo, seguramente más al este. Todos los presos eran austríacos, checos o yugoslavos. El lugar le pareció irreal, como si estuviera viviendo una pesadilla y no lograra entender qué estaba pasando.

Mintió sobre su nombre y el sitio del que había huido. Efectivamente, la estancia allí fue un mal sueño: sabes que eres tú, pero hay algo ligeramente distinto, y no eres tú para nada. Fritz sí recordaba, no obstante, que el trabajo era duro y la comida, espantosa.

No llevaba ni un mes allí cuando algunos prisioneros austríacos lo convencieron de que se fugara con ellos. Se colaron en un tren, les dispararon y saltaron del vagón cuando este se adentraba en el bosque. Los austríacos abandonaron a Fritz, y él decidió regresar a Bonn, a casa de su tía. Se había marchado de Colonia porque era muy peligrosa, pero se veía inevitablemente arrastrado de nuevo hacia ella. Un granjero le proporcionó comida y un uniforme de las Juventudes Hitlerianas, y otra persona lo llevó en coche hasta su destino. En cuanto llegó se dio cuenta de que no podía quedarse, y con el dinero que le había dado su tía, regresó al sur, donde por fin encontró la casa en la que vivían su madre y su hermano.

Estaban emocionados de volver a verlo. No esperaban reencontrarse con él hasta después de la guerra, y tal vez su madre había temido, secretamente, no volver a ver a su hijo nunca más. Fritz por fin se sentía a salvo. Ya estaba en casa, aunque ese hogar estuviera a cientos de kilómetros de Ehrenfeld. Durmió en una cama, en una casa, por primera vez desde hacía meses.

Alguien aporreó la puerta. El chico había dormido toda la noche, pero en realidad ya no estaba seguro en ningún sitio. Su madre había informado a las autoridades del campo de Ellern de que se había mudado. Fritz sería localizado fuera donde fuese. En la puerta había un policía y estaba buscándolo.

–Quedas detenido –le dijo–. Tengo una orden, no opongas resistencia, no me des problemas o tendré que usar esta pistola. –Debía de estar seguro de que el chico iba armado.

–Él no tiene ninguna arma, así que será mejor que esconda eso –dijo la madre de Fritz, y el policía guardó la pistola.

–¿Cuántos años tienes? –le preguntó el hombre.

–Mi hijo tiene diecisiete años. ¿Puede al menos desayunar con nosotros?

A Fritz le permitieron desayunar; después de eso, el policía lo llevó a la estación. El chico no estaba muy seguro de qué era lo que le convenía decir. Había contado un montón de mentiras; había negado cosas que sabía que complicarían su situación. No había visto la peor cara de los nazis, pero sí había sufrido palizas, hambre y trabajos forzosos. Quizá le conviniera decir por fin la verdad, porque las mentiras estaban haciéndose muy grandes, o quizá estuviera cansado de pasarse la vida huyendo y del estrés que eso le provocaba.

Fuera cual fuese su motivación, les contó la verdad: era un pirata de Edelweiss, estaba en contra de los nazis, jamás lo habían declarado culpable de ningún delito criminal.

Al final tuvo la sensación de que los oficiales no le creían. No se los veía molestos ni enfurecidos como los miembros de la Gestapo con los que se había topado en tantas ocasiones. Estos parecían tranquilos.

Entonces salieron de la sala y empezaron a hablar entre ellos. Fritz no oía qué estaban diciendo, pero el intercambio fue intenso.

Le afloraron un montón de sentimientos y lo arrastraron como una tormenta en el océano. Había cometido un error. ¿Por qué les había contado la verdad? «Jamás hay que reconocer nada». Esa estrategia lo había mantenido con vida durante años. El peligro era real y pensó en huir. Podía volver a fugarse; ya lo había hecho muchas veces. La prisión era más agotadora que las mentiras. No podía volver allí. Esta vez era probable que muriera por el exceso de trabajo.

Los hombres volvieron a entrar en la sala.

El policía que había detenido a Fritz fue el primero en hablar. Su tono era amable, y el chico no creía lo que le decía. Por lo general, en ese momento, ya debería estar oyendo gritos y expresiones de odio. En cambio, las palabras del agente fueron una novedad para Fritz.

—Todavía eres demasiado joven y has sufrido mucho por tu pertenencia a los Piratas de Edelweiss, como nos has contado. Queremos creerte. No vamos a entregarte a la Gestapo porque la guerra no durará mucho más tiempo. Puedes irte a casa. Da las gracias al jefe local del partido, puesto que deberíamos enviarte de regreso a Ellern.

El último año, y todo lo vivido por Fritz, parecía casi irreal, pero aquel fue un momento realmente increíble. Ese comportamiento era impropio de los nazis. Era impensable que se apiadaran de él.

En ese instante, el jefe local del partido dijo algo que lo aclaró todo. Comentó a Fritz que creía que la guerra acabaría pronto y que los nazis serían castigados por sus actos. El jefe local ayudaría al chico en esa ocasión, y el muchacho podría devolverle el favor más adelante. A Fritz le costaba asimilar la idea. Los nazis siempre habían sido detestables con él, desde el encargado de la fábrica de la Ford hasta los miembros de las Juventudes Hitlerianas en las calles y los guardias de Ellern. ¿Por qué iba a ayudarlos? Sin embargo, tras años de detenciones, encarcelamientos, golpes, vivir en clandestinidad y siempre huyendo, Fritz no pensaba volver a caer en las garras de la Gestapo si podía evitarlo. ¿Qué importancia tenía mentir una vez más a los nazis? Accedió a ratificar la bondad del jefe local del partido cuando terminara la guerra.

El conflicto bélico estaba a punto de finalizar, incluso los miembros del partido lo intuían. Para Fritz significaba la libertad. Sin embargo, no todos los nazis estaban dispuestos a apiadarse de sus víctimas.

54 – Jean

Una vez a la semana, los prisioneros de Brauweiler recibían una ración de mantequilla.

A principios de noviembre, Fän preguntó a Jean a través de la ventana de su celda si ya le habían dado la suya.

Él respondió que sí.

Fän había oído que algunas personas del otro lado del corredor no habían tenido su ración.

Todos los días, Jean recibía una toalla limpia, igual que los demás prisioneros.

Oyó que Barthel y Bubbes comentaban entre susurros que a ellos no se las daban.

Barthel dijo que su caso debía de estar cerrado. Habían dejado de interrogarlo.

Llegaban nuevos prisioneros y a ellos sí que los interrogaban.

Barthel creía que iban a trasladarlo a un campo de concentración. Habían oído hablar de esos lugares, aunque no sabían nada sobre el exterminio de judíos, romaníes, gitanos, homosexuales, testigos de Jehová y otras personas «indeseables» retenidas ahí.

55 – Jean

Jean miró al exterior por la ventana. El patio todavía estaba a oscuras. Distinguió un grupo de prisioneros, encadenados entre sí, saliendo del edificio para cruzar el patio. Los hicieron subir a un camión.

Él sabía que Barthel y Bubbes estaban en ese grupo porque tenía dos nuevos vecinos de celda, pero ninguno de los prisioneros de Brauweiler imaginaba el destino de los trece reclusos que estaban abandonando la prisión esa mañana.

Orden de la Gestapo, Brauweiler

6 de NOVIEMBRE DE 1944

Asunto: Ejecución de 13 alemanes por pertenecer y actuar con el grupo terrorista de Ehrenfeld, Colonia.

Los 13 alemanes siguientes serán entregados para su ejecución el 7 de noviembre de 1944:

1) Hans S T E I N B R Ü C K

2) Peter H Ü P P E L E R

3) Roland Cornelius L O R E N T

4) Josef M O L L

5) Johann M Ü L L E R

6) Bartolomäus S C H I N K

7) Franz R H E I N B E R G E R

8) Wilhelm K R A T Z

9) Gustav B E R M E L

10) Johann K R A U S E N

11) Adolf S C H Ü T Z

12) Heinz K R A T I N A

13) Günther S C H W A R Z

Sexta parte
1944-1945

«No me lo creo, es imposible».

10 de noviembre de 1944

Delante de ti, los arcos situados por encima de los talleres mecánicos sustentan las vías del tren. A la derecha se encuentra el túnel que pasa por debajo, que conduce al centro de la ciudad y la catedral. ¿Cómo es posible que esto no haya sido bombardeado? Todo lo demás está en ruinas. Hay personas apiñadas a tu alrededor, y tienes, justo a tus espaldas, el número 7 de la calle Schönstein, la vivienda donde se ocultaban comunistas, judíos y desertores. Estás en el centro de Ehrenfeld, y se ha llamado a todos los vecinos del barrio para que se presenten en la estación.

La zona está plagada de nazis uniformados y vestidos de civil. Llega un camión. Desciende de él un hombre bajito con el pelo negro rapado. Tiene pinta de haber sido fuerte, pero ahora está esquelético. Lleva calcetines, pero no zapatos. «Es Bomben-Hans», susurra alguien. Lo siguen otros doce hombres de rostro chupado; es difícil calcular su edad, aunque hay adultos y jóvenes.

Marchan hacia una estructura de madera. La Gestapo construyó horcas para colgar a los reos hace un par de semanas, y las han dejado ahí. La última vez les tocó a trabajadores forzosos, prisioneros de guerra y otros reos no alemanes, cuya ejecución no requería la aprobación del jefe de las SS, Heinrich Himmler. Los ahorcamientos no deberían ser públicos, pero los nazis están desesperados y quieren dejar claro qué le ocurrirá a cualquiera del barrio que insista en oponerse a ellos.

Uno de los chicos más jóvenes, con los pómulos marcados y barbilla prominente, da un paso adelante, flanqueado por un oficial a cada lado. Identifica a alguien en la primera fila y clava la vista en un adolescente. Él también lo mira, pero el prisionero sabe que está irreconocible. Tiene la cabeza rapada, el cuerpo débil y delgado, sus mejillas ya no son rojizas ni carnosas, su piel ya no emite ese brillo tan característico. No dice nada; se limita a quedarse mirando. Al final, el chico se da cuenta de que está contemplando a su hermano mayor. Pero ¿por qué el prisionero no le grita nada? ¿Por qué solo se queda mirándolo?

Adi Schink, de trece años, ha ido al ahorcamiento porque los nazis los han obligado a presenciarlo, aunque es un momento extraño porque todos evocan a algún ser querido. El chico no esperaba ver a su hermano Barthel.

Los prisioneros, cinco adolescentes y ocho adultos, se colocan en fila, en paralelo a la horca. La estructura solo tiene tres metros y medio de alto, y las sogas cuelgan de la viga superior. Cada uno de los reos se sitúa frente a una plancha de madera a modo de escalón para ascender a la plataforma, que en realidad solo es una tabla situada a menos de un metro del suelo.

Un oficial de las SS, uniformado y subido a un camión, lee la sentencia a través de un altavoz. Ninguno de los prisioneros dice nada. Nadie grita, ni chilla, ni suplica. Los extranjeros ahorcados hace unos días gritaron eslóganes antinazis y frases como «¡Stalin vive!» antes de ser ejecutados. Más adelante, Adi y otros vecinos oirán rumores que afirman que a los alemanes debieron de narcotizarlos, y por eso no dijeron nada; es la razón de que Barthel no le dirija la palabra a su hermano en ese instante.

Un oficial se acerca a Adi y lo agarra por el pelo.

–Míralo bien, mocoso comunista –espeta el hombre–. Tú también podrías estar ahí arriba.

Barthel y los demás suben a la plancha y se colocan sobre la plataforma. Los oficiales bajan las sogas y las pasan por las cabezas rapadas y las caras esqueléticas. En un ahorcamiento al uso, la fuerza de la caída entre la superficie en la que se encuentra el reo y el extremo de la soga rompe el cuello al condenado; se produce una parálisis inmediata y la muerte. Esa caída suele ser de entre un metro y medio y dos metros. La que sufrirán estos reos no llega al metro; la soga los estrangulará y morirán asfixiados. En lugar de producirse al instante, la muerte por estrangulamiento puede demorarse hasta veinte minutos.

Por si fuera poco, algunas de las sogas son demasiado largas, sobre todo para los hombres más altos. Sus pies tocan el suelo y empiezan a patalear mientras intentan volver a sostenerse. Un oficial sujeta a uno y tira de él hacia abajo para que la soga le apriete el cuello con más fuerza; otro ata las piernas de un prisionero con una cuerda para acercarlo al suelo.

Los cuerpos de Barthel Schink; Franz Rheinberger, *Bubbes*; Günther Schwarz, *Büb*; Hans Steinbrück, *Bomben-Hans*; Peter Hüppeler, *Peter el Negro*; Roland Lorent; Josef Moll, *Jupp*; Johann Müller, *Pequeño Hans*; Wilhelm Kratz; Gustav Bermel; Johann Krausen; Adolf Schütz, *Dolfes*, y Heinz Kratina se quedan allí, colgando de la horca, durante todo el día.

Por la tarde, la madre de Barthel regresa para contemplar los restos mortales. No reconoce a su hijo.

Los ahorcados siguen ahí hasta que anochece, cuando los cargan en un camión de la basura y se los llevan hasta el cementerio de Westfriedhof para enterrarlos en fosas sin marcar, en una zona especial llamada «Campo de la Gestapo».

Fotografías de los ahorcamientos de extranjeros en Ehrenfeld, el 25 de octubre de 1944. Unas dos semanas después, los miembros del «grupo de Ehrenfeld», en el que se encontraban seis piratas de Edelweiss, fueron ejecutados en la misma horca, el 10 de noviembre de 1944.

56 – Jean

Jean supo, gracias a los prisioneros recién llegados, lo ocurrido en Ehrenfeld: habían sacado de Brauweiler a sus amigos y los habían ahorcado públicamente. En cuanto se lo contaron, pensó que él sería el siguiente.

«Pronto estarás enterrado bajo esa hierba».

Cuando noviembre dio paso a diciembre y todavía no se lo habían llevado, empezó a esperar la llegada de las tropas aliadas. Ignoraba cómo marchaba la guerra, pero sabía que acabaría pronto.

El 10 de febrero de 1945, los prisioneros fueron trasladados desde Brauweiler hasta la prisión de Siegburg, en la orilla este del Rin.

A medida que el ejército estadounidense se acercaba, los alemanes se batían en retirada.

En cierto sentido, el encierro en Siegburg era mejor que en Brauweiler. Jean y Fän compartían celda y al menos volvían a tener contacto humano. Cantaban canciones y tocaban una guitarra invisible para pasar el rato. Sin embargo, las condiciones eran terribles, peores que en Brauweiler. Todos sufrían de fiebres tifoideas o tifus, enfermedades que transmitían las chinches y la falta de higiene. Fän enfermó y Jean cuidaba de él. De no haber sido por su amigo, no habría sobrevivido.

Sabían que los estadounidenses estaban llegando, pero seguían trasladándolos cada vez más hacia el este. Acabaron en una prisión juvenil al norte de Fráncfort.

57 – Gertrud

La madre de Gertrud contemplaba las colinas que se extendían ante ellas en las faldas de los Alpes. Era el mes de marzo de 1945 y llevaban al menos dos años en la granja. Gertrud había culminado su adolescencia en aquel lugar. Dentro de muy pocos meses cumpliría veinte años y todo apuntaba a que su madre iba a sobrevivir a su segunda guerra mundial. La chica opinaba que la mujer se conservaba de maravilla, teniendo en cuenta todo lo que había sufrido durante los últimos trece años: el encarcelamiento de su esposo y su muerte; la detención de su hija y su huida de Colonia.

–¡Allí hay algo! –gritó la madre de Gertrud–. ¿Qué es eso?

El granjero salió y dijo que iba a por unos prismáticos que solía usar para localizar a las reses perdidas.

–Es un tanque. –La afirmación inquietó a Gertrud–. Esperemos que no sea alemán –añadió.

La madre se volvió en dirección a la chica; tenía los ojos llorosos, pero no por la luz del sol, sino por el miedo.

–Escóndete en el sótano, en el cajón de las patatas –le ordenó.

–No pienso esconderme en el cajón de las patatas –respondió Gertrud–. Ya no soy una niña.

–No, pero eres una joven muy guapa. Y, como no sabemos quién se acerca, te pido que te metas en el sótano.

–Entonces tú tendrás que venir conmigo. También eres muy guapa.

Su madre parecía molesta. Después de todo lo que habían vivido, Gertrud seguía creyéndose capaz de aguantar carros y carretas. La mujer se encogió de hombros y la chica permaneció a su lado.

El tanque se acercó más y vieron que lo seguían otros cuatro o cinco vehículos blindados. Eran franceses. Aliados. El frente nazi estaba desmoronándose. Iban a ser libres, libres de verdad.

58 – Jean

–¡Los estadounidenses! ¡Han llegado los estadounidenses! ¡Veo un tanque estadounidense! –gritó uno de los compañeros de celda de Jean.

Otro prisionero, sentado en el suelo, los saludó con la mano.

Destrucción de Colonia, en 1945.

—No me lo creo, es imposible –dijo.

Jean tampoco podía creerlo. Cerró los ojos y pensó: «No me lo creo, no me lo creo, no puede ser».

Sin embargo, el tanque era real, estaba allí, tras los muros de la prisión. Todos sabían distinguir un tanque alemán de uno aliado.

—¿Qué hago ahora? –se preguntó en voz baja.

Otro prisionero le explicó quiénes eran en inglés a un soldado estadounidense, y la puerta se abrió. Los liberaron. O, al menos, ya no estaban encerrados. Aunque en realidad no tenían adónde ir.

Jean pensó que podía acudir al pabellón donde se encontraba Fän, pero no le permitieron entrar. Había terminado encerrado con prisioneros políticos, y Fän estaba con los delincuentes juveniles en el ala de enfermería. Algunos piratas de Edelweiss permanecieron en prisión hasta mucho tiempo después de la llegada de los estadounidenses porque los consideraron criminales y no presos políticos.

Incluso cuando Jean tuvo la oportunidad de volver a Colonia en mayo de 1945, no pudo concebir el regreso sin Fän. El chico se dirigió a la prisión y buscó a su amigo. No lo encontró en ninguna parte.

Al final, un hombre le contó que había mejorado gracias a los medicamentos proporcionados por los estadounidenses y que estaba trabajando en las cocinas.

Jean lo localizó. Se pasaron toda la noche riendo y hablando. Luego fueron en bicicleta hasta la estación y tomaron un autobús para volver a Colonia.

59 – Fritz

A Fritz le llevó mucho tiempo recuperarse de la malnutrición y el duro trabajo, lo que al final consiguió en la población de Pfronten, junto a su madre. Los estadounidenses por fin habían llegado y él regresó a Colonia. Sin embargo, la ciudad se había convertido en un páramo. Casi todo había desaparecido, pero, nadie sabe cómo, el apartamento de los Theilen seguía en pie. Fritz tenía un lugar donde vivir.

Después de un par de días en casa se encontró con Hugo, con quien había huido del campo de Ellern. Él fue quien le contó a Fritz todo lo que había ocurrido en otoño, que la Gestapo había detenido a muchísimas personas y que las habían llevado a Brauweiler, y que sus amigos Barthel Schink, Bubbes Rheinberger y Büb Schwarz habían sido ahorcados en la calle, en el centro del barrio. La detención de Fritz fue algo afortunado y desafortunado; había vivido un infierno, pero al menos seguía con vida.

En la ciudad, quisieron ahorcar a los piratas de Edelweiss que regresaban, pero las tropas aliadas que la ocupaban no lo permitieron. Los grupos juveniles pronazis habían cometido actos de sabotaje contra los aliados, por eso se prohibieron todas las asociaciones de adolescentes.

Los Piratas de Edelweiss eran considerados delincuentes por muchos alemanes, y muchos de los amigos de Fritz no querían pertenecer al grupo o nunca hablaban sobre su antigua militancia en el mismo.

Para muchos piratas, el final de la guerra fue el inicio de muchos años de silencio.

Séptima parte
1945-2019

«Estábamos en contra de los nazis. ¿No basta con eso?».

Colonia, invierno de 2000

Estamos en el año 2000 y te encuentras en el nuevo puente de Hohenzollern. Han pasado cincuenta y cinco años desde la Segunda Guerra Mundial, y Colonia ya no es un escenario de destrucción y devastación. El antiguo puente sobrevivió a incontables bombardeos aliados, pero los nazis lo hicieron saltar por los aires en la primavera de 1945, cuando las tropas aliadas entraron en Alemania. En los años posteriores a la guerra, fue reconstruido y convertido en vía férrea y paso peatonal elevados. Mira al sur y verás una carretera que conduce a la ciudad de Bonn. Estamos en el año en que el Gobierno se ha traslado, de nuevo a Berlín desde Bonn. Entre 1949 y 1990, Alemania estuvo dividida en dos países: la República Democrática Alemana, o Alemania del Este, primero ocupada por la Unión Soviética y gobernada por el que pasó de ser el Partido Comunista de Alemania a ser el Partido Socialista Unificado de Alemania; y la República Federal de Alemania, o Alemania Occidental, ocupada primero por Estados Unidos, Inglaterra y Francia. Konrad Adenauer, quien había sido alcalde de Colonia y también encarcelado por la Gestapo en la prisión de Brauweiler, fue el primer canciller de Alemania Occidental. En 1990, la nación se reunificó, pero, durante nueve años, la sede del Gobierno estuvo en el oeste, aquí, en el valle del Rin.

Al este del puente, el edificio del Messe, el lugar donde Bomben-Hans y otras miles de personas agonizaron poco a poco de hambre como prisioneros y trabajadores forzosos, todavía sigue en pie. En la actualidad, sus espacios de exposición son de los más grandes de Europa, y alberga ferias y convenciones para las industrias más pujantes, incluida la feria internacional de alimentación más conocida del mundo.

Si miras hacia el oeste, verás que las vidrieras de la catedral están restauradas y que los turistas vuelven a acudir en masa para contemplar la magnificencia del templo.

La catedral, el puente y la estación de tren, en 2017.

Pasaron cuatro años después de la guerra antes de que volviera a celebrarse el *Karneval*, pero ahora Colonia es famosa por esta fiesta popular, a la que acuden personas de todas partes de Alemania para contemplar las carrozas y los desfiles y disfrutar de las celebraciones. La estación de tren fue reconstruida, y este año se transformará en una instalación más moderna, con tiendas y restaurantes; solo se conservará una pequeña porción de la arquitectura original. La ciudad aprovechó la destrucción como oportunidad para crear aparcamientos subterráneos, nuevos hoteles y edificios de oficinas en el Innenstadt. Colonia es, hoy en día, una moderna y próspera ciudad europea.

60 – Gertrud

Mucki paseaba por la calle Appellhof en el Innenstadt mientras el frío de enero le helaba la nariz y las mejillas. La ciudad había cambiado, y ella también. En ese momento tenía setenta y cinco años, y se había convertido en Gertrud Koch, aunque su esposo y sus amigos seguían llamándola Mucki.

Subió el escalón hasta la entrada del enorme edificio beis. Sobre la puerta seguía el cristal pintado con las letras doradas EL-DE. Accedió al interior. Se encontraba allí con motivo de una exposición titulada *Contra la marea marrón: retratos de los hombres y las mujeres de la resistencia de Colonia*. La Casa EL-DE también había cambiado. Justo después de la guerra, como era una de las edificaciones que seguía en pie, se convirtió en un bloque de oficinas. Luego, en 1988, pasó a ser el Centro de Documentación sobre el Nacionalsocialismo, un lugar de investigación y documentación sobre la época nazi en Colonia. En 1997 se abrió un museo en las antiguas dependencias de la Gestapo.

El retrato de Gertrud no estaba en las paredes de la exposición *Contra la marea marrón*. Ella no había contado a nadie, salvo a sus amigos y familiares, que había luchado en la resistencia. Pocas personas querían saber algo sobre su grupo de Edelweiss, los Piratas de Edelweiss, los Navajos o cualquier otra agrupación juvenil antinazi. De hecho, jamás habían sido reconocidos oficialmente como parte del antifascismo. Se decía que, en realidad, no estaban en contra del nazismo, sino que solo eran unos críos a los que no les gustaba ser controlados por las Juventudes Hitlerianas.

El Gobierno de posguerra de Alemania Occidental había utilizado las confesiones obtenidas por la Gestapo bajo coacción para demostrar que los Piratas de Edelweiss habían cometido ilegalidades, como el robo de armas y la realización de pintadas. Desde 1945, muchos de los alemanes que sí conocían la existencia de los piratas los consideraban poco menos que delincuentes comunes, e incluso la prensa extranjera, después de la guerra, entendió mal la historia de los Piratas de Edelweiss, al afirmar que eran terroristas deportados y refugiados. En 1946, un titular de *The Washington Post* rezaba: «Los británicos acaban con una banda de jóvenes antinazis», y calificaba a los piratas de «jóvenes alborotadores» sin ética ni moral. Sin embargo, sucedió algo en ese momento que animó a Gertrud a sentirse lo bastante cómoda para contar su historia. Quizá alguien entendiera por fin que sus acciones también fueron parte de la resistencia.

Contó al guía del museo que ella había sido detenida por la Gestapo y que había estado en una celda de ese mismo edificio. El hombre sabía lo importante que era aquello y llamó al director del museo, el doctor Werner Jung, quien organizó de inmediato una entrevista con Gertrud. Finalmente, alguien estaba interesado en escuchar su historia.

61 – Fritz

Fritz Theilen sabía exactamente por qué no existía interés en su experiencia como pirata de Edelweiss. La gente afirmaba que eran delincuentes que robaban y pegaban tiros. Sus amigos que habían sido piratas no querían confesar su pertenencia al grupo. Fritz creía que la propaganda de la Gestapo había podido más que la verdad. Y aunque la Gestapo torturó y mató a niños, los culpables no habían sido juzgados por las terribles consecuencias de sus actos durante la guerra.

A pesar de todo, Fritz Theilen seguía siendo la misma persona que había defecado en el maletín de un alto cargo de las Juventudes Hitlerianas, desafiante como nunca y orgulloso de afirmar que era un pirata de Edelweiss. A mediados de la década de 1970, contactó por fin con Jean Jülich, quien también estaba listo para corregir la concepción errónea que tenían de ellos.

62 – Jean

Una de las cosas que a Jean siempre le había encantado de ser un pirata de Edelweiss era cantar e interpretar temas musicales con sus amigos. En los años posteriores a la guerra solía organizar fiestas para el *Karneval* y abrió un bar que se hizo famoso en la escena musical de Colonia. Durante esos años no habló a nadie sobre su vida como miembro del grupo, porque a nadie parecía importarle. Eso cambió a finales de la década de 1970, cuando, en un artículo de una revista, se contó la historia de Barthel Schink y se dijo que, aunque fue asesinado por los nazis, todavía era considerado un delincuente.

En febrero de 1984, Jean recibió una carta. Yad Vashem, el centro oficial para el recuerdo de las víctimas y héroes del Holocausto en Israel, quería hacerle un homenaje «por la valentía y la humanidad que demostró al arriesgar su vida para salvar a los judíos durante el Holocausto». Los galardonados son llamados «justos entre las naciones». Meik Jovy también iba a ser homenajeado por haber contribuido a salvar vidas de judíos durante la guerra, pero falleció en enero. En abril, Jean viajó a Israel con Caroline, la hermana de Barthel Schink, con Wolfgang, el hermano de Günther Schwarz, *Büb*, con un historiador llamado Matthias von Hellfeld y con Anneliese Knoop-Graf, miembro de la Rosa Blanca, el grupo de resistencia de Múnich. Durante la ceremonia fueron conducidos hasta el oscuro Salón de la Memoria de Yad Vashem, construido con muros de piedra. Jean no entendió la ceremonia en hebreo, pero reconoció los nombres de sus amigos y compañeros muertos en el campo de trabajo. No pudo contener las lágrimas al pensar en los que habían sido asesinados por los nazis.

En 2004, la entrevista de Gertrud, junto con la de Jean, Fritz, Wolfgang y otras personas, se convirtió en la base para

Mucki, Fritz y Jean a la entrada de la Casa EL-DE, en 2003.

la exposición en el Centro de Documentación sobre el Nacionalsocialismo, titulada *Von Navajos und Edelweißpiraten – Unangepasstes Jugendverhalten in Köln 1933-1945*, cuya traducción es «Sobre los Navajos y los Piratas de Edelweiss: comportamiento inconformista de los jóvenes en Colonia desde 1933 hasta 1945». «Inconformista». Incluso allí, el lugar al servicio de la memoria colectiva de lo que había ocurrido en Colonia, los Piratas todavía no eran reconocidos como un auténtico movimiento de resistencia.

63 – K. R. Gaddy, 2019

Cuando empecé a informarme sobre estos jóvenes, lo primero que me impactó fue que no los considerasen miembros de la resistencia. ¿Cómo era posible? En parte se debe a una cuestión lingüística. «Resistencia» tiene muchas acepciones. En alemán, la palabra *unangepasst*, utilizada para calificar a los numerosos grupos de Edelweiss, se traduce por «inconformistas», pero el término también significa literalmente «no» (*un*) «adaptado» (*anpassen*). Irónicamente, la palabra *unangepasst*, además, tiene la acepción de «marginado», con el mismo sentido peyorativo que posee en nuestro idioma.

Uno de los primeros investigadores especializados en los Piratas de Edelweiss, Detlev Peukert, elaboró un marco de trabajo sobre el comportamiento disidente en el Tercer Reich. Clasificó las críticas en el ámbito privado de una pequeña parte del sistema como «comportamiento inconformista». El investigador sabía que no todos los piratas de Edelweiss eran iguales, y que algunos se habían vinculado con «las protestas populares y la resistencia política», pero, como el grupo en general no se adhirió a «una doctrina política explícita», se limitaba a poner su «subcultura juvenil al servicio de la oposición contra la llamada a la integración del nacionalsocialismo». Peukert argumenta que tal vez fueran algo más que *unangepasst*, pero, sin valores concretos ni una posición política definida, no podían ser clasificados de resistencia. Básicamente eran chicos rebeldes.

En alemán, la palabra *Widerstand* quiere decir «resistencia» y tiene un significado muy concreto. Peukert explicaba que la *Widerstand* debe expresarse mediante acciones públicas o políticas, y que estas deben dirigirse contra un sistema como un todo. Los académicos sostienen que, como los Piratas de Edelweiss y otros grupos juveniles similares de la resistencia del valle del Rin eran agrupaciones desorganizadas, sin liderazgo, sin un objetivo político claro y sin quejas relativas al Tercer Reich como institución, no eran *Widerstand*.

Los piratas de Edelweiss se contaban por cientos, quizá por miles, y como grupo no pueden encajar en la clasificación binaria de Peukert de «resistencia» o «inconformismo». Los había que eran inconformistas: quizá solo querían estar tranquilos y cantar sus canciones. Pero también había jóvenes –como Gertrud, Jean y Fritz– que formaban parte de la resistencia. No aprobaban ningún aspecto del Estado nazi y llevaron a cabo acciones conscientes y públicas contra el mismo, de palabra y obra.

Por la variedad de matices que tiene la lengua alemana, quizá no le haya hecho justicia a este grupo de jóvenes. Cuando la palabra *Widerstand* se divide en *wider* y *stand*, los vocablos significan «manifestar oposición». Incluso aunque solo te vistas de forma distinta a la convencional, ya estás manifestando oposición. Y, algunas veces, esa es la única manera mediante la que un joven puede resistirse.

Los mensajes que los piratas consiguieron imprimir en los panfletos o pintar en las paredes y en los trenes no estaban a la altura de una sofisticada ideología política. Sin embargo, despreciar el «no» alto y claro de un grupo de adolescentes que tenían todo que perder supone malinterpretar tanto a la juventud como a la resistencia.

El otro motivo por el que los Piratas de Edelweiss no fueron considerados resistencia está muy vinculado con la cuestión de quién tiene derecho a escribir la historia. Mientras estaba trabajando en la creación de este libro, me di cuenta de que, para muchas personas de Alemania y Estados Unidos, la resistencia juvenil contra los nazis era sinónimo de la Rosa Blanca. Dirigida por los hermanos Hans y Sophie Scholl, esta organización distribuyó material que condenaba a los nazis entre 1942 y principios de 1943. Este grupo bien organizado estaba compuesto por estudiantes universitarios y relacionado con toda una red de agrupaciones de resistencia. Se trataba de jóvenes que se habían graduado del instituto, luego habían estudiado en la universidad y pertenecían a la clase media alta. Los argumentos de sus panfletos estaban basados en ideas de la filosofía y el cristianismo. Cualquier condena del nazismo suponía un riesgo increíble, y los miembros de la Rosa Blanca pagaron el más alto precio por su actividad de resistencia. El 22 de febrero de 1943, Hans y Sophie Scholl fueron ejecutados en la guillotina, en la prisión de Stadelheim, en Múnich.

Siendo alumna de secundaria realicé un proyecto sobre Sophie Scholl. Me la imaginé como una joven a la que admirar, una mujer que lanzaba panfletos antinazis en la universidad de Múnich, haciendo aquello en lo que creía, aunque pudiera morir en su lucha por la justicia. Como niña de doce o trece años no era consciente de hasta qué punto podía controlarse la historia. Sin embargo, esa fue la razón de que yo jamás hubiera escuchado hablar de los Piratas de Edelweiss, ni de Mucki, quien realizó acciones muy similares a Sophie Scholl a una edad mucho más parecida a la mía cuando redacté aquel proyecto de clase.

Después de 1945, Alemania fue víctima de la Guerra Fría. El país quedó dividido en dos, y Colonia y Múnich pasaron a formar parte de Alemania Occidental, ocupada por los aliados, mientras que Alemania del Este fue ocupada por la Unión Soviética y gobernada por el Partido Comunista. Tras los horrores del fascismo, Inglaterra, Francia y Estados Unidos quisieron construir

Monumento conmemorativo en Ehrenfeld, en 2017.

una democracia alemana a su imagen y semejanza. Les interesaba que los partidos políticos de centro derecha y los socialistas y comunistas fueran activamente opuestos. Al contar la historia de la guerra que acababa de terminar, los aliados pretendieron hacer alarde de una resistencia que se había opuesto al nazismo desde una postura de centro derecha; era el lugar que le correspondía a la Rosa Blanca. En resumen, sus miembros constituían la imagen del buen alemán: sus argumentos eran reflexivos, tenían los mismos objetivos que los aliados occidentales y podía confiarse en ellos. Los Piratas de Edelweiss eran claramente de izquierdas –comunistas y socialistas–, aunque la mayoría fueran demasiado jóvenes para entender siquiera qué significaba pertenecer a un partido político. Procedían de la clase trabajadora, muchos de sus progenitores habían militado en dichos partidos y simpatizaban con la Unión Soviética, el nuevo enemigo de los aliados occidentales. Cuando la posguerra de la Segunda Guerra Mundial se convirtió en la Guerra Fría, cualquier modo de resistencia izquierdista no podía ser aplaudido públicamente por Occidente. Ni siquiera iba a formar parte de la historia normativa.

Sin embargo, por toda Colonia empezó a crearse un pequeño movimiento comunitario a finales de la década de 1960. Querían ver reconocido al grupo de los Piratas de Edelweiss como formación de resistencia. Un hombre llamado Walter Kuchta luchó por identificar a los nazis que habían ahorcado a los resistentes en la entrada de la estación de trenes de Ehrenfeld. Kuchta fue uno de los fundadores de la Unión de los Perseguidos por el Régimen Nazi de Colonia, y también había sido encarcelado por el régimen fascista. En febrero de 1969 se plantó en una esquina de la calle Schönstein, vestido con el uniforme a rayas de los campos de concentración, con fotos de los ahorcamientos y un cartel que rezaba:

**10 DE NOVIEMBRE DE 1944
13 JÓVENES DE COLONIA
FUERON AHORCADOS PÚBLICAMENTE
EN ESTE MISMO LUGAR POR LA
GESTAPO Y LAS SS.
¿ALGUIEN RECONOCE A LOS
ASESINOS DE LAS FOTOS?
¿SABE CÓMO SE LLAMAN?**

Walter Kuchta en Ehrenfeld, en febrero de 1969.

El 10 de noviembre de 1970 –treinta y dos años después de la *Kristallnacht* y veintiséis después del ahorcamiento de los trece chicos del grupo de Ehrenfeld–, Kuchta colocó una corona de flores en el lugar donde se los ahorcó, que fue el primer gesto de recuerdo hacia los Piratas de Edelweiss. En 1972 recaudó dinero para instalar una placa conmemorativa en el lugar, símbolo que fue actualizado en 1986.

A finales de la década de 1970, el cineasta Dietrich Schubert entrevistó a Jean y a Fritz, que no se habían conocido durante su época como piratas de Edelweiss, pero desde entonces se hicieron amigos. Los invitaban a dar charlas en colegios y, poco a poco, los alemanes empezaron a conocer su historia. La ceremonia de colocación de la corona de flores iniciada por Kuchta se popularizó, y Jean, Fritz y Wolfgang Schwarz se acostumbraron a acudir a la calle Schönstein todos los 10 de noviembre para recordar a sus amigos.

En 1978, una revista publicó un artículo donde se contaba la historia de Barthel y de cómo había sido asesinado por los nazis, aunque seguían considerándolo un delincuente. Ya en 1952, Caroline, su hermana, había tratado de demostrar que el joven había sido una víctima política del nazismo. En una conversación en 1979, cuando se conmemoraba el intento de atentado contra Hitler del 20 de julio de 1944, ella declaró: «Quiero reivindicarlo [a mi hermano] y [...] no puede decirse que Barthel fuera un delincuente. Mi hermano no era un criminal, era solo un niño, y eso no debería olvidarse». Sin embargo, el Gobierno de Alemania Occidental usó las confesiones obtenidas bajo coacción de Barthel para demostrar que había robado comida y disparado a hombres uniformados, actos que no tenían una motivación política, según afirmaban.

En 1984, el mismo año en que el Gobierno israelí invitó a Jean para ser homenajeado por el centro de Yad Vashem, Fritz Theilen publicó su primer libro de memorias sobre su época como navajo y pirata de Edelweiss.

En 2005, los miembros de Edelweiss, como los llamaba el Gobierno, fueron por fin reconocidos como movimiento de resistencia en Alemania, y la exposición permanente en el Centro Conmemorativo de la Resistencia Alemana de Berlín, inaugurada en 2014, posee en la actualidad una pequeña sección dedicada a los Piratas de Edelweiss y a la resistencia juvenil de Colonia.

La calle de la estación de tren recibió el nombre de Bartholomäus Schink, y un centro conmemorativo de financiación privada dedicado a los Piratas de Edelweiss, inaugurado en 2010, reconoce no solo a los que fueron ahorcados, sino también a todos los jóvenes que se resistieron a los nazis en la ciudad.

La historia contada en esta obra se centra en lo ocurrido a Fritz, Jean, Gertrud y los jóvenes a los que ellos conocían, porque al final relataron sus vivencias en memorias y entrevistas y se convirtieron en portavoces de sus experiencias durante la guerra. No he podido incluir todos los episodios de su vida en este libro, y mucho menos todas las historias de los piratas de Edelweiss y los miembros de grupos *bündische* –en un momento determinado, la Gestapo calculó que había miles de jóvenes disidentes en la zona del Rin–, no solo porque el texto habría sido demasiado largo, sino porque la descripción detallada de sus vivencias jamás ha sido relatada. Siempre hay más historias que contar, si nos tomamos el tiempo de escucharlas. No olvidemos a las personas que luchan contra el fascismo, en el pasado y en el presente.

Entrada de la Casa EL-DE, en 2017.

Nota sobre los Navajos

La historia está llena de matices, y, a menudo, ambos bandos de un conflicto mencionarán los mismos nombres, personajes e ideas modulados respecto a sus fines particulares. Los piratas de Edelweiss pertenecen a una amplia red de movimientos juveniles alemanes que se iniciaron con los *Wandervogel*, o pájaros viajeros, alrededor de 1900. Eran, básicamente, jipis que retornaban a la naturaleza antes de que existiera ese concepto en Estados Unidos. Querían disfrutar del medio ambiente, salir de excursión, acampar y cantar canciones. Una escisión de estos movimientos fueron los jóvenes *bündische* de la década de 1920 y principios de la de 1930; grupos juveniles que estaban en contra de la moral estricta y del sentimiento de superioridad de las generaciones de más edad. Estas agrupaciones inspiraron a los piratas de Edelweiss y a otros del valle del Rin durante el Tercer Reich.

Uno de esos grupos de inspiración *bündische* se hacía llamar «los Navajos». El nombre fue tomado del romanticismo y se basaba en el retorno a la naturaleza de la era de la posindustrialización, a finales de la década de 1800 –el mismo movimiento que inspiró a los *Wandervogel*–, así como en la obra del escritor alemán Karl May. Desde 1887, May escribía relatos en una revista juvenil que daban una visión romántica del Lejano Oeste estadounidense. Las series de la publicación tenían como protagonista a un jefe apache ficticio, llamado Winnetou, y sus aventuras junto a su «hermano de sangre», un hombre blanco llamado Old Shatterhand. May presentó al público alemán relatos que según él eran reales, aunque nunca en su vida había viajado más allá del estado de Nueva York. Recurría a los estereotipos simplistas sobre los indios estadounidenses: leales, cercanos a la naturaleza y, pese a estar oprimidos, con la voluntad de luchar por sus convicciones. En estos relatos se mezclaban distintas culturas de los nativos y había pocos hechos concretos (cuando no ninguno) sobre la verdadera tribu apache o su pueblo.

Uno de los estereotipos más comunes en la obra de May era la idea de que los indios existían para «servir a las culturas estadounidense y europea». Winnetou actúa como secuaz de Old Shatterhand, y los héroes de los relatos son blancos con rasgos alemanes, mientras que los nativos estadounidenses, afroamericanos y mexicanos son descritos recurriendo al concepto de inferioridad racial. Sus personajes de color también están relacionados con el mito mucho más amplio de la «nobleza del salvaje». Este tema empezó a aparecer en la literatura estadounidense en la década de 1700; por lo general representaba a los nativos como puros, tan «inocentes como hijos de la naturaleza», una descripción estereotipada de los pueblos indígenas de todo el mundo, por lo menos, desde principios de la década de 1800. Estos estereotipos atraían a los alemanes en la época en la que May escribía. Se veían a sí mismos como «igual de desamparados [...] compartiendo fraternidad con los pueblos indígenas». May reflejaba características típicamente alemanas, como el deseo de estar al aire libre y en lugares recónditos, así como la sensación de encontrarse oprimidos, similares a los estereotipos que usaba el autor en sus relatos sobre los nativos estadounidenses. El romanticismo sobre los espacios naturales también fue un punto relevante como respuesta a la industrialización. Esta apropiación y distorsión de la historia y de la vida de los indios llegó a ser lo que muchos alemanes consideraron la realidad.

May transformó la serie por entregas en una colección de novelas que no tardaron en convertirse en superventas. Los nombres de Winnetou y Old Shatterhand eran tan populares en Alemania como lo son los de Harry Potter y Hermione Granger en la actualidad. Y al igual que en los libros de los jóvenes magos, los lectores podían interpretar –e interpretaban– lo que querían en la obra de May. Para los adolescentes que vivieron a la sombra de la Primera Guerra Mundial, los estereotipos de los indios estadounidenses seguramente inspiraron el nombre del grupo *bündische* los Navajos (aunque no lo sabemos con certeza). Crecieron leyendo los libros de Karl May y, al enfrentarse a la opresión, pudieron identificarse con los estereotipos que el autor había incluido en sus historias. Aunque no se disfrazaran de indios, el mero hecho de usar el nombre «los Navajos» perpetuaba los tópicos de las novelas de May, fueran conscientes o no de ello.

Cuando los Piratas de Edelweiss hacían una pintada con la frase *Heil Navajos* o cantaban una canción que mencionaba esa tribu, como *Bajo el sol mexicano,* probablemente lo hicieran en referencia a los primeros grupos *bündische* y por la influencia de la obra de Karl May. Sus predecesores, *bündische* y Wandervogel, eran grupos en que los piratas podían verse reflejados: no obedecían las órdenes de los nazis y no pensaban unirse a las Juventudes Hitlerianas. Los piratas quizá también sintieran que los ideales estereotipados del pueblo navajo, reflejados en las obras de May, coincidían con sus preferencias: luchar por lo que creían y disfrutar de la naturaleza, de las amistades y de la vida en comunidad.

Cuando una historia y sus personajes se entienden desde un punto de vista universal, podemos dar con algún significado con el que nos identifiquemos. Por ejemplo, mientras que algunos quieren prohibir los libros de Harry Potter por la presencia de la brujería, otros lectores los consideran historias sobre la lucha contra el fascismo, y aun hay otros que ven un trasfondo de supremacía de la raza blanca. Aunque posiblemente los Navajos y los Piratas de Edelweiss se inspirasen en Winnetou y en las novelas de Karl May y las usaran en consonancia, también lo hizo Adolf Hitler. Era fan de dichas historias (como casi todos los alemanes): hizo que enviaran a los soldados del frente ejemplares de los libros y se rumoreaba que sugería a sus generales que aprendieran las lecciones de Winnetou.

Sin embargo, señalar la existencia de estereotipos y el legado de la apropiación no son solo formas de interpretar un texto ya existente. Cuando J. K. Rowling publicó «La historia de la magia en Estados Unidos», en 2016, los nativos estadounidenses vieron que la autora recurría a los estereotipos de su cultura que Karl May había difundido hacía más de cien años. La crítica no se equivocó al detectar peligrosas y dañinas trivializaciones de tradiciones y creencias de los indios. Además, que piratas y jóvenes *bündische* utilizaran dichos estereotipos como símbolos de resistencia contra los nazis no alivia el daño que supone el uso de dicha simbología o de un nombre como «los Navajos».

Tanto los nazis como los grupos de jóvenes *bündische* –y muchos otros alemanes– perpetuaron esos estereotipos, conocidos en la actualidad como «indioentusiasmo». Los alemanes no han perdido su obsesión con Winnetou y Old Shatterhand y, desde la Segunda Guerra Mundial, se ha vuelto a contar su historia –todavía plagada de tópicos– en distintos formatos, incluida una obra de teatro que aún se interpreta cada verano en Radebeul (localidad donde se encuentra el Museo Karl May), y en 2016 se estrenó la película *Winnetou: Der letzte Kampf* («La última batalla»).

Agradecimientos

Este libro no sería una realidad de no haber sido por la ayuda de muchísimas personas. La primera a la que quiero mostrar mi agradecimiento es a Pete, mi pareja y el primero que me habló sobre los piratas. Me alegro de haberte escuchado y haber confiado en que había un libro partiendo de una anécdota sobre unos chavales rebeldes que luchaban contra los nazis. Gracias por tu apoyo incondicional.

Mis padres me proporcionaron respaldo emocional y práctico para la creación de esta obra. Les doy las gracias por haberme animado a estudiar alemán en el instituto, enviarme allí en tantas ocasiones durante la universidad y ayudarme con las traducciones necesarias. Mamá, gracias por acompañarme a Alemania y ayudarme a seguir las pistas. No podría haberme documentado para este trabajo sin tu asistencia.

Estoy en deuda con bibliotecarios, investigadores y archiveros, pasados y presentes, que quieren conservar y compartir la historia del Holocausto, el Tercer Reich y los piratas de Edelweiss. Vincent Slatt y los demás bibliotecarios de Museo en Memoria del Holocausto de Estados Unidos me ayudaron en mis primeras investigaciones sobre el material publicado relacionado con los piratas y con Colonia durante el Tercer Reich. Astrid Sürth, del Centro de Documentación sobre el Nacionalsocialismo de Colonia, me ayudó a analizar el material publicado e inédito de su biblioteca. Todo el personal colaboró conmigo para conseguir las maravillosas imágenes de los piratas que ilustran este libro. La doctora Sabine Eibl y el equipo del Landesarchiv Nordrhein-Westfalen me han proporcionado acceso a los archivos de la Gestapo y me han ayudado a estudiarlos. Contacté con Peter Trinogga, de la sección de Colonia de la VVN/BdA (siglas en alemán de la Asociación de los Perseguidos del Régimen Nazi/Federación de Antifascistas) para profundizar en la figura de Walter Kuchta, y él tuvo la amabilidad de compartir el archivo de Kuchta conmigo y sus ideas sobre la llamada controversia de Colonia y el legado de los piratas. El recorrido a pie que me ofreció Peter por Ehrenfeld hizo que el barrio cobrara vida para mí. En Brauweiler, Herbert Schartmann tuvo la amabilidad de ofrecerme una visita privada a las celdas que todavía se conservan en la prisión de mujeres y me contó la historia completa de la abadía. Gracias a Heinz y Hella Horeis por ofrecerme alojamiento cerca de Ellern y ser mis guías locales cuando intentaba investigar la época que pasó Fritz en el campo de reeducación.

Gracias a la doctora Lisa Michelle King por proporcionarme la información necesaria para «Nota sobre los Navajos» y por compartir conmigo el concepto de «indioentusiasmo». Animo a cualquier interesado en el tema a que lea su obra.

Doy las gracias también a Richard Leo, Steven Drizin y Saul Kassin por compartir sus visiones y ayudarme a entender mejor las confesiones, las confesiones forzosas y la psicología de los jóvenes que han estado encarcelados.

Quiero expresar mi agradecimiento a Andrew Karre por creer en mis ideas para esta obra. Supe desde la primera vez que hablamos que entendías lo que intentaba hacer, y has conseguido que este libro sea mejor de lo que había imaginado. He aprendido muchísimo trabajando contigo.

Gracias a todo mi equipo de Penguin por su incansable labor entre bambalinas. Julie Strauss-Gabel, Melissa Faulner, Anna Booth, Natalie Vielkind, Rosanne Lauer, Rob Farren, Kate Renner, Tessa Meischeid, Maggie Edkins, y Kristin Boyle. Me siento profundamente agradecida por todo lo que habéis hecho por mi libro.

También me gustaría dar las gracias a los mentores y a la Universidad de Goucher y su programa M.F.A de no ficción creativa. Sin todos vosotros, jamás habría aprendido a escribir un libro. Mis amigas escritoras Rachel Dickinson, Cate Hodorowicz (y sus hijas, Ella y Quinn), Neda Semnani, Memsy Price, Stephanie Gorton-Murphy y Jen Adler apoyaron este proyecto y me ayudaron a lo largo de su redacción.

Gracias a mi amiga Laura Paul por leer el primerísimo borrador del manuscrito y darme su opinión. Gracias a Benjamin, Matney y Thomas por ser una familia que siempre me apoya, y a Sidney por hacerme reír en cualquier circunstancia. Y gracias a los incontables amigos y parientes por su entusiasmo por leer mi primer libro.

NOTAS SOBRE LAS FUENTES

PRÓLOGO

«Dos adolescentes hablan sobre los "piratas" antinazis»: *The New York Times*, 9 de mayo de 1945, p. 11.

Mucki salió del apartamento [...]: Koch. Los capítulos sobre Gertrud se han inspirado en sus memorias a menos que se indique lo contrario.

Jean los había visto por primera vez [...]: Jülich. Los capítulos sobre Jean se han inspirado en sus memorias a menos que se indique lo contrario.

El hecho de haber sido expulsado [...]: Theilen. Los capítulos sobre Fritz se han inspirado en sus memorias a menos que se indique lo contrario.

Supuestamente, los menores no podían [...]: Peukert, *Inside Nazi Germany*, p. 154.

No tenían jefes [...]: «Erlebte Geschichte», entrevista a Jülich.

[Ferdinand] Era un chico muy directo y sociable [...]: «Erlebte Geschichte», entrevista a Steingass.

PRIMERA PARTE

Durante unos treinta años [...]: Walker, capítulo 1.

El valle del Rin es [...]: Billstein, Dings, Kugler y Levis, p. 1.

En 1929, la Gran Depresión [...]: Kershaw, p. 404.

Sin embargo, los otros tres partidos [...]: Hamilton, pp. 129-155.

Sin embargo, aunque ambos partidos de izquierdas [...]: Administración del Bundestag alemán, Sección de Investigación WD 1, «The political parties in the Weimar Republic», consultado el 18 de mayo de 2018, creado en 2006.

<bundestag.de/blob/189776/01b7ea57531a60126da86e2d5c5dbb78/parties_weimar_republic-data.pdf>.

En el verano de 1932 [...]: Kershaw, p. 368.

En las calles [...]: Kershaw, p. 404.

Y en la catedral [...]: Rheindorf, *Köln im Dritten Reich*, parte 1.

Los estudiantes no hablaban [...]: «Erlebte Geschichte», entrevista a Koch.

«Está bien, vete a casa»: «Erlebte Geschichte», entrevista a Koch.

Cuando el hombre oyó [...]: Kuchta, Archivo de la VVN-BdA, p. 5. (Los números de las páginas hacen referencia a mi escaneado de los documentos, ya que los originales estaban sin numerar).

Al final, los hombres [...]: Kuchta, Archivo de la VVN-BdA, p. 5.

Al principio, las Juventudes Hitlerianas le habían parecido [...]: Heberer, p. 14.

No estaban organizados [...]: Walker, capítulo 2.

«¿Recuerdas lo que te dijo tu padre?»: «Erlebte Geschichte», entrevista a Koch.

Eran los negocios [...]: «Erlebte Geschichte», entrevista a Theilen.

SEGUNDA PARTE

«Es nuestro objetivo: estoy decidido a solucionar el problema de Danzig»: «War on Poland Begun, Hitler Tells Nation», *The Chicago Daily Tribune*, 1 de septiembre de 1939.

En Colonia se respira un ambiente de crispación [...]: Rheindorf, *Köln im Dritten Reich*, parte 1.

Los fascistas querían que todo el mundo celebrara [...]: «War on Poland Begun, Hitler Tells Nation».

Informe de la Oficina de Prensa Judicial de Düsseldorf, 8 de agosto de 1937: Klönne, *Jugend im Dritten Reich*, p. 209.

Informe de la Gestapo, Düsseldorf, 10 de diciembre de 1937: Heberer, p. 254.

Carta de la administración provincial, 23 de abril de 1940: Daners y Wißkirchen, *Die Arbeitsanstalt Brauweiler*, p. 249.

«Sí, bajo el sol mexicano»: Dittmar, p. 28.

Bajo el sol mexicano era una canción *bündische* [...]: Daners, p. 241.

Manual para el Servicio de Patrulla de las Juventudes Hitlerianas: Dittmar, p. 20.

El muchacho ya conocía esos ejercicios [...]: «Erlebte Geschichte», entrevista a Theilen.

Los *Wandervogel* –literalmente «pájaros viajeros»– fue el primer movimiento juvenil *bündische* [...]: Walker, capítulo 2.

En la década de 1920 contaba con [...]: Steck, s. p.

El grupo conocido como *Deustche Jungenschaft vom 1.11.1929* [...]: Klönne, *Jugend im Dritten Reich*, p. 199.

Se aseguraron de prohibir los grupos *bündische* [...]: Steck, s. p.

No pensaban permitir que el toque de queda se lo impidiera [...]: Klönne, *Jugend im Dritten Reich*, p. 234.

Para la Oficina de la Policía Secreta del Estado [Gestapo], Düsseldorf: Peukert, *Edelweisspiraten*, pp. 116-117.

Jean no podía creer [...]: «Erlebte Geschichte», entrevista a Steingass.

La planta automovilística fue construida por la empresa estadounidense en 1931 [...]: Billstein, *et al.*, p. 1.

Jean estaba en el primer búnker de la casa [...]: «Erlebte Geschichte», entrevista a Jülich.

Jean oyó primero [...]: «Erlebte Geschichte», entrevista a Jülich.

Informe de la Dirección de las Juventudes del Reich: Klönne, *Jugend im Dritten Reich*, p. 250.

TERCERA PARTE

En 1938, cientos de judíos procedentes de Colonia [...]: Daners, p. 190.

El día siguiente al ataque de los mil bombarderos [...]: «Erlebte Geschichte», entrevista a Jülich.

«Tenemos que hacer algo.» [...]: «Erlebte Geschichte», entrevista a Koch.

También hablaba con las chicas [...]: «Erlebte Geschichte», entrevista a Steingass.

[...] sus conversaciones jamás se veían interrumpidas [...]: «Erlebte Geschichte», entrevista a Jülich.

No llegaron tan lejos [...]: Deutscher Kunstverlag, pp. 118 y 125.

«Los bosques y los pinos se mecen en la niebla matutina»: Daners y Wißkirchen, *Die Arbeitsanstalt Brauweiler*, p. 241.

Cuando llegaron a la cima de una montaña [...]: Peukert, *Edelweisspiraten*.

Otro pirata detenido aseguró que con quienes se habían topado durante la excursión eran JJHH Streifendienst, o la Patrulla de las Juventudes Hitlerianas. De ser así, seguramente no habrían sido detenidos, solo citados a comparecer y multados.

«¡A la juventud sometida de Alemania!»: Helmers y Kenkmann, p. 225.

Alguien había llevado también un pequeño barril de cerveza [...]: Landesarchiv Nordrhein-Westfalen, Rep. Al., p. 112, ref. 18704, p. 147. Mucki afirma en sus memorias que no bebieron cerveza; Lolli (Käthe Thelen) asegura lo contrario en su declaración durante el interrogatorio realizado en Brauweiler.

La canción los llevó de vuelta a la realidad [...]: Landesarchiv Nordrhein-Westfalen, Rep. Al., 112, ref. 18704, p. 147.

Nadie se resistió ni mostró pánico [...]: Huiskes, p. 18.

Los hombres recorrieron el apartamento con brusquedad, pisando fuerte [...]: Landesarchiv Nordrhein-Westfalen, Rep. Al., 112, ref. 18704, p. 147.

Esa era una parte del poder de la organización [...]: Stackhouse, p. 89.

El sótano estaba oscuro [...]: Huiskes, p. 58.

Extracto del informe de detención, diciembre de 1942: Landesarchiv Nordrhein-Westfalen, Rep. Al., 112, ref. 18705, pp. 8-9.

Extractos del informe del interrogatorio de Käthe Thelen: Landesarchiv Nordrhein-Westfalen, Rep. Al., 112, ref. 18704, pp. 147-148.

Sin embargo, el director [...]: «Erlebte Geschichte», entrevista a Steingass.

Eran las palabras que la Gestapo [...]: Stackhouse, p. 80.

Algunos piratas de la zona [...]: Kenkmann, p. 150.

Otros los colocaban [...]: «Erlebte Geschichte», entrevista a Schwarz.

En julio de 1943 [...]: Klönne, *Jugend im Dritten Reich*, p. 277.

Ese mismo año [...]: Von Hellfeld, *Edelweisspiraten in Köln*, p. 61. Matthias von Hellfeld escribe en su historia sobre los Piratas que corría el año 1940; Jean Jülich tenía la impresión de que había sucedido en 1939. Michel Jovy fue detenido en 1939 y condenado en 1940.

Eran funcionarios famosos en Colonia [...]: «Erlebte Geschichte», entrevista a Steingass.

No solo por las personas presentes [...]: «Erlebte Geschichte», entrevista a Theilen.

CUARTA PARTE

Los nazis aumentan las fortificaciones [...]: Chambers, «Germans Fight to Save Hidden Nazi Bunkers», Reuters, 11 de septiembre de 2007.

Los trabajadores forzosos y de campos de concentración [...]: Rheindorf, *Köln im Dritten Reich*, Parte 1.

«Informe del Fiscal del Estado sobre las actividades de los Piratas de Edelweiss en noviembre de 1943»: Peukert, *Die Edelweisspiraten*, p. 52.

También regresó a su trabajo en la fábrica de la Ford [...]: Billstein, *et al.*, p. 1. Los autores añaden: «Muy pocos de los que fueron trabajadores forzosos han recibido compensación alguna por su trabajo y su sufrimiento». Esto también sucedió en otras factorías, grandes y pequeñas, aunque su importancia no queda clara en este contexto, teniendo en cuenta lo que sabía Fritz sobre la experiencia en la Ford.

Daba la impresión de que en todas partes [...]: Billstein, *et al.*, pp. 6, 9, 181 y 195.

Después de tirar las piezas [...]: Billstein, *et al.*, p. 195.

Fritz estaba aterrorizado [...]: «Erlebte Geschichte», entrevista a Theilen.

Hans tuvo que alistarse en el ejército: Billstein, *et al.*, p. 197.

Uno de los recuerdos [...]: Seibert, p. 28. En la actualidad, hay personas que afirman que Barthel fue testigo de la paliza, mientras que otras aseguran que eso habría sido imposible, puesto que el incidente ocurrió dentro de la casa del barbero.

«¡Papá! ¡Papá, ayuda a Spiro!»: Von Hellfeld, *Edelweisspiraten in Köln*, p. 13.

«No puedo ayudarlo. Si lo ayudo, a mí también me aplastarán la cabeza y me matarán»: Kühn, p. 84.

Había muerto [...]: Kühn, p. 81.

Había sido un día despejado [...]: «Bomber Command: Royal Air Force Bomber Command 60th Anniversary». The National Archives, Reino Unido. Archivado el 6 de julio de 2007, acceso online. Un ataque aéreo a gran escala tuvo lugar la noche del 20 de abril, concentrado en su mayoría en las zonas oeste y norte de la ciudad, con casi mil edificios dañados, según la RAF.

Además, después del intento de asesinato [...]: «Erlebte Geschichte», entrevista a Jülich.

Büb y su tía materna [...]: Schubert, *Nachforschungen über die Edelweißpiraten.*

Y, cuando [...]: «Erlebte Geschichte», entrevista a Schwarz.

Tanto Büb como Wolfgang [...]: Schubert, *Nachforschungen über die Edelweißpiraten.*

Wolfgang era más retraído [...]: «Erlebte Geschichte», entrevista a Schwarz.

QUINTA PARTE

En otoño de 1944 [...]: Rusinek, «Desintegration», p. 283.

Sin embargo, no debe de faltar mucho para que termine el conflicto [...]: Von Hellfeld, *Edelweisspiraten in Köln,* p. 31.

Allí y en otros lugares [...]: Rusinek, «Desintegration», p. 274.

Por debajo de las ruinas [...]: Rüther, *Köln im Zweiten Weltkrieg,* p. 425.

El suministro de comida [...]: Rüther, «Senkrecht stehen bleiben», p. 96.

Entonces vieron a unos niños [...]: «Erlebte Geschichte», entrevista a Steingass.

Jean y Fän supieron [...]: «Erlebte Geschichte», entrevista a Jülich.

Hans Steinbrück, *Bomben-Hans* [...]: «Erlebte Geschichte», entrevistas a Schwarz y Steingass.

Catorce días después [...]: Landesarchiv Nordrhein-Westfalen, Rep. Al., 248, ref. 64 II, pp. 323-340.

En octubre de 1942, lo enviaron [...]: archivos del Servicio Internacional de Búsqueda, acceso en el Museo Estadounidense Conmemorativo del Holocausto.

Le afeitaron la cabeza [...]: Fings, p. 77.

Los prisioneros realizaban turnos [...]: Fings, p. 110.

En cualquier caso [...]: Landesarchiv Nordrhein-Westfalen, Rep. Al., 248, ref. 64 II, p. 323.

«He desactivado novecientas noventa y nueve bombas, pero la que me da miedo es la mil una»: Schubert, *Nachforschungen über die Edelweißpiraten*.

Bomben-Hans también aseguraba [...]: Landesarchiv Nordrhein-Westfalen, Rep. Al., 248, ref. 64 II, pp. 323-340.

Jamás contaba [...]: Landesarchiv Nordrhein-Westfalen, Rep. Al., 248, ref. 64 II, pp. 323-340. Hans Steinbrück, archivos del Servicio Internacional de Búsqueda.

Gustel había sido detenida [...]: «Erlebte Geschichte», entrevista a Schwartz.

Wolfgang dijo que Hans [...]: «Erlebte Geschichte», entrevista a Schwartz.

Estaban Bomben-Hans, Büb y Wolfgang [...]: Seibert, pp. 18-19.

Al igual que los Schwarz [...]: Schubert, *Nachforschungen über die Edelweißpiraten*.

Poco antes de conocer a Jean y a Fän [...]: «Erlebte Geschichte», entrevista a Jülich.

Barthel y los demás Piratas [...]: «Erlebte Geschichte», entrevista a Schwarz.

Cuando la abuela del chico [...]: «Erlebte Geschichte», entrevista a Jülich.

La única escapatoria [...]: Kuchta, Archivo de la VVN-BdA, declaración de Jean Jülich.

Fän enseñó al agente [...]: «Erlebte Geschichte», entrevista a Jülich.

«Informe sobre el tiroteo de Ehrenfeld»: Landesarchiv Nordrhein-Westfalen, Rep. Al., 248, ref. 63, p. 126.

«Informe sobre el n.º 7 de la calle Schönstein»: Landesarchiv Nordrhein-Westfalen, RW0034 00008, p. 13.

«Informe sobre la implicación de Schink y Reinberger en un tiroteo»: Landesarchiv Nordrhein-Westfalen, Rep. Al., 248, ref. 63, p. 139.

«Declaración relativa al robo de explosivos en el Fuerte X»: Landesarchiv Nordrhein-Westfalen, Rep. Al., 248, ref. 64 I, pp. 205-206.

«Informe relativo a la detención en el parque Blücher»: Landesarchiv Nordrhein-Westfalen, Rep. Al., 248, ref. 64 I, p. 221.

«Informe relativo al escondite de armas de Lidosee»: Landesarchiv Nordrhein-Westfalen, Rep. Al., 248, ref. 64 I, p. 228.

Tras su detención en septiembre de 1944 [...]: Diether, p. 55.

El chico había pensado [...]: Diether, p. 56.

Estaba claro que los guardias no tenían ningún interés [...]: «Erlebte Geschichte», entrevista a Theilen.

El castigo más duro [...]: Diether, p. 59.

Al final se las arrancaban [...]: Landesarchiv Nordrhein-Westfalen, Rep. Al., 231, ref. 289.

Lo obligaron a dar detalles [...]: Landesarchiv Nordrhein-Westfalen, Rep. Al., 248, ref. 64 I, p. 433.

«Informe de la Gestapo sobre el grupo terrorista de Ehrenfeld»: Landesarchiv Nordrhein-Westfalen, RW0034 00008, p. 69.

Hans Balzer, el pirata de Ehrenfeld al que conocían como Lang [...]: Goeb, *Die Verlorene Ehre des Bartholomäus Schink*, p. 35; Daners y Wißkirchen, *Was in Brauweiler geschah*, p. 106.

Extractos de la declaración de Ferdinand Steingass [...]: Landesarchiv Nordrhein-Westfalen, Rep. Al., 248, ref. 64 II, pp. 502-502v.

31 de octubre de 1944: Landesarchiv Nordrhein-Westfalen, Rep. Al., 248, ref. 64 II, pp. 514-514v.

El chico se sentó a la mesa [...]: «*Erlebte Geschichte*», entrevista a Jülich.

Sabía que debía negar cuanto pudiera [...]: Landesarchiv Nordrhein-Westfalen, Rep. Al., 248, ref. 64 II, p. 527.

A continuación, Jean reconoció [...]: Landesarchiv Nordrhein-Westfalen, Rep. Al., 248, ref. 64 II, p. 527v.

Debían permanecer de pie con la nariz [...]: «Erlebte Geschichte», entrevista a Steingass.

Los hombres de la Gestapo sentían [...]: «Erlebte Geschichte», entrevista a Jülich.

Fän salió [...]: Landesarchiv Nordrhein-Westfalen, Rep. Al., 248, ref. 64 I, p. 269.

Ya se había librado en una ocasión de ser convertido en trabajador forzoso [...]: Von Hellfeld, *Edelweisspiraten in Köln*, p. 25.

Else Salm salió por la ventana [...]: Seibert, pp. 423-424.

Barthel creía que iban a trasladarlo [...]: «Erlebte Geschichte», entrevista a Jülich.

Ejecución de 13 alemanes [...]: Landesarchiv Nordrhein-Westfalen, Rep. Al., 248, ref. 65 I, p. 697.

SEXTA PARTE

«Es Bomben-Hans»: Goeb, *Die Verlorene Ehre des Bartholomäus Schink*, p. 49.

«Míralo bien, mocoso comunista»: Kühn, p. 86.

[...] algunas de las sogas son demasiado largas [...]: Schubert, *Widerstand und Verfolgung in Köln 1933-1945*.

Un oficial sujeta a uno y tira de él [...]: Daners and Wißkirchen, *Die Arbeitsanstalt Brauweiler*, p. 319.

[...] otro ata las piernas de un prisionero con una cuerda [...]: Schubert, *Widerstand und Verfolgung in Köln 1933-1945*.

Por la tarde [...]: Goeb, *Die Verlorene Ehre des Bartholomäus Schink*, p. 49.

De no haber sido por su amigo [...]: «Erlebte Geschichte», entrevista a Steingass.

«No me lo creo, no me lo creo, no puede ser»: «Erlebte Geschichte», entrevista a Jülich.

SÉPTIMA PARTE

En 1946, un titular de *The Washington Post* rezaba [...]: «British Break up German Gang of Anti-Nazi Youths»: *The Washington Post*, 14 de abril de 1946, M2.

Uno de los primeros investigadores especializados en los Piratas de Edelweiss [...]: Peukert, *Inside Nazi Germany*, pp. 164-165.
«Quiero reivindicarlo [a mi hermano] y [...] no puede decirse que Barthel fuera un delincuente. Mi hermano no era un criminal, era solo un niño y eso no debería olvidarse»: Kuchta, Archivo de la VVN-BdA, p. 103.

UN NOTA SOBRE «LOS NAVAJOS»

«servir a las culturas estadounidense y europea [...]»: King, p. 28.

Winnetou actúa como secuaz [...]: Von Feilitzsch, p. 180.

«igual de desamparados [...] compartiendo fraternidad con los pueblos indígenas»: King, p. 30.

May reflejaba características típicamente alemanas [...]: Von Feilitzsch, p. 173.

[...] mientras que algunos quieren prohibir los libros de Harry Potter [...]: Brinks, «Cloaking White Supremacy».

BIBLIOGRAFÍA

ARTÍCULOS, LIBROS Y PELÍCULAS

APPLEBY, Sara C., HASEL, Lisa E. y KASSIN, Saul M. «Police-induced Confessions: An Empirical Analysis of Their Content and Impact». *Psychology, Crime & Law.* Vol. 19, n.º 2 (febrero de 2013), pp. 111-128.

BAIRD, Jay W. «From Berlin to Neubabelsberg: Nazi Film Propaganda and Hitler Youth Quex». *Journal of Contemporary History. Historians and Movies: The State of the Art, Part 1.* Vol. 18, n.º 3 (julio de 1983), pp. 495-515.

BETTELHEIM, Bruno. «The Problem of Generations». *Daedalus. Youth: Change and Challenge.* Vol. 91, n.º 1 (invierno de 1962), pp. 68-96.

BIDDISCOMBE, Perry, «The Enemy of our Enemy: A View of the Edelweiss Pirates from the British and American Archives». *Journal of Contemporary History.* Vol. 30, n.º 1 (enero de 1995), pp. 37-63.

BILLSTEIN, Reinhold, DINGS, Karola, KUGLER, Anita, y LEVIS, Nicholas. *Working for the Enemy: Ford, General Motors and Forced Labor in Germany during the Second World War.* Nueva York: Berghahn Books, 2004.

BÖNISCH, Georg. «Widerstand aus der Gosse». *Der Spiegel,* n.º 45 (7 noviembre 2005).

BREIVOGEL, Wilfried, ed. *Piraten, Swings, und Junge Garde: Jugendwiderstand im Nationalsozialismus.* Bonn: Dietz, 1991.

BRINKS, Melissa, «Cloaking White Supremacy: Harry Potter's Legacy of Blood Purity». *Bitch,* (6 noviembre 2017), <bitchmedia.org/article/cloaking-white-supremacy/harry-potters-legacy-blood-purity>.

BRODSKY, Patricia P. «The Hidden War: Working Class Resistance During the Third Reich and the Postwar Suppression of Its History». *Nature, Society, and Thought.* Vol. 11, n.º 2 (1998), pp. 170-185.

BUSCHER, Paulus. *Cliquen und Banden von Widerstandsschmarotzern.*
Burg Waldeck: Dokumentation, 1987.

CHAMBERS, Madeline. «Germans Fight to Save Hidden Nazi Bunkers».
Reuters (11 septiembre 2007). <reuters.com/article/us-germany-bunkers/
germans-fight-to-save-hidden-nazi-bunkers-idUSL2992082320070912>.

CORBACH, Dieter. *Departure: 6.00 a.m. Messe Köln-Deutz: Deportations 1938-1945.*
Colonia: Scriba, 1999.

DANERS, Hermann. *«Ab nach Brauweiler...!» Nutzung der Abtei Brauweiler
als Arbeitsanstalt, Gestapogefängnis, Landeskrankenhaus ...* Pullheim:
Verein für Geschichte und Heimatkunde, 1996.

DANERS, Hermann, y WISSKIRCHEN, Josef. *Die Arbeitsanstalt Brauweiler bei Köln
in nationalsozialistischer Zeit.* Essen: Klartext, 2013.
— *Was in Brauweiler geschah: Die NS-Zeit und ihre Folgen in der Rheinischen
Provinzial-Arbeitsanstalt: Dokumentation.* Viena: Verein für Geschichte, 2006.

Deutscher Kunstverlag. *Schloss Drachenburg: Historistische Burgenromantik
am Rhein.* Berlín: Deutscher Kunstverlag, 2010.

DIETHER, Dieter. «Das "Wehrertüchtigungs-Bewährungslager" in Ellern».
Rhein-Hunsrück-Kalender (1994), pp. 55-60.

DITTMAR, Simone. *«Wir wollen frei von Hitler sein»: Jugendwiderstand im Dritten
Reich am Beispiel von der Kölner Edelweißpiraten.* Fráncfort del Meno:
Peter Lang, 2010.

EVANS, Richard J. *The Third Reich in Power.* Nueva York: Penguin, 2006.

FELINSKA, Kamila y Projektgruppe «Messelager» et al. *Zwangsarbeit bei Ford.*
Colonia: Betrieb Rode-Stankowski, 1996.

FINGS, Karola. *Messelager Köln: Ein KZ-Außenlager im Zentrum der Stadt.*
Colonia: Emons, 1996.

GEDENKSTÄTTE Buchenwald. *Buchenwald Concentration Camp: 1937-1945. A
guide to the Permanent Historical Collection.* Göttingen: Wallstein, 2004.

Goeb, Alexander. *Die Verlorene Ehre des Bartholomäus Schink: Jugendwiderstand im NS-Staat und der Umgang mit den Verfolgten von 1945 bis heute: Die Kölner Edelweisspiraten.* Fráncfort del Meno: Brandes & Apfel, 2016.
— «Keine Ehrung für die Ermordeten: Fünf "Edelweißpiraten" im Kölner Rathaus ausgezeichnet–Interviews». *Neue Rheinische Zeitung* (20 abril 2011), <http://www.nrhz.de/flyer/beitrag.php?id=16407>.

Hamilton, Richard F. *Who Voted for Hitler?* Nueva Jersey: Princeton, 1982.

Heberer, Patricia. *Children During the Holocaust.* Lanham: AltaMira, 2015.

Helmers, Gerrit y Alfons Kenkmann, *«Wenn die Messer blitzen und die Nazis flitzen...»: Die Widerstand von Arbeiterjugendcliquen und -banden in der Weimarer Republik und im Dritten Reich.* Lippstadt: Leimeier, 1984.

Huiskes, Manfred. *Die Wandinschriften des Kölner Gestapogefängnisses im EL-DE-Haus 1943-1945.* Colonia: Böhlau, 1983.

Jahnke, Karl Heinz. *Jugend unter der NS-Diktatur 1933-1945: Eine Dokumentation.* Rostock: Ingo Koch, 2003.

Johnson, Eric A., y Reuband, Karl-Heinz. *What We Knew: Terror, Mass Murder, and Everyday Life in Nazi Germany, an Oral History.* Cambridge: Basic Books, 2005.

Jovy, Michael. *Jugendbewegung und Nationalsozialismus: Zusammenhänge und Gegensätze Versuch einer Klärung.* Munster: Lit, 1984.

Jülich, Jean. *Kohldampf, Knast un Kamelle: Ein Edelweißpirate erzählt sein Leben.* Colonia: Kiepenheuer & Witsch, 2003.

Kassin, Saul M. «Why Confessions Trump Innocence». *American Psychologist.* Vol. 67, n.º 6 (2012), pp. 431–445, <https://doi.org/10.1037/a0028212>.

Kenkmann, Alfons. «Navajos, Kittelbach und Edelweißpiraten: Jugendliche Dissidenten im "Dritten Reich"». Breyvogel, Wilfried (ed.). *Piraten, Swings, und Junge Garde: Jugendwiderstand im Nationalsozialismus.* Bonn: Dietz, 1991.

KERSHAW, Ian. *Hitler: 1889-1936 Hubris.* Nueva York: W.W. Norton, 2000.

KING, Lisa Michelle. «Revisiting Winnetou: The Karl May Museum, Cultural Appropriation, and Indigenous Self-Representation». *Studies in American Indian Literatures.* Vol. 28, n.º 2 (verano 2016), pp. 25-55.

KLÖNNE, Arno: *Jugend im Dritten Reich: die Hitler-Jugend und ihre Gegner.* Colonia: Papyrossa, 2014.
—. *Jugendliche Opposition im «Dritten Reich».* Thüringen: Erfurt Landeszentrale für politische Bildung, 2016.

KOCH, Gertrud. *Edelweiss: Meine Jugend als Widerstandskämpferin.* Hamburgo: Rowohlt Tacschenbuch Verlag, 2006.

KÜHN, Heinz. *Es Gab Nicht Nur den 20. Juli... Dokumente aus einer Sendereihe u.a. Heinz Kühn zum Widerstand im Dritten Reich.* Wuppertal: Jugenddeinst-Verlang, 1980.

LANGE, Sascha. *Meuten, Swings und Edelweißpiraten: Jugendkultur und Opposition im Nationalsozialismus.* Maguncia: Ventil, 2015.

LEO, Richard A., NEUFELD, Peter J.,. DRIZIN, Steven A., y TASLITZ, Andrew E. «Promoting Accuracy in the Use of Confession Evidence: an Argument for Pretrial Reliability Assessments to Prevent Wrongful Convictions». *Temple Law Review.* Vol. 85, n.º 4 (verano 2013), pp. 759-836.

LEO, Richard A.,. DRIZIN, Steven A., NEUFELD, Peter J., HALL, Bradley R., y VATNER, Amy. «Bringing Reliability Back in: False Confessions and Legal Safeguards in the Twenty-First Century». *Wisconsin Law Review* (2006), pp. 479-539.

LUKASSEN, Dirk. *«Menschenschinder vor dem Richter»: Kölner Gestapo und Nachkriegsjustiz: Der «Hofgen-Prozess» vor dem Kölner Schwurgericht im Jahr 1949 und seine Rezeption in den lokalen Tageszeitungen.* Siegburgo: Renania, 2006.

McDONOUGH, Frank. *Opposition and Resistance in Nazi Germany.* Cambridge, Cambridge University Press, 2001.

Neugebauer, Manuela. *Der Weg in das Jugenschutzlager Moringen: eine entwicklungspolitische Analyse nationalsozialistischer Jugendpolitik.* Mönchengladbach: Forum-Verlag Godesberg, 1997.

Neumann, Andreas. *Gegen den braunen Storm: Kölner WiderstandskämpferInnen heute in Portraits der Abeiterfotographie Köln: Ausstellung von NS-Dokumentationszentrum und Arbeiterfotographie Köln in der Alten Wache des Kölnischen Stadtmuseums, Zeughausstrasse 1-3, 14. März bis 12. Mai 1991.* Colonia: NS-Dokumentationszentrum der Stadt Köln, 1991.

Neunzig, Anne. *Staatsjugenorganisationen - ein Traum der Herrschenden: Hitlerjugend/Bund Deutscher Mädchen und Freie Deutsche Jugend im Vergleich.* Leipzig: Engelsdörfer, 2014.

Peukert, Detlev. *Edelweisspiraten: Protestbewegungen jugendlicher Arbeiter im Dritten Reich: eine Dokumentation.* Colonia: Bund-Verlag, 1980.
— *Inside Nazi Germany: Conformity, Opposition and Racism in Everyday Life.* New Haven: Yale University, 1987.

Rheindorf, Hermann, (dir.). *Köln im Dritten Reich, Part 1: Köln 1930-1933 Der Weg in die NS-Diktatur.* Colonia: KölnProgramm (2 abril 2015), acceso online.

Rusinek, Bernd A. «Desintegration und gesteigerter Zwang. Die Chaotisierung der Lebensverhältnisse in den Großstädten 1944/45 und der Mythos der Ehrenfelder Gruppe». Breyvogel, Wilfried (ed.). *Piraten, Swings, und Junge Garde: Jugendwiderstand im Nationalsozialismus.* Bonn: Dietz, 1991.
— *Gesellschaft in der Katastrophe: Terror, Illegalität, Widerstand–Köln 1944/45.* Essen: Klartext-Verlag, 1989.

Rüther, Martin. *Köln im Zweiten Weltkrieg: Alltag und Erfahrungen zwischen 1939 und 1945.* Colonia: Emons, 2005.
— *«Senkrecht stehen bleiben»: Wolfgang Ritzer und die Edelweißpiraten. Unangepasstes Jugendverhalten im Nationalsozialismus und dessen späte Verarbeitung.* Colonia: Emons, 2015.

Schubert, Dietrich (dir.). *Nachforschungen über die Edelweißpiraten.* Alemania Occidental SchubertFilm, 1980. DVD. <http://www.schubertfilm.de/dvds/edelweisspiraten/>.

— *Widerstand und Verfolgung in Koln 1933-1945.* Alemania Occidental: SchubertFilm, 1976. DVD. <http://www.schubertfilm.de/dvds/widerstand/>.

SEIBERT, Winfried. *Die Kölner Kontroverse: Legenden und Fakten um die NS-Verbrechen in Köln-Ehrenfeld.* Essen: Klartext, 2014.

STACKHOUSE, J. Ryan. «Gestapo Interrogations». ANDREW, Christopher, y TOBIA, Simona (eds.). *Interrogation in War and Conflict: a comparative and interdisciplinary analysi.* Nueva York: Routledge, 2014, pp. 75-92.

STECK, Carla. «Edelweißpiraten-Widerstandskämpfer oder Kriminelle?». Múnich: GRIN Verlag, 2000. <https://www.grin.com/document/101974>.

STRAUCH, Dietmar. *Ihr Mut war grenzenlos: Widerstand im Dritten Reich.* Weinheim Basel: Belty / Gelberg, 2006.

«Teen-age Lads Tell of Anti-Nazi "Pirates"», *New York Times* (9 mayo 1945), p. 11.

THEILEN, Fritz. *Edelweißpiraten.* Colonia: Hermann-Josef Emons Verlag, 2003.

«Uncle Ray: White Flower Emblem of "Edelweiss Pirates"». *Brooklyn Daily Eagle* (6 abril 1945), p. 8.

VON FEILITZSCH, Heribert. «Karl May: The "Wild West" as seen in Germany». *Journal of Popular Culture.* Vol. 27, n.° 3 (invierno 1993), pp. 173-190.

VON HELLFELD, Matthias. *Edelweisspiraten in Köln: Jugendrebellion gegen das 3. Reich.* Colonia: Pahl-Rugenstein Verlag, 1981.

WACHSMANN, Nikolaus. *KL: A History of the Nazi Concentration Camps.* Nueva York: Farrar, Straus y Giroux, 2015.

WALKER, Lawrence D. *Hitler Youth and Catholic Youth, 1933-1936: A study in Totalitarian Conquest.* Washington: The Catholic University of America Press, 1970.

«War on Poland Begun, Hitler Tells Nation». *Chicago Daily Tribune* (1 septiembre 1939,) p. 1.

MATERIALES INÉDITOS Y ARCHIVOS

«Erlebte Geschichte», archivo de entrevistas en vídeo con Fredericke Greven, Jean Jülich, Gertrud Koch, Fritz Prediger, Wolfgang Schwarz, Ferdinand Steingass y Fritz Theilen. Centro de Documentación sobre el Nacionalsocialismo de Colonia. <http://www.eg.nsdok.de/>.

Hans Steinbrück, Buchenwald, 1.1.5/01010503 0S/ITS archivo digital, Bad Arolsen.

Archivos del Servicio Internacional de Búsqueda, Colección: subcolección 1.1.5: Campo de concentración de Buchenwald, Archivo Digital del Servicio Internacional de Búsqueda, Bad Arolsen; Subcolección 1.2.2: Prisiones (acceso en el Museo Conmemorativo Estadounidense del Holocausto); Subcolección 1.2.3: Gestapo (acceso en el Museo Conmemorativo Estadounidense del Holocausto).

Kuchta, Walter, archivo personal del expresidente del Vereinigung der Verfolgten des Naziregimes-Bund der Antifaschistinnen und Antifaschisten, Colonia, ahora pertence a la VVN-BdA.

Landesarchiv Nordrhein-Westfalen, colecciones: RW0034 00008, RW0034 00010, RW0034 00016, RW0034 00021, RW0034 00024, Rep. Al. 248 ref. 54, Rep. Al. 248 ref. 65II, Rep. Al., 248, ref. 63, Rep. Al. 112 ,ref. 18704, Rep. Al. 231, ref. 289, Rep. Al., 248, ref. 64 I, Rep. Al., 248, ref. 64 II.

Von Hellfeld, Matthias, Schauspiel Köln (ed.). *Edelweisspiraten sind Treu.* autopublicado, 1980.

CRÉDITOS DE LAS FOTOS

p. 6: Conseguida en la Library of Congress Prints and Photographs Division.

pp. 22, 25, 34, 41, 53, 55, 56, 62, 64, 71, 73, 74, 98, 99, 102, 105, 143, 176, 183, 186, 214: © NS-Documentation Center de la ciudad de Colonia.

pp. 39, 99, 115, 147, 213, 257, 265, 268: © K. R. Gaddy.

pp. 50, 93, 95, 110, 139: © Landesarchivs Nordrhein-Westfalen (LAV NRW).

pp. 129, 225: © United States Holocaust Memorial Museum, cortesía de la National Archives and Records Administration, College Park.

p. 219: © United States Holocaust Memorial Museum, cortesía de Solomon Bogard.

pp. 247, 266: © VVN-BdA Archive, de las copias en (LAV NRW).

p. 250: © National Archives, fotografía n.º 111-SC-206174.

p. 261: © ZIK Images, división de XTRASYSTEM GmbH.

ÍNDICE

Los números de página en cursiva indican fotografías.

Contenido

K. R. GADDY

Ha publicado artículos en *The Washington Post, The Baltimore Sun, Baltimore Magazine, OZY* y *Narratively*, entre otros. Sus escritos y trabajos de investigación han recibido numerosos premios, incluida la beca para artistas Rubys, concedida por la Robert W. Deutsch Foundation. Es doctora en literatura de no ficción por el Goucher College y licenciada en historia, lenguas modernas y lingüística por la Universidad de Maryland. *Flores de la calle* es su primer libro. K. R. Gaddy vive en Baltimore con su compañero, el fabricante de banjos Pete Ross, y los gatos de ambos.

Bambú Vivencias

Penny, caída del cielo
Retrato de una familia
italoamericana
Jennifer L. Holm

Saboreando el cielo
Una infancia palestina
Ibtisam Barakat

Nieve en primavera
Crecer en la China
de Mao
Moying Li

La Casa del Ángel
de la Guarda
Un refugio para
niñas judías
Kathy Clarke

Etty en los barracones
Amor y amistad en
tiempos de Hitler
José Ramón Ayllón

Flores de la calle
La historia real de los
jóvenes que combatieron
a los nazis
K. R. Gaddy

Bambú Exit

Ana y la Sibila
Antonio Sánchez-Escalonilla

El libro azul
Lluís Prats

La canción de Shao Li
Marisol Ortiz de Zárate

La tuneladora
Fernando Lalana

El asunto Galindo
Fernando Lalana

El último muerto
Fernando Lalana

Amsterdam Solitaire
Fernando Lalana

Tigre, tigre
Lynne Reid Banks

Un día de trigo
Anna Cabeza

Cantan los gallos
Marisol Ortiz de Zárate

Ciudad de huérfanos
Avi

13 perros
Fernando Lalana

Nunca más
Fernando Lalana
José M.ª Almárcegui

No es invisible
Marcus Sedgwick

Las aventuras de
George Macallan.
Una bala perdida
Fernando Lalana

Big Game
(Caza mayor)
Dan Smith

Las aventuras de
George Macallan.
Kansas City
Fernando Lalana

La artillería de Mr. Smith
Damián Montes

El matarife
Fernando Lalana

El hermano del tiempo
Miguel Sandín
El árbol de las mentiras
Frances Hardinge

Escartín en Lima
Fernando Lalana

Chatarra
Pádraig Kenny

La canción del cuco
Frances Hardinge

Atrapado en mi burbuja
Stewart Foster

El silencio de la rana
Miguel Sandín

13 perros y medio
Fernando Lalana

La guerra de los botones
Avi

Synchronicity
Víctor Panicello

La luz de las profundidades
Frances Hardinge

Los del medio
Kirsty Appelbaum

La última grulla de papel
Kerry Drewery